斗破苍穹

⑨ 后浪推前浪

天蚕土豆 著

图书在版编目（CIP）数据

斗破苍穹. 9 / 天蚕土豆著. -- 杭州：浙江文艺出版社, 2025.3. -- ISBN 978-7-5339-7823-5

Ⅰ. I247.5

中国国家版本馆CIP数据核字第2024ZL9836号

策划统筹	许龙桃　周海鸣
责任编辑	张　可
营销编辑	宋佳音
封面设计	嫁衣工舍
版式设计	吕翡翠
责任印制	吴春娟

斗破苍穹9

天蚕土豆　著

出版发行	浙江文艺出版社
地　　址	杭州市环城北路177号
邮　　编	310003
电　　话	0571-85176953（总编办） 0571-85152727（市场部）
制　　版	浙江新华图文制作有限公司
印　　刷	浙江新华数码印务有限公司
开　　本	710毫米×1000毫米　1/16
字　　数	219千字
印　　张	15.5
插　　页	2
版　　次	2025年3月第1版
印　　次	2025年3月第1次印刷
书　　号	ISBN 978-7-5339-7823-5
定　　价	49.00元

版权所有　侵权必究

目录

001 第一章
家传玉片

012 第二章
最后的选拔赛

025 第三章
战斗中晋级

035 第四章
毫不留情

044 第五章
比赛落幕

053 第六章
神秘的藏书阁

062 第七章
争抢

076 第八章
修炼

089 第九章
火能猎捕赛

105 第十章
向猎人下手

120	第十一章	最强新生队
134	第十二章	大战起
143	第十三章	鹬蚌相争
152	第十四章	战黑煞队
161	第十五章	扭转局面
170	第十六章	胜黑煞队
175	第十七章	白煞队
193	第十八章	大赛奖励
202	第十九章	新生纳贡费
215	第二十章	神秘黑塔

第一章
家传玉片

随着血袍人影的浮现,喧闹的广场顿时安静了许多。而再待到那血腥味道蔓延开来时,虽然头顶上艳阳高照,但是一些实力不济的学员依然觉得浑身泛着寒意。

"这家伙,恐怕又是刚执行任务回来吧。这身血气,简直比黑角域中的那些家伙的还要浓郁。"望向场中的血袍人影,红衣少女微蹙柳眉,低声道。

"果然还是赶回来了。"白山原本布满淡淡笑容的脸,在看见血袍人影出现后,便略微阴沉了一点儿。在迦南学院的外院中,他最忌惮的人,并不是那个让人闻之色变的小妖女,也不是性子淡然可实力高深莫测的薰儿,而是面前这个一身血腥气息的男子。

在两年时间中,白山与吴昊有过不下十次明里暗里的交手,可惜每次都未取得胜利,对方那种几乎是为了杀戮而杀戮的气息,实在是太过可怕。白山能够预料到,若是给予吴昊足够的成长时间,恐怕他日后的成就将会极为恐怖。这些年间,在无数起迦南学院与黑角域间的冲突中,这个一身血袍的男子,一路浴血奋

战，踏着无数尸体，在那残酷的生死战斗中，将自身潜力最大限度地激活，一步步从执法队最普通的一名队员走到如今的地位。

在执法队中，这个男子有一个令人又敬又惧的称号——血修罗！这是以鲜血和无数尸体铸就的凶名。

"好浓郁的血腥气，唉，吴天狼那个疯子，真的是想将吴昊培养成专为杀戮而存活的人吗？"广场中央的席位上，一位身着淡黄袍服的老人，皱着眉头道，"这样下去，吴昊迟早会因为杀气太重而失去理智。"

"应该不会吧，吴天狼虽然为人孤僻狠辣，但是对吴昊一直视若己出，这次让他来参加内院选拔赛，想必便是希望让他暂时离开执法队。内院那种怪才云集的地方，应该能有人压制住性子淡漠、视人命如草芥的吴昊。"副院长略微沉吟了一下，缓缓地道。

"希望吧。这般优秀的苗子，若是折损了，那可是学院的一大损失啊。"先前那位老人叹了一口气。

"是啊，当初连院长都说过，若是吴昊能保持不被血气侵蚀理智的话，只要给他十年时间，他的实力恐怕将会达到一个极强的地步。"被称为火老头的老人也微微点头说道。

"呵呵，看来今年这届选拔赛，确实有几名极其优秀的种子选手。"副院长笑眯眯地道，"白山、吴昊、薰儿，还有那横空出世的萧炎，从这几人来看，这届学员的实力远远高出了上一届。"

"你倒把你家那令人头疼的小妖女给忘记了，在这外院中，还有几人不怕她？"一旁的老人，翻着白眼道。

闻言，副院长苦笑了一声，目光转向看台一处，望着那斜靠着栏杆的红衣少女，眼睛鼓了鼓，忽然有些气急败坏地道："对于她的天赋，我倒是极为满意，可她那性子，却让人不敢恭维。老头子我还等着她找个好男人生个男娃，传宗接代呢，谁知道她竟然对男人不理不睬！"

听到他的话，周围三位老者不由得哑然失笑。

"那白山、吴昊、陆牧甚至萧炎，都是难得一见的天才，在同龄人中也极为出类拔萃。等举行完选拔赛，进入内院，按照规矩，前五名会有特殊的考核，到时候琥嘉那孩子与他们待久了，想必也会有让她心动的人吧。"副院长身旁的老人笑眯眯地安慰道。琥嘉就是那红衣少女的名字。

"白山天赋的确不错，可心胸略有不及；吴昊执着于战斗杀戮，这些年除了对薰儿有感觉外，从未见他对其他女孩子动情；陆牧嘛，他喜欢的不是琥嘉这种类型的女孩子；萧炎就更别提了，有薰儿那种既美丽又优秀的女孩子，哪还会对别人生出情来！"副院长摇了摇头，苦笑道。

闻言，其他三位老者也只得做了一个爱莫能助的表情。

叹息了一声，副院长将这令人头疼的问题甩出脑子，目光投向比赛场地。

场内，随着一身血袍的吴昊的出现，裁判席上略微等待了一会儿后，便喊出了比赛开始的口令。

裁判的喊声刚刚落下，吴昊的那个对手便急忙向后退了十几步，体内急速涌动的斗气瞬间在身体表面形成一件斗气纱衣，手中紧紧握着武器，死死盯着对面保持不动的吴昊，眼睛连眨都不敢眨一下。

周围看台上的学员，见他这般举止，并未出声嘲笑。这些年间，血修罗吴昊的名声，在迦南学院外院中，丝毫不比小妖女琥嘉与薰儿的名气弱，甚至从某一方面来看，吴昊还要盖过她们两人许多。

血袍微微动了动，一对充斥着杀意的眸子，犹如草原上嗜血狼群的眼睛，而光是这眼神，便使得那个对手头皮有些发麻，手心中尽是湿滑的汗水。

"不弃权吗？"血袍下，忽然间有嘶哑的声音缓缓响起。

闻言，那个叫岩呈的选手，脸色略微有些难看，咬了咬牙，道："尽管动手吧，我倒是想试试，血修罗究竟有多强！"

语罢，岩呈似是怕再这般对峙下去，自己迟早会在众目睽睽之下失去对战的

勇气，当下脚掌一踏地面，身体猛地对着吴昊暴射而去，手中的锋利武器在斗气的协助下，直接将空气撕裂。

面对岩呈的含怒一击，血袍人影却动也不动。然而就在攻击即将抵达身体时，吴昊突兀地晃了晃身躯，顿时，人影便诡异消失。

一击落空，岩呈眼瞳微缩，没有丝毫迟疑，手中武器再度对着身后刺去。

叮！精钢所制的剑尖，在刚刚对着后面刺去时，一把血红色的重剑凭空出现，轻易将之抵挡下来。重剑面积颇大，剑身足有三寸宽，几乎都能与萧炎的玄重尺相比了。

听得重剑挥动时带出的压迫风声，众人料定其重量恐怕也不容小觑。

两剑相触。吴昊随意轻挥重剑，其上所蕴重力将岩呈手中的长剑拍得脱手而出，岩呈则被剑身上传来的巨力震得口吐鲜血。

第一回合的接触，武器便被击落，这一幕让看台上的萧炎略感惊讶。无论如何，那岩呈也是五星左右的斗师啊！

武器掉落，岩呈脸上闪过一抹震惊，身形急退。然而其刚刚退出十来步，却陡然感觉到背后寒气涌动，尚未有所反应，一把泛着血色的重剑便架在了他脖子上，从锋利剑刃上传出的森冷寒气，让岩呈瞬间身子僵硬。

仅仅是两个回合，那实力在五星斗师的岩呈便落败，这让整个广场一片哗然。虽然没有多少人对岩呈能够打败吴昊抱什么奢望，但是都没想到，岩呈仅支撑了两个回合，就被人将剑架在了脖子上。

"好快的速度！"望着场中那手持血色重剑、平静地站在岩呈身后的吴昊，萧炎脸上浮现些许凝重。

"吴昊最擅长的，便是速度。而且，他还修习了一种玄阶高级的身法斗技——影血闪，他先前不着痕迹地出现在岩呈身后，便是借了这种身法斗技的奇效。再者，他的力量也极强，这从他能将手中那巨大的重剑挥舞得如此举重若轻便能够瞧出。"一旁的薰儿，轻声将吴昊的一些信息说了出来。因为她担心万一萧炎与吴昊对上，会因为不了解对方的实力而吃亏。

"速度与力量都不弱，那岂不是和我差不多了？"萧炎眉尖一挑，瞥了一眼吴昊手中的重剑，再看一眼自己背后的玄重尺，两者同样都是重型武器，若是两人对战起来，恐怕会是一场令人咂舌的速度对速度、力量对力量的惊险战斗。

"这个家伙，貌似是个比白山还要难缠的对手，日后对这人得多一分小心。"

"不愧是迦南学院啊，年轻强者层出不穷，若非我经过这两年的苦修，还真是难以赶上这些变态的家伙。"萧炎惊叹道。在加玛帝国历练时，年轻一辈中，除了纳兰嫣然因为有宗门相助，能与他相提并论之外，他很少遇见其他实力相当的对手。然而如今，这才来迦南学院没几天，旗鼓相当的对手便屡屡出现，这不得不让萧炎感叹，这里的确是天才的聚集地啊。

比赛场中，在吴昊将重剑架在对手脖子上时，一名裁判便赶紧宣布比赛结束。选拔赛中，院方能够容忍有选手受伤，却并不希望看见有人死亡，所以，比赛有规定，胜者不能在对方没有反抗能力时下杀手，不然将会受重罚。这规定其他人或许会遵守，可对于杀人杀习惯了的吴昊，杀人仅仅是一件顺手的事情，所以，那些裁判不敢耽搁，生怕晚叫一秒，那已经沾染了无数鲜血的重剑会再度添上一抹殷红。

听到裁判的喊声，吴昊手中的血色重剑颤了颤，旋即缓缓收回。而随着重剑的抽离，岩呈则全身虚脱地软了下去，不断地喘着粗气。

没有理会脚旁的岩呈，吴昊微微抖动血袍，一对淡漠的眸子顺着看台缓缓移动，最后停留在了黄阶二班所在的位置，准确地说，是停在薰儿身旁的萧炎身上。

在全场无数道目光的注视下，吴昊抬起手中血色重剑，遥遥指向萧炎，嘶哑淡漠的声音也在广场中响了起来。

"你便是萧炎？可敢下来与我一战？"

此话一出，整个看台一怔，旋即无数道目光唰的一下转向黑袍青年。

吴昊的声音，使全场的目光全部凝聚在了黑袍青年身上，这些目光中充斥着幸灾乐祸、期盼等各种各样的情绪。无论如何，吴昊的这一句话，再度使萧炎成为全场焦点。

目光紧紧盯着场中的血袍人影，萧炎微眯着眼睛，旋即在无数道目光的注视下，缓缓站起身子，脸上没有因为对方实力的强横而有丝毫怯意。

两人的视线在半空中交织，淡淡的雄浑斗气不约而同地自两人体内涌出，细微的能量涟漪也从两人身体表面扩散而出，这些都是体内斗气在瞬间急速涌动而造成的结果。

见那隐隐开始对峙的两人，看台上的学员们顿时有些激动。这两人若是打起来，绝对是一场龙虎斗啊！

薰儿微微蹙了下眉头，张了张嘴，看她欲言又止的模样，似是想劝阻一下萧炎，可又担心因为她出言阻止，那些学员又会认为萧炎只知道躲在女人背后，所以最终还是没有说出到嘴边的话语。

"嘿嘿，打吧，最好弄个两败俱伤，也好让我省些力。"看台另一边，白山冷笑着望向场中对峙的两人。

"真要打起来，那就好玩喽。可惜，那老头子肯定不会让这种事发生的。"红衣少女双臂放在栏杆上，目光在萧炎与吴昊身上扫过，惋惜地道。

似也印证了她所想，就在场中萧炎、吴昊两人气势逐渐增强时，一道苍老的喝声猛然响起，将两人好不容易提起来的气势瞬间震成了虚无。

"你们两个，给我安分点！现在是选拔赛，不是私自挑战的地方！"

酝酿而出的气势被强行震破，萧炎与吴昊两人身体同时一阵颤抖，旋即各自退后了一步，目光顺着声音来处一望，瞧见了中央位置处那位发须皆白、脸上略带怒容的老人。

"那是副院长琥乾，外院中除了院长外，便是他权力最大。不要与他顶撞，留个坏印象不好。"薰儿低低的声音，忽然在萧炎耳边响起。

萧炎微微点头，将目光先是在吴昊身上停留了一瞬，然后便移开视线，缓缓坐了回去。

"吴昊，你也退下去，明日便是选拔赛的最后一天，到时候自有你们对战的机会！"见萧炎退回，琥乾将目光转向场中的血袍人影，喝道。

听得琥乾的喝声，吴昊略微皱了皱眉头，眼睛却紧紧盯着看台上的萧炎，而萧炎也面不改色地回看着他。如此对视半响，吴昊手一晃，血色重剑就被收进了纳戒，嘶哑的声音缓缓响起："希望你明日不要让我失望！我不希望薰儿等待已久的人是个废物。"

萧炎淡笑，没有回答，而吴昊说出此话后也不再停留，转身对着场外行去。

见一场即将开打的龙虎斗却被副院长强行震退，看台上的学员们顿时失望地摇了摇头。

"好了，比赛继续。"将两人遣开之后，琥乾手一挥，吩咐道。

随着吩咐声落下，裁判立刻再次念起名单。

在接下来的十几场比赛中，萧炎终于亲眼见识了薰儿的身手。不过，在观看了一会儿之后，他却无奈地摇了摇头。这妮子明显是仅仅显露了一部分实力与对手战斗，然而即使是这般，在与对手缠斗了十几个回合后，也不出意料地取得了胜利。

望着那满脸俏皮之色从场中退回来的薰儿，萧炎翻了翻白眼。她的这番举动，让萧炎想从她出手间把其确切实力分析出来的打算落空了。

在薰儿出场后不久，白山以及那名红衣少女也各上场了一次，这两人的确不愧是若琳导师郑重提醒需要注意的人。两人的对手，分别是一名六星斗师和一名七星斗师。与白山对战的那名六星斗师倒还好，与白山战了十几个回合后，便自动选择认输，安然无恙地下了场。而红衣少女的那名对手则倒了大霉。两人刚刚把基本的礼节行完，裁判的开始声还未完全落下，红衣少女便已经诡异地出现在了后者面前，看似轻飘飘的一掌，却蕴含着令人脸色大变的强横劲气，将那名有

斗气纱衣护体的七星斗师狠狠扇出了场地，那个人在地面上连滚了十几米远，方才狼狈地止住身体。

萧炎望着红衣少女那彪悍得令人有些咋舌的举动，不由得一脸错愕。

白山与红衣少女出场后，接下来的比赛没有太多亮点，所以观看了几场后，萧炎与薰儿便率先退出了喧闹的广场。两人缓步走在学院内，享受着阔别了两年多后单独相处的温馨时刻。

天色逐渐暗下来，萧炎与薰儿再度回到了若琳导师的那处雅致楼阁。这次，萧炎却见到了一个让他记忆深刻的熟人。

厅房中，一名身材修长的少女亭亭玉立，一套淡紫色的单衣以及齐膝的短裙，少女的活泼朝气展露无遗。那张在幼时便透着妩媚的脸，如今更显得颇具魅惑。水灵灵的大眼睛，如同会说话一般。

从少女脸上的笑容来看，她似乎在学院混得还不错。当然，以她的容貌，无论走到哪儿，都有大批的追随者。不过，这个平日在别的男生面前极为平静的少女，此时见萧炎进门后，却紧张得站了起来，怯生生地叫了一声"萧炎表哥"。

在萧媚面前站了一会儿，望着那张比以前更加美丽与充满魅惑的脸，萧炎淡笑着点了点头，没有表现出过多的热情。当年自己变成废物后，面前的少女所选择的那种避嫌举止，将幼时的他彻底伤害，所以萧炎对她有些抗拒，虽然经过两三年时间，那些抗拒已经淡了许多。萧炎陪着薰儿、萧玉等人在厅房中与萧媚聊了一会儿后，便找了个借口，起身回了自己的房间。

望着那缓缓上楼的背影，少女坐在柔软的沙发中，贝齿紧咬红唇，眸子中充斥着黯淡与悔意。有些事，做错了，便再也弥补不了。在当初萧炎未成为废物时，萧媚与萧炎间的关系，毫不客气地说，甚至能够与那时薰儿与萧炎的关系相比，可是自从天才陨落后，她却选择了与薰儿截然不同的态度。薰儿依然对萧炎不离不弃，而她，却颇为现实地在两人之间划出了一条极伤人心的界限。

而那条界限，至今依然存在，任她如何修补，都有刺眼的裂缝。

望着萧媚黯淡的脸色，薰儿也只得保持沉默。她对萧炎极其了解，这个看似温和的男人，内心却无比高傲。萧媚当年伤了他，不管是有意还是无意，是主动还是被动，都永远失去了彻底修复双方关系的机会。

伤了萧炎的人，不管日后对他如何，恐怕都很难被他重新接受。在这一点上，对萧媚如此，对纳兰嫣然也是如此。在当年萧媚选择疏离萧炎以及纳兰嫣然前来萧家退婚时，薰儿都说过一句话："希望你日后不要后悔。"

如今，两个曾经伤过萧炎的女人，的确都后悔了，然而却晚了。这个内心骄傲的男人，不会也不屑再去触碰抛弃了的东西。

想到这里，薰儿忽然轻舒了一口气，她有些庆幸自己当年的选择，不然的话，不论自己如何优秀，恐怕都不会再闯进这个男人心中。

安静的房间中，淡淡的月光从窗户倾洒而进。萧炎盘坐在床榻上，周围空间略微波动，一缕缕能量顺着呼吸钻进体内，然后被炼化成斗气，储存进气旋的斗晶之中。

修炼持续两三小时后，萧炎才缓缓睁开眸子，一缕青色火焰自漆黑眸子中闪掠而过，旋即快速消逝。

"斗晶中的斗气越来越多，按照这般修炼进度，恐怕再给我十天时间，便能够达到六星大斗师吧。"微微握了握手掌，萧炎低声道。

"唉，实力还是远远不够啊。"眉头皱了皱，萧炎手掌一晃，一块古朴玉片出现在手心中。玉片呈淡绿色，有一光点正在玉片中缓缓游走。这个光点象征着萧炎父亲萧战的性命：光点亮盛，则是生命无忧；光点一旦消散，那就是魂飞魄散之时。

紧握着古朴的玉片，萧炎略有些恍惚与伤感。幼时不管他是天才抑或是废物，父亲从未用异样的目光看待他。在家族中遍布白眼嘲讽时，父亲依然保持着对他的宠溺。每当还是小男孩的萧炎受伤时，父亲都会笑眯眯地拍着他的肩膀说，男子汉要坚强，眼泪和颓废是不能让人成为强者的。

这般种种，让有着另外一个成熟灵魂的萧炎认可了父亲，并将父亲放在了心中极为重要的位置上。

"父亲，我会找到你的。"紧紧握着古朴玉片，萧炎眼神冷了许多。不管掳走父亲的是何方神圣，日后他都必须要那人付出代价。

随着心中情绪的波动，萧炎手掌上猛然升起一缕青色火焰。萧炎一怔，旋即脸色大变，心头一动，青色火焰便急速消散。萧炎急忙摊开那握着玉片的手掌，错愕地发现，原本他以为极为脆弱的古朴玉片，竟然抵御住了青莲地心火的恐怖高温。

"这……"眼中闪过一抹惊疑，萧炎头一次极为仔细地打量着这块萧家传下来的古老玉片。据长老说，这玉片只有族长才有资格持有，甚至连他们长老一辈都对其知之不深。

借着月光，萧炎仔仔细细地打量着古朴玉片，忽然发现，在月光的照耀下，玉片上似乎有一些极其繁复的神秘印纹，看得久了，竟然有种目眩的感觉。

萧炎甩了甩头，将那感觉甩出脑子。随着这般仔细打量，萧炎心中的惊异却越来越盛。这块玉片，似乎并不是如想象中那般，只能用来存储族长的一缕灵魂。手指顺着玉片边缘缓缓抚摸着，片刻后，萧炎猛地一僵。他又在玉片的上方边缘处来回地摸了摸，发现这里的边缘与其他几边不同：其他的地方是自然形成，而这里却更像是从一块整玉被强行切下的。

"这究竟是什么东西？看来只能等下次回家族时，好好向几位长老请教一下了。萧家，似乎有些东西是我们这些小辈所不知道的。"心头升起一抹疑惑，萧炎盯着这古老的玉片许久，也没有发现半点儿线索，当下只得无奈地摇了摇头，小心翼翼地将玉片收进纳戒。

萧炎收好玉片不久，手指上的漆黑戒指颤了颤，旋即药老那虚幻的身影缓缓地飘荡了出来。

"我没在这迦南学院感受到异火的气息。"一出来，药老就有些无奈地道。

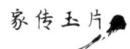

"呃?"突如其来的坏消息让萧炎脸色顿时一变,皱眉低声道,"老师不是说在迦南学院里能得到陨落心炎的信息吗?"

"当初我的确是在迦南学院这块区域发现了异火气息,不过如今再来,却没有了那种感觉。"药老苦笑道。

"难道被别的人得手了?"萧炎脸色有些难看,那陨落心炎可是他实力大涨的关键啊。

"应该不是,虽然感觉不到陨落心炎的确切气息,但是凭着异火间的独特吸引力,我能用骨灵冷火模糊察觉到,在迦南学院方圆千里内,还残存着陨落心炎的微弱气息,不过就是不能确定方位。"药老摇了摇头,沉吟道。

"方圆千里?那得找到什么时候?"萧炎扯了扯嘴角。

"我想迦南学院中的那些老家伙应该不可能没有察觉到陨落心炎的存在,我总觉得内院和这有点儿关系……"药老缓缓道。

"内院?"萧炎一怔。

"嗯,内院才是迦南学院的核心。你若是能够混进其中,或许可以得到一些陨落心炎的消息。"药老沉默了一会儿,建议道。

"我尽力吧。"萧炎轻叹了一口气,既然已经来到了迦南学院,那么他自然不可能选择空手而回。

"嗯,以后我会少出现,你那小女友身旁有强者潜伏,我不方便出现太久,免得被发现。"药老对着萧炎说了一声后,身体一晃,便钻进了漆黑戒指中。

望着药老消失,萧炎微皱眉头,望着窗外的月光,喃喃道:"内院?那里真的有陨落心炎吗?希望不要让我失望吧!"

第二章
最后的选拔赛

今日,注定是迦南学院一年中最热闹的一天,因为吸引了所有学员眼光的内院选拔赛将在今日进入最令人激动的高潮阶段。

琥嘉、白山、吴昊、薰儿、萧炎,这五名在前两日的比赛中,已经清楚地向所有人显示了他们那让人惊叹不已的强横实力。而今日,这一届外院中实力最强的五名学员将会展开强强碰撞的比拼。

也正因为如此,今日广场上所会聚的人数,是前两日的几倍之多。这些围观的人,并非完全是学院的学员,还有很多是从学院之外的迦南城内慕名而来的。作为生活在迦南城中的一员,这些年,他们也清楚,今日才是整个迦南学院一年中最热闹的时候,所以自然不会错过这等盛会。

当萧炎等人来到大广场外,望着将广场入口堵得水泄不通的人龙,不由得有些无语。最后还是通过若琳导师的关系,几人方才从一处防守严密的通道进入广场内。

穿过一条长长的漆黑通道,在出洞口的那一霎,无比喧哗的种种声响猛然出现在耳边，让刚刚还处于极静环境下的萧炎等人头晕眼花，半晌，方才逐渐回过神来。望着广场周围密密匝匝的人群，几人不由得相视苦笑。

一行人顺着广场底部缓缓走上台阶，直到在班级位置上停下，这才松了一口气，坐了下来。

萧炎正低声与身旁的薰儿笑谈着，却突然停止了说话，将视线转向广场的一条特殊通道处。那里，被一群人如同众星捧月般簇拥在中间的白山，正朝这边望来。接触到萧炎的目光，白山英俊的脸上不由得浮现一抹冷笑，嘴唇微动，虽然并未出声，但是萧炎依然分辨出了他所说之话。

"我要你今日尊严扫地。"

漆黑眸间掠过淡淡冷意，萧炎脸上却勾起一抹浅浅笑容，对着白山微微点头，嘴巴同样动了动："我等着。"

"萧炎哥哥，若是你与白山对战的话，要小心点。虽然他的性子的确有些不讨喜，但是能够在迦南学院这种天才云集的地方脱颖而出，那便说明他的修炼天赋绝对很高。"一直关注着萧炎的薰儿，自然也发现了他与白山之间的暗战，当下轻声提醒道。

"嗯。"萧炎微微点头。他的确对那个白山抱有敌意与戒备，但他不会对后者产生不屑以及轻视的心态。薰儿所说不假，若是没有几把刷子，就算一个人帅到了惊天动地的地步，也绝对不可能在实力为尊的迦南学院中脱颖而出，并且成为这一届的风云人物。

白山进入广场后不久，那一身红衣的少女也徐徐走进广场。随着她的进场，全场顿时有不少目光被吸引了过去。不管怎么说，琥嘉也算是少见的美女，而且最让人心动的还是她的背景。迦南学院副院长，这个权势滔天的职务，丝毫不比大陆上一些一流势力的名头弱，而且因为迦南学院的特殊地位，即使是一些斗宗强者，在琥嘉的爷爷琥乾面前，也不敢表现得太过傲慢。毕竟，就算不提那些从迦南学院出去的无数强者，光凭迦南学院明面上的势力，也足能将那些一流势力

震慑得不敢胡来。

迦南学院的很多人都知道，谁若是将琥嘉追到手，不仅能温香软玉在怀，还能让自己至少少拼搏十年。作为迦南学院的副院长，琥嘉的爷爷有这种能力。

不过，虽然很多人都对这种诱惑很感兴趣，一些自诩天才的人也曾经试过接触琥嘉，但这些人不仅无一人抱得美人归，反而最后都是以遍体鳞伤的结局归来。那一身红衣的少女用最彪悍的方式，将那些令人不胜其烦的追求者骇得再不敢来聒噪。因此，迄今为止，在这迦南学院中，还没有哪个男学员能够成功地将这小妖女的心俘虏。

望着看台另一边缓步行去的红衣少女，萧炎忽然想起若琳导师说她竟然对薰儿有着一些特别心思的话，不由得脸色有些古怪。片刻后，他摇了摇头，嘀咕道："果然不愧是小妖女的名头，连爱好都这般与众不同。"

在琥嘉进场后的半小时左右，广场周围看台上的人，终于拥挤到了几乎爆棚的地步。一眼望去，黑压压的人头，看不到边，喧闹的声音汇聚在一起，震耳欲聋。

咚！当耀日在蔚蓝天空中高升起来时，清脆的钟声终于在广场上响了起来。喧闹的广场略微安静了一些，无数道目光顺着钟声，望向了极其宽阔的广场。

汇聚了全场所有目光的广场中央，副院长琥乾缓缓站起，目光环视四周，雄浑的声音，犹如闷雷般在广场半空盘旋而起："昨天，内院选拔赛选出了五十强，他们都有进入内院修行的资格。不过，内院之中，同样有着明确的等级之分。想要在内院中得到更好的修行条件，必须尽可能地在这最后一场比赛中取得最好的成绩，每一个名次的提升，对你们都有巨大的帮助。所以为了能够得到更优越的修行条件，尽全力吧！"

琥乾瞥了一眼那些被鼓动得有些激动的学员，笑道："往年的选拔赛，都是采用回合比赛。今年，经过学院会议的讨论，决定稍微改变一下这最后一轮的比赛模式。"

听得琥乾此话，全场学员一愣，将疑惑的目光投向场中。

"现在请前五十名学员全部进入场内。"琥乾朗声笑道。

闻言，萧炎与薰儿微微一怔，五十人全部集中在一个广场上？

虽然很多人对琥乾的话不太明白，但是在他的话音落下之后，全场各处看台上，人影不断闪掠而出，站在了广场中。

随着越来越多的人影出现在广场上，看台上的气氛顿时被提了起来。特别是当一袭白衣，显得玉树临风的白山以及身材火爆的红衣少女琥嘉出现后，气氛直接被带上高潮，整齐的助威声，震耳欲聋般响起。

"走吧。"望着人影散布的广场，萧炎也站起身来，对着身旁的薰儿笑道。

"加油喔！"一旁，若琳导师对着两人挥了挥拳头，笑吟吟道。

"嗯。"薰儿微笑着点了点头。两人纵身一跃，脚尖点在栏杆之上，身形在半空画出两道弧线，在无数道目光注视下，轻飘飘地落进了场中。

随着萧炎与薰儿的入场，原本已十分火热的气氛再度陡然拔升。

"今年，我们不要一场场的回合比赛，而是要一场富有热血与激情的大混战淘汰赛。谁在这个淘汰赛中坚持越久，名次便越高。"望着陆续进场的众多参赛者，琥乾笑道，"在这个广场内，不论你们使用何种手段，甚至是与人联手组成团队也成，只要你们能在混战中坚持下来，那么就算获得了胜利。"

琥乾的话音刚落，广场上就响起窃窃私语。这个与往年比赛不同的模式，显然让他们有些措手不及。

"在比赛开始后，出场外者，便是输，我们有人专门计数。因此，只要你能够在乱战中多坚持一会儿，你的名次便会提升许多。所以，坚持便是胜利。"

"这种淘汰模式，倒也有趣。"萧炎与薰儿站在一起，目光缓缓地在场中参赛者身上扫过，最后戏谑地停在不远处的白山身上，笑道，"不过这样一来，我们倒是占了不少便宜啊。既然能够联手，那么丫头，我们先将其他人赶出去吧。"

"嗯。"对于萧炎的提议，薰儿自然不会拒绝。她乖巧地点了点头，视线扫过

场中，忽然道："其实这种比赛模式对于白山、琥嘉甚至吴昊都有极大的好处。他们都在学院中拥有不小的声望，我看了一下场中的这些参赛者，有不少人平日都与他们三人交好。所以，待会儿混战开启，说不定他们能够联合不少人。"

"呃？我看你的声望也不小啊，难道就不能收拢点人来？"

闻言，薰儿却俏皮地道："若是以前的话，倒还真有人来做护花使者，可如今都名花有主了，别人还来干吗？"

萧炎无奈地点了点头，道："好吧，既然这样，那看来这最后的淘汰赛，只能靠我们两人了。我想，除非这场上所有人都联手攻击我们二人，不然，我倒要瞧瞧，谁有那本事能将我们打出场外。白山，吴昊，还是那琥嘉？"

偏头望着这个背负巨大黑尺、身材略显瘦削的青年，再见那张清秀脸上展露出的自信，薰儿嫣然一笑，她喜欢他身上的这股自信。

"不管面前是怎样的惊涛骇浪，我们一起闯。"拉着萧炎的手，薰儿低声道。

"你们都明白比赛规则了吗？"当再没有人进入广场时，琥乾的目光在场内扫视了一圈，他朗声问道。

"明白！"听得琥乾问话，场内顿时响起整齐的应喝声。

"好，既然都明白了，那么我宣布……"琥乾手掌缓缓举起，最后在无数道目光的注视下骤然落下，"内院选拔赛最后一轮淘汰赛，现在开始！"

原本安静的场地之内，轰的一声，几十道颜色不一的斗气猛然间爆发而出，令人眼花缭乱。随着一道道闷响声传出，场中人影急速闪掠，大多数人都在飞快地朝广场边缘退去，他们都害怕在这种处处是敌人的场中，被人下阴手轰出场。

看台之上的观众，望着那一开始便爆发起战斗的场内，顿时发出一道道激动得响彻云霄的尖叫声。许多人扯破嗓子为自己所喜欢的参赛者助威。这种场面庞大的对战，远远比单轮回合比赛更加具有煽动性。

"呵呵，副院长的主意倒是不错啊。虽然并不算绝对公平，但是这种需要处处防人暗算的场合，却极容易培养人的谨慎心理，而且联手之人也会逐渐懂得团队的力量，此举不错。"望着乱成一团的场内，中央位置的看台上，一位老人对着身旁的琥乾笑道。

"我也只是看烦了以往的回合战斗，所以想要换换花样尝试一下而已，现在看来，貌似还不错。只不过一些平日不善交际的学员，在这种四面都是敌人的场合中，没有可信赖的人帮忙抵挡后背，或许就要吃力一些了。"琥乾笑眯眯地说了一声，便将目光又投入混乱的场中。

此时的比赛场内，时不时有人对轰。不过很多人明显都害怕背后有阴手，所以即使是与人交手，也仅仅是一触即退，丝毫不敢缠斗，目光不断在四周谨慎扫视。任何闯进攻击范围的人，都会让他们宛如惊弓之鸟般急退或者上前攻击。

虽然刚开始的比赛极其混乱，但是当接连七八人被轮番攻击，以致吐血被震出场外后，一些人也学聪明了许多。场中有平日认识的人，便赶忙好言拉拢；若是没有，则只能退而求其次地寻找那些同样没有同伴的落单者。虽然这种临时组合的默契度与信任度都不高，可这是现在唯一的办法了。

手中重尺斜指，萧炎与薰儿站在广场边缘处，青色与金色斗气将两人包裹。两股极其雄浑的气息，自他们体内渗透而出，使那些被混乱的场合弄得有些昏头的参赛者不敢随意对着这边闯过来。

此时的两人，并没有闯进乱成一团的混战圈。他们知道，这种极其混乱的氛围并不会持续太久，只有当白山他们各自将人联合起来后，场中才会逐渐陷入几强并存的局面。届时，彼此牵制下，混乱倒是会减弱许多，那就是他们两人真正面对战斗的时候了。

在看台上震天动地的无数吆喝声中，比赛场内，不断有选手被打出场外。而此时，周围的记录员则飞快地将出了场的选手名字登记在册。

时间在漫天喊声中缓缓流过，场中混乱的局面终于开始有好转的趋势。有了那些悲惨出局者的前车之鉴，一些单打独斗者开始寻找同伴，一时间，由双人或

更多人组成的小团队越来越多。

随着由单人混战转变成团队战斗,萧炎与薰儿终于不能保持独身于外。当一个由四人组成的小团队围攻他们两人不成,反而被尽数打出场外后,萧炎也就抛弃了静观其变的想法。他手握玄重尺,踏前一步,青色斗气自体内如潮水般涌出,大斗师强横的实力横扫全场。

就在萧炎释放了大斗师气息之后不久,紧接着,五股同样强横的气息也暴冲而起,呈分据之势,分别占据着广场四角。

萧炎目光顺着气息爆发处望去,见有三股属于白山、琥嘉、吴昊,其他两股则属于两个他未曾见过面的男子。在这两个男子身后,皆簇拥着四五名实力不低的参赛者。这两方团队,是除了白山三人之外最强横的团队。

此时的比赛场内,团队的实力大多都已经显露。最强的三方自然便是白山、琥嘉以及吴昊的团队,其中又以吴昊的团队气势最为凌厉。在他们之外,便是先前那两个拥有大斗师强者的团队。在五方团队外,还零星有一些两人团队,甚至单人,而萧炎与薰儿则属于两人小团队。

虽然他们两人数量远远比不上那五方团队,但是没有人敢小觑这支两人队伍,只因这支队伍的组成者是萧炎与薰儿。两人随便哪一位,都能够挤进场内单人实力前五。如今强强联合,即使是白山、吴昊、琥嘉等人,也将之视为大敌。

"萧炎哥哥,现在打哪儿?"望着场中已经泾渭分明的局面,薰儿偏头嫣然笑道。

"先等一下,现在场中至少还有三十人,其中还包括白山、吴昊这等强者,我们两人若是不施展全力的话,恐怕还真不可能将他们全部抵挡下,所以只能等着他们彼此消耗。或许白山三人都想将我们杀出去,可又担心被人背后下狠手,因此短时间内,我们不用担心被他们攻击。"萧炎手中玄重尺一扬,将之扛在肩膀上,笑道。

薰儿微笑点头,纤手微动,刺眼的金光在掌心中伸缩吐现。金光中所蕴含的强横能量，令萧炎也有些惊讶。

正如萧炎所说，虽然白山三人都将萧炎两人视为最大的对手，但是丝毫不敢在此时出手。三支团队对视了一眼，旋即极有默契地开始对场中的那些零星小团队展开了驱逐。只有将这些小团队全部驱逐或者吞噬后，他们才能展开最后的战斗。

除了萧炎、薰儿两人的这支小团队之外，其他的小团队皆在与白山等三人的强队接触后不久，便完全溃败，有些是侥幸逃开了，更多的则是被强行逐出了赛场。

微眯着眸子，望着那些被撵得四处逃窜的零星参赛者，萧炎略微沉吟，旋即在全场目光的注视下，猛地踏出一步，沉声喝道："没有队伍的人，若是不想落个坏名次，可以到这边来。"

听得萧炎的喝声，场中那些走投无路的参赛者，顿时狂喜。在遭受三方最强团队驱逐的境况下，即使是另外两支有大斗师坐镇的团队，也不敢在此时收留他们。而如今见萧炎出头，他们自然犹如溺水者抓住了最后一根稻草，急忙朝萧炎与薰儿所在的方向跑去。

萧炎的这一声吆喝，直接将场中剩余的最后七名落单的参赛者收揽到了麾下。一时间，原本只有两人的小团队，立刻膨胀成了足以和白山等人相比的团队，当然，这也仅仅只是从人数上来说而已。白山等三人团队的那些人，实力明显要超过萧炎手下这些被撵得到处逃窜的人。

不过萧炎并未妄想靠着这些投靠过来的参赛者去打败白山等人，他只希望这些人能够帮忙抵挡一下对手便好。

萧炎的这番举动虽然收拢了人心，但是让白山、琥嘉、吴昊这三支最强团队有些不满。琥嘉和吴昊倒还好点，白山却极其不想自己给别人做了嫁衣，而且这个"别人"还是他最讨厌的萧炎。白山当下脸色逐渐阴沉，手掌一挥，其身旁八名实力不弱的参赛者，便跟着他缓缓朝萧炎一群人所在的方向行去，看这模样，

是想直接对萧炎宣战了。

见那带着一脸阴沉而来的白山一群人,萧炎眉尖一挑,将手中玄重尺带起压迫风声卸下肩膀,冷笑道:"怎么,忍不住了?"

薰儿也冷眼瞥着白山等人,缭绕在身体表面的金色斗气越加浓郁,随时等待迎战。

"去四人将萧炎身后的散人驱逐出场,再去四人将薰儿学妹暂时拦住,那萧炎交给我来对付。"白山淡淡地吩咐道。他手掌一晃,一把通体银白的长枪闪烁而出,枪身流转着淡淡毫光,一看就知是镶嵌了魔核的武器。

听得白山命令,其身后的八人顿时分散开来,分工而行。

"薰儿,准备战斗吧!"望着呈扇形而来的白山等人,萧炎偏头笑道。

"嗯。"薰儿微微点头,周身金光缭绕,煞是迷人。

在白山这支团队对萧炎展开进攻之时,吴昊与琥嘉也对另外两支团队开始了驱逐。

最激动人心的对碰战,终于来到。

这一刻,周围看台上,尖叫和呐喊助威声,宛如雷鸣般响彻天空。

望着步伐越来越快速的白山等人,萧炎缓缓地吐了一口气,气旋之内,菱形的斗晶微微颤抖,一缕缕澎湃的青色斗气流转而出,犹如洪水般沿着经脉咆哮奔腾,最后涌出体外,将气势陡然拔升至巅峰。

巨大的玄重尺被青色斗气包裹住,强横的斗气使得玄重尺周围的空间泛起细微的波动。萧炎紧握尺柄,偏头对着薰儿淡淡道:"速战速决,别被拖得太久。"

"三分钟。"薰儿微微点头,金色斗气自体内暴涌而出,刺眼的金光让她犹如地面上的一轮耀日,极为引人注目。

感受着身后暴涌而来的凶悍斗气,萧炎点了点头,脚掌微微抬起,旋即轰然落地,一道能量爆炸之声在脚底暴响。萧炎化为一道黑色光影,携带着剧烈的压迫风声,暴射向一脸冰冷的白山。

"哼！别以为打败了陆牧便横行无忌，迦南学院比他强的人，多了去了！"剧烈的压迫狂风将白山的白衣吹得紧紧贴在皮肤上，但是他却无所畏惧，冷笑了一声，银色长枪猛然一震，闪烁着电光的银色斗气便犹如一条条小蛇，布满枪身。他右手紧握枪柄，一声厉喝，长枪化为一抹银色光芒，极其狠辣地射向萧炎的脖子。

叮！庞大黑影猛然竖下，银色光芒直直点在宽大的玄重尺身之上，其上所蕴含的劲力，仅仅让萧炎握着重尺的手臂略微抖了抖。

狠辣一击被阻，白山的脸色没有丝毫变化，手臂陡然一震，如同电光一般的银色斗气顺着银色长枪暴涌而出，最后化为几道银枪虚影，诡异地绕开重尺，对着萧炎脑袋刺去。

带着电光的银色斗气枪影穿过空气时，发出刺刺声响。雷属性斗气的攻击力如何，萧炎在当年与二哥萧厉切磋时便有所了解，因此自然不会心存轻视之意。几条如怒龙咆哮而来的银色枪影在漆黑瞳孔中急速放大，萧炎身躯一震，雄浑青色斗气暴涌而出，转瞬间便在头顶位置凝固成一实质模样的青色能量头盔，头盔将萧炎整个脑袋都严严实实地包裹住，银色枪影狠狠爆炸开来，却仅仅能见到银光在头盔上留下的无数细小痕迹。

枪影消散，萧炎猛然前踏一步，头盔也几乎在瞬间消散，手中重尺横飞而出，庞大的力量带起撕裂空气的尖锐声爆，对着白山的脑袋狠狠砸去。

重尺挥动间所带出来的恐怖劲气，让白山眼角忍不住地跳了跳，亲自与萧炎近战后，他方才知道对方的力量是何等恐怖。

脚掌之上，银色光芒忽然涌出，白山身躯一晃，刺的一声，银光闪掠，其身形竟然直接闪退了将近五六米，那速度快得令人有些咋舌。

"力量虽然强横，但是你难道不知道，雷属性斗气不仅攻击力强横，而且极其敏捷吗？"借助不知名的身法斗技躲开了萧炎的攻击，白山冷笑道。

"的确挺快。"

　　随意地挥动了一下重尺,萧炎淡淡地点了点头,眼角瞥了一下已经开始展开战斗的薰儿以及那几个投靠过来的参赛者。薰儿那里,四名处于斗师巅峰的强者,都被压制得只有招架之功,没有还手之力,看这情况,三分钟内,薰儿应该便能将四人彻底逐出赛场。而萧炎这方几乎处于一面倒的境况,虽然人数多,但是那七人先前便被杀得没有了气势。如今虽然对方仅有四人,但依然是打了十来个回合便溃败,仅仅一分钟时间,七名投靠过来的参赛者,竟然被对方各个击破地干掉了三人。

　　"果然是一群扶不上墙的烂泥,没了气势,还如何与人战斗?"微皱着眉摇了摇头,萧炎将目光收回。

　　只要他将白山拖住,薰儿就有足够的时间将对方的人全部干掉,而一旦薰儿能抽出手来,那白山就只有落败一途。

　　"先打败你吧,到时候就算薰儿学妹腾出手了,我也能功成身退。我败给她倒是无所谓,只是在这之前,我要在全学院学员面前,让你萧炎成为我的手下败将!"似乎也清楚萧炎的意图,白山冷冷一笑,锋利长枪遥指萧炎,淡漠地道。

　　"你凭什么?"萧炎将手中重尺插在地面,微笑道。

　　"凭我五星大斗师的实力和这个……"白山嘴角挑起一抹阴冷,双手忽然搭在枪腰之上,旋即狂猛旋转,顿时,一杆银色长枪几乎变成了风轮,呼呼狂风将其周边因为战斗而产生的碎石尽数吹散。而随着银色长枪的疯狂旋转,白山身体表面忽然银光大盛,一丝丝银色电芒如同小蛇,不断吐缩,远远看去,此时的白山犹如一个银色光球,并且,光球的表面还布满了无数银色触角。

　　剧烈的狂风将萧炎的眼睛吹得微眯了起来,他感受到了白山手中长枪凝聚而起的强横能量,那是一种充斥着极端狂暴因子的能量,犹如雷霆!

　　"一开始就使用这般强大的斗技,是打算速战速决吗?"望着白山手中长枪急速拔升的能量,萧炎微皱着眉头,掌心微旋,淡青色火焰在青色斗气的遮掩下,隐隐地浮现而出。

"萧炎，让我来告诉你，什么才叫作真正的天才！你，是配不上薰儿的！"呼呼风声中，隐隐有白山细微的阴冷笑声传来。紧接着，漫天风声陡然停滞，萧炎一望，发现白山手中转得犹如风轮般的银色长枪已经静止不动地停留在了他手掌中。只不过，现在的长枪几乎已经完全被转化成了一柄银色雷电枪，枪身之上，电芒闪掠，还有雷霆声传出，长枪微动，散发着令空间波动不已的恐怖能量。

"受死吧！"

眼中闪过一抹阴森，白山紧握长枪，双脚一侧，长枪缓缓举于头顶之上，瞬间，夹杂着雷霆声，轰然砸在了坚硬的地板之上。霎时间，惊天动地的爆炸声将全场观众的目光都吸引了过来。他们看见了那犹如一轮银色太阳的白山，感受到那长枪中所蕴含的恐怖威力后，发出了一片哗然。

"撼雷地弧爆！"

一声冰冷的喝声，陡然自银色光圈中响起。旋即，在无数道被震撼的目光注视下，一道足有丈许粗的银色电弧从长枪贴地之处暴射而出，电弧所过之处，广场之上坚硬的地板被破坏得一塌糊涂。

电弧犹如一条蜿蜒而行的银蛇，速度快得让人有些反应不过来。场外，众人只看见场中银光一闪，便见那一路噼里啪啦出现的深深沟壑如同是被牛犁过的田地一般。众人听到了震耳欲聋的爆炸声，目光顺着声音处望去，却见爆炸之地竟然是萧炎所在的方向。

望着银色电弧落地处出现的庞大沟壑，无数人咽了一口唾沫。这等恐怖攻击，恐怕就算是七星乃至八星大斗师被击中了，也得当场重伤吧？

烟尘缓缓自电弧爆炸处弥漫而起，灰尘之中，没有半点儿声响，萧炎好像在白山那恐怖一击下化为了灰尘。

长枪触着地面，白山脸上浮现一抹苍白，额头上也滑落几滴冷汗，旋即深吸了一口空气，抬头望着没有动静的烟尘，嘴角划起一抹森然。这"撼雷地弧爆"可是玄阶高级斗技，是他所能掌握的最高级别斗技之一。当年在黑角域历练时，

他曾经凭借着这一招,将一名防备不及的斗灵强者击成重伤,然后取了对方脑袋。他相信,即使萧炎实力足以和他比肩,也绝对不可能在这一招之下安然无恙。

场中,烟尘逐渐消散,广场之外一片寂静,无数道目光都注视着这里。他们很想知道,犹如一颗新星迅速在迦南学院崛起的萧炎,究竟能否真正与白山这等风云人物相抗衡。

烟尘缓缓变淡,一把插在坚硬地板中的巨大黑尺首先出现在众目睽睽之下。

狂风突起,烟尘彻底消散,全身都包裹在青色火焰之中的人影,出现在无数道目光注视之下。

阴森的目光陡然一凝,白山脸色微变,望着那全身上下翻腾着青色火焰的人影,那诡异的火焰,即使是相隔这般距离,他也能够感受到一股恐怖的炽热。

"打爽了?"青色火焰人影微微抬头,淡淡的声音传了出来,面目上的火焰略微弱了一点儿,露出一张淡漠的清秀的脸,赫然便是萧炎。

白山脸微微抖动,手掌紧握着银色长枪,他现在才隐隐感觉到,这个萧炎究竟如何强横。

"爽了的话,那就换我吧。"青色火焰人影自言自语了一声。

白山死死地盯着火焰人影的一举一动,在听得对方说出这话后,便骤然后退,然而仅仅退了几步距离,却察觉到背后传来一股炽热。他急忙回头,眼角刚好闪过一抹淡青光影,旋即一只被火焰包裹的拳头,在眼瞳之中猛然放大。

第三章
战斗中晋级

拳头携带着炽热的青色火焰,虽然还未接触自己的身体,但是白山早已感觉到皮肤有种难忍的灼痛。他咬牙忍住疼痛,脚掌之上,银光再度涌现,身躯一晃,身体便诡异地闪退了几米距离。

然而白山刚刚退出萧炎的攻击范围,还来不及举枪攻击,青影闪动,萧炎那冷漠的脸便再度出现在白山面前。萧炎的双拳在此刻如同疯了一般,带动着十几道残影狠狠对着白山周身各处呼啸而去,拳拳到肉,一时间,拳头接触肉体的闷响声接连不断在赛场中响起。

"浑蛋!"

身体各处传来的阵阵疼痛让白山内心的怒火大涨。萧炎的攻击全部都是贴身展开,这般距离根本容不得他施展枪术。虽然白山施展着"风雷动"的身法斗技可以暂时避开一段距离,但是脱去了玄重尺束缚的萧炎,正好能够使用自身暴涨的速度追赶上他。所以不管白山如何使用"风雷动"拉开彼此距离,都是无用之功。

　　白山退两米，萧炎就直接跟进两米，反正不管如何，萧炎始终都与白山贴身战斗，丝毫不给白山施展枪术的机会。而失去了最强武器协助的白山，与萧炎进行肉搏战，无疑将是一个大大的悲剧。

　　握着玄重尺的萧炎并不可怕，可怕的是脱离了玄重尺重量的束缚、施展诡异特效、压抑自己体内斗气的萧炎。

　　如果面对握着玄重尺的萧炎，白山或许还能凭借雷电斗气以及出色的枪术与之展开对战，可在肉搏战中，白山最好的选择便是尽快拉开双方的距离。但这一点，却已经完全被萧炎压制，所以，白山一时的大意，让自己陷入了无法翻身的地步。

　　萧炎几乎化为一道模糊的黑影，不断地在白山周边穿行，拳头带起一股股凶悍的拳风，狠狠击打在全身包裹在银色斗气中的白山身上。此刻，拳、掌、臂、肘、脚、膝……白山身体的任何一处部位，都成了萧炎的攻击对象，拳头挥动间，残影不断。

　　面对萧炎这近乎疯狂的近身攻击，白山手中的长枪已经被夺去，虽然他偶尔也能用拳头与萧炎对轰两下，但是萧炎身体之上所包裹的青莲地心火又岂是常物？每一次对轰，白山的拳头便会浮现一片红肿，若非有斗气防护，恐怕刚刚接触，就会被青莲地心火的高温给烧熟了。

　　场中，先前还威风凛凛的白山，突然之间却转变成了只能挨打的沙包，这一个天一个地的极端转变，让看台上的无数人目瞪口呆。那个被萧炎追着暴打，并且没有多少还手之力的白山，就是学院中叱咤风云的天才？

　　"疯狂的家伙……"若琳导师与萧玉等人同样满脸呆滞地望着发飙的萧炎。她们没想到，这个看似温和的家伙动起真格来竟然这般可怕。

　　"那萧炎身上的青色火焰，应该是异火吧？"广场中央的位置上，那名被琥乾称为火老头的老者，望着缭绕在萧炎身体上的青色火焰，一直平淡的脸色终于变了，缓缓问道。

"嗯，应该不假。能够让我们都感到心悸的温度，的确是异火，不过就是不知道是哪一种异火。若是萧炎实力再强一些，届时施展出来的这个异火，即使是普通斗王强者，都未必敢轻易接下。"琥乾点点头道。

"这个萧炎，我炼药系要了。"火老头略微沉吟，旋即轻声道。

"呃？他可是要进入内院的啊，火老头。"闻言，琥乾一怔，道。

"进内院和进炼药系又不起冲突。萧炎本身也是一名炼药师，若是来了炼药系，只会对他有好处，而且也不会耽搁他在内院的修行。"火老头淡淡地道。

"那随你吧，你能让他入炼药系，我倒是没意见。毕竟能够给学院增添一名出色的炼药师，我也求之不得。"琥乾摇了摇头，笑道。

火老头微微点头，不再回话，继续将目光投向场中，紧紧地盯着萧炎身体上升腾而起的青色火焰，许久，眼中掠过一抹极为罕见的艳羡。

又是一拳狠狠地砸在白山的胸膛之上，顿时，一道细微的咔嚓声忽然响起。萧炎冷笑地望着白山身体上缓缓破碎开来的斗气铠甲，又是一脚飞踢而出，重重地甩在白山的肚子上，只听得一声巨响，白山身体表面的雷电斗气铠甲居然硬生生被萧炎给强行轰破了。

萧炎这一脚劲气极大，因此白山在倒地后滑了几十米方才缓缓停住，忍不住喷出一口鲜血。他脸色惨白，咬着牙颤颤巍巍地站起身来，怨毒地看了一眼远处的萧炎，然后从纳戒中取出一枚淡黑色的丹药，塞进嘴中，咽进肚内。

此时的萧炎并没有急着理会白山的举动，因为他发现，体内斗气在先前那番行云流水般的狂猛肉搏中，居然开始变得极为汹涌起来，一波波斗气在经脉中自动疯狂流淌。而萧炎周身的空间也在急速波动，一缕缕精纯的能量，几乎成灌涌之势，对着萧炎体内灌注而去。看这模样，分明便是晋级时才有的动静。

萧炎居然在刚才那通毫无顾虑彻彻底底施展肉搏的攻击中，侥幸达到了突破契机，以至于现在体内斗气自动流转，实力也水到渠成地开始了晋升。只不过，这个晋升等级的场合，貌似极为不妙。

萧炎所造出的动静,自然逃不过一些眼力好的人,紧接着,"萧炎竟然在战斗中晋级了"的惊呼声在看台上此起彼伏地响了起来。无数人都愕然地望着场中那包裹在青色火焰中的人影,这个家伙,怎么总是搞出这些令人目瞪口呆的事情?现在场中的战斗正处于关键时刻,他竟然来了个晋级,实在是让人对他的运气哭笑不得。

要知道,在晋级时,不能受到太大的干扰,否则,轻则受伤,重则有生命之危。若是放在寻常时候,萧炎遇见这种事情,定然会让人极其羡慕,可现在谁会认为这个场合是晋级的好地方?

"不会吧?"此时的萧炎,也忍不住因为这突发状况而破口大骂了一声。他明白,现在这种场合,想要静心晋级,基本是不可能的事情。这一次的晋级,萧炎没有半点儿推动的意思,全部都是它自动找上门来,根本容不得拒绝,而这才是最让他哭笑不得的地方。往日百般求都不来,现在不要它来,它却偏偏赶了上来。

"哈哈,萧炎,看来连老天都帮着我啊!"吞服下那枚淡黑色丹药之后,白山惨白的脸上忽然涌上一抹近乎病态的红晕,原本微弱的气息也猛然变强了许多。他见萧炎立在原地动也不敢动,再见其周身的动静,也忽然间明白了过来,不由得一声狂笑,手掌对着远处掉落的银色长枪一吸,长枪便化为一道阴影,射进了自己手中。

"萧炎哥哥,你先完成晋级吧,我帮你暂时拦住他们!"一道淡青色的倩影忽然闪掠出现在萧炎面前,微笑道。此时白山手下的八名参赛者,已经被薰儿尽数驱逐出了场外。

"给我十分钟时间。"萧炎略一迟疑,便咬着牙点了点头,旋即盘腿而坐,凝神控制着那些疯狂钻进体内的能量。

见萧炎闭目,薰儿偏头将冷淡的目光投向白山,纤手间金光闪掠,淡淡地道:"你若是想来,尽管上,不过我不会再有半点儿留手。"

听得薰儿那冷淡至极的话语，白山的脸猛然涌上一抹狰狞，他深吸一口气，压下心中的暴怒，忽然将目光转向广场另外一边。那里，吴昊与琥嘉所率领的团队，刚好将那两支有大斗师坐镇的队伍驱逐出了场外，吴昊与琥嘉此时明显也察觉到了萧炎的异动，当下都是一脸愕然。他们显然也没想到萧炎竟然会在这种时候遇见晋级的事情。

"吴昊、琥嘉，我想，我们或许可以联手先将萧炎与薰儿弄出去。你们也知道他们两人的实力，而且现在萧炎又处于突破阶段，若是被他成功突破的话，实力又将会大涨一截，到时候各自为战的你们二人还如何能够抵挡他们二人？这样下去，我们迟早都得败！"就在吴昊与琥嘉正在为萧炎的异动感到诧异时，白山的低语忽然在他们耳边响起。

听得白山的话，两人都是一怔，旋即紧皱眉头。

"嘿，你们二人不是都觊觎薰儿学妹吗？此时若能够将萧炎弄出场，他就会失去前五的资格。你们也应该知道，对前五名还会有另外特殊的考核，到时候我们与薰儿学妹在一起，没有了萧炎那个碍事鬼，就看谁能打动薰儿学妹的心了。"白山的声音，继续在两人耳边盘旋，"琥嘉，迦南学院可再找不出比薰儿学妹更有气质的女孩子了哦，你难道想看着她被萧炎糟蹋？还有吴昊，这么多年，薰儿学妹是唯一让你心动的人，若是萧炎一直在薰儿身旁，你还有机会？所以，他是我们共同的敌人！不要再犹豫了，若是让萧炎成功晋级，到时候失败的，就是我们了！"

白山的话让吴昊与琥嘉的脸色微微有些变化，这可是刚好戳在他们的软肋上。半晌，他们对视了一眼，点点头，沉声道："好，先将萧炎弄出场！"

随着三人达成协议，吴昊与琥嘉手一挥，便各自带着剩下的四名参赛者，缓缓对着萧炎与薰儿所在的方位行去。

见两人的举动，白山眼中划过一抹阴冷，转头狠狠地盯了正闭目炼化斗气的萧炎一眼，当视线再度停留在萧炎前面亭亭玉立的少女身上时，脸上浮现出些许

迷醉。他紧握着拳头，低声道："你是我的！"

握着枪柄，白山也大踏步地对着萧炎两人行去。

场中众人的举动，并未逃过薰儿的注意，见三方势力竟然选择同一时间过来，她似乎也明白了什么，淡雅精致的脸上首次露出淡淡的寒意。衣袖轻挥，一股几乎不逊色于七星大斗师的气势，毫无保留地自薰儿体内暴涌而出，金色斗气在其掌心间凝聚成两团金光，宛如小型耀日，极其吸人眼球。

"怎么，想联手一起上？"薰儿看着越走越近的十一人，淡淡地道。

"嘻嘻，薰儿，放心，我可不会伤你的，只是那个家伙，我得把他撵出去。"琥嘉指着闭目中的萧炎，笑吟吟地道。

"你可以来试试。"薰儿冰冷地道。与此同时，掌心中那两团金色强光也越加刺眼。白山、琥嘉、吴昊，还有八名处于斗师巅峰的参赛者，这等阵容让她感到棘手，而且现在她还需要分心保护萧炎。

"唉，薰儿，我对你的心，难道你还不明白吗？那些臭男人有什么好的？"琥嘉那对充斥着狡黠的水灵眸子，可怜兮兮地盯着薰儿，温柔的声音却让白山略有些不太自在。这句话应该让他来说才最好吧？

薰儿不再理会琥嘉，退后一步，将萧炎挡在身后，用行动将自己的决定告诉了琥嘉等人。

"薰儿学妹，正如琥嘉所说，我们并不会伤害你，只是你别阻拦我们。"白山冲着薰儿微笑道。

薰儿冷冷地看了他一眼，连话都懒得再与他说。以前倒没觉得这个家伙有多讨厌，而这短短几天时间，却让薰儿对白山厌恶到了极致。

薰儿那冰冷的目光再度让白山的脸微微抖动，他深吸了一口气，努力让自己扮出笑脸，对琥嘉两人说道："动手吧，不能再拖延了，不然萧炎就要晋级成功了。"

听得白山的催促声，琥嘉两人只得点了点头，斗气自体内暴涌而出。顿时，赛场上便被几股强横气势分割占据。

场中忽然出现的变故，同样在看台上掀起了一阵波澜。看白山等人的举动，明显是想以三对一，这种以多欺少的方式，让看台上阵阵哗然。不过，当这些人想起这次的比赛模式本就算不上绝对公正后，又只得无奈地缩了回去。

"这些家伙也太卑鄙了吧？竟然三打一？"萧玉望着场中已经形成将薰儿半包围的局面，不由得涨红了俏脸愤怒说道。

"唉，这次的比赛模式，并没说不准使用这种方法，所以我们也没办法啊。"若琳导师轻叹了一口气，袍袖中的玉手因为握得太紧，直接导致指节骨有些泛白，"希望薰儿能够扛十分钟吧，只要等到萧炎晋级成功，一切就好了。"

"琥乾，看来你的这次尝试漏洞很多啊，连三打一这种事情竟然都能出现！"望着赛场内，火老头皱了皱眉头，声音中略带些讥讽。

琥乾的脸色此时并不好看，听得火老头这话，他也只得苦笑了一声，叹息道："这种比赛模式，的确很乱。在比赛开始的时候，我便说过，他们这样做，其实并不算违规。你也别以为我是因为琥嘉在场便选择视而不见，这是她自己的决定，我不会干涉。同样，如果她失败或者出现其他情况，我也不会干涉。一切，都是他们年轻人自己的事情，我绝不会插手。"

"希望吧。"火老头再度将目光投向场中，淡淡道。

在无数道目光注视下，场中的合围，终于将薰儿锁定，八名处于斗师巅峰的参赛者率先发难，八道人影直接带起凶悍劲气，向薰儿背后的萧炎暴射而去。

"守护卦掌！"

俏脸冷漠，薰儿体内金光大涨，双脚竟然微微离地半寸，背后一头齐腰长发无风自动，掌心间金光暴涌，旋即八掌连轰，只见八道手掌残影停留半空，随即各自带起一道金色的能量尾巴，闪电般地飙射而出，最后重重地印在那八名躲闪不及的参赛者胸口之上。顿时，八人皆喷出一口鲜血，随后在无数道震撼目光下，直接被薰儿这一招轰出了比赛圈。

"好强！"一招解决八名巅峰斗师，看台之上，无数人倒吸了一口凉气。在迦南学院，薰儿极少动用真正实力，如今因为萧炎，白山等人的举动彻底触怒了她，她终于不再留手，出手便是重招。

面前的金光刚刚消散，一股血腥气息忽然扑面而来，一道血色人影诡异地闪掠到身前。吴昊双掌挥动间，带起血色雾气，对着薰儿轰击而去。

嘭，嘭，嘭！

面对吴昊的正面攻势，薰儿脸上的表情没有丝毫波动，金光缭绕的手掌直接选择以硬碰硬的方式与吴昊轰击在一起。每一次双掌交轰，都会响起一道刺耳的能量爆炸声。

接连对了将近十掌，薰儿娇躯才略微一晃，退后小半步。而反观吴昊，却足足退后三步之多。

吴昊刚刚后退，一道鞭影便带着霹雳声响从天而降。薰儿反手一扬，一股金光暴射而出，将琥嘉甩过来的长鞭击飞。与此同时，薰儿脚尖猛然向身后狠狠踢去，将那想绕到背后偷袭萧炎的白山震得连退了几步。

仅仅不到两分钟的时间，薰儿便凭借着一己之力，击退八名巅峰斗师，并且还将实力与她相差无几的白山、琥嘉、吴昊三人震得后退，虽然其中有三人并未真正动用底牌的原因，但是这般身手也着实让人惊讶。

在经过第一回合的接触之后，白山三人对薰儿的实力也有了个模糊的认识，当下脸上浮现些许凝重。互相对视了一眼，三人体内斗气齐齐涌动，旋即三道人影同时对薰儿展开了最凶猛的攻击。

场地中，只见人影闪掠，斗气碰撞间爆发出巨响以及强大的能量波动。白山三人施展一切手段想要攻击到萧炎，然而薰儿却犹如堵在三人面前的一座巨山，任何针对萧炎的攻击，都会被她准确地拦截住，那近乎变态般的直觉，让白山三人大为头疼。

双掌又与白山、琥嘉两人对轰一记，三人都小退了几步。薰儿刚欲退后守卫萧炎，却忽然察觉到右面涌动的血腥气息，转头一看，发现吴昊趁她与白山两人战斗时，竟然接近了萧炎。

望着接近萧炎的吴昊，薰儿的脸上闪过一抹怒意，脚尖轻点地面，身体瞬间便出现在吴昊面前，右掌之上，金光大盛，旋即夹杂着强横劲气，对着吴昊的胸口狠狠拍去。

对于薰儿的攻击，即使强如吴昊，也不敢有丝毫怠慢，他当下急忙将血气缭绕的手掌迎了上去。

轰！双掌交轰，吴昊站着的石板直接被震成了粉末。

刺！刚与吴昊对轰，身后猛然间又是一道破风劲气响起，薰儿黛眉微蹙，右手带起汹涌金光，反推而去。

嘭！反推的金光手掌被琥嘉所拦。战场上，薰儿竟然凭借单手分别应付着两个强敌，并且还未有败象，这般实力堪称恐怖。

"嘿，薰儿学妹，抱歉了，这个家伙，今天必须出局了。"就在薰儿被琥嘉与吴昊所缠时，冷笑声忽然在身后响起。薰儿急忙回头，却见白山正一脚狠狠对着闭目中的萧炎踢去。

"白山，你敢！"薰儿的脸上这么多年首次闪过冰冷杀意。霎时间，金光自薰儿体内暴涌而出，双臂一震，竟然凭一击之力将吴昊与琥嘉震退，旋即身形一闪，便出现在萧炎面前，双臂一伸，将萧炎揽进怀中。可这般举动，却刚好将后背露给了白山，而他那一脚，则重重地甩在了薰儿肩膀处。顿时，薰儿的脸略微一红，淡淡的血迹在嘴角浮现，被她快速抹去。

"白山！你敢伤她！"见薰儿嘴角一闪而过的血迹，吴昊不由得大怒，转身对着白山怒喝道。而一旁的琥嘉，俏脸上也噙着怒意。

"我只是想将萧炎弄出去，是薰儿学妹自己为了护他而受伤的，这怎能怪我？"白山冷喝道。

"不要再假惺惺了，白山，今日你若是能够毫发无损地离开赛场，我萧薰儿

也就不用继续留在迦南学院了。"冰冷的声音忽然自薰儿嘴中传出。她缓缓站起身子,那对如秋水般的眸子,忽然被金光笼罩。而随着其眼中金光的出现,一股极强能量逐渐自薰儿体内传出,薰儿那齐腰的长发竟然也开始变长,看这模样,她似乎是在启动某种秘法。

就在薰儿长发即将盖过臀部时,一只白皙手掌忽然自她身后伸出,握住了她的手臂,那熟悉的声音让薰儿疯长的青丝急速回缩,也使得她冰冷的脸浮现些许笑容。

"好了,接下来的事,交给我来做。"

第四章
毫不留情

淡淡的声音缓缓地在广场之上徘徊,身形瘦削的黑袍青年,在无数道目光的注视下,将薰儿拉在身后,他微微抬头,淡漠的目光停在白山三人的脸上。

"这个家伙终于醒了。"望着在关键时刻终于晋级成功的萧炎,看台上的若琳导师与萧玉这才长长地松了一口气。

见那浑身气势比先前强横了许多的萧炎,白山三人也清楚,现在的萧炎已经晋级成功,而接下来的战斗,恐怕将会出人意料地惨烈。

萧炎漆黑的眸子古井无波,然而一旁的薰儿却能够清晰地感觉到从他体内隐隐渗透出的一股暴虐情绪。显然,这一次白山三人的联手围攻之举,已经真正地触怒了萧炎。

"薰儿,你先退开,接下来的事,让我来就好。"萧炎淡淡地道。

"萧炎哥哥,他们三人可都是五六星大斗师的实力,所修习功法的等级也不低,并且还有着强横斗技,你一个人的话……"薰儿略有些迟疑道。

"交给我吧。"萧炎重复了一句。淡淡的青色火焰开始缓缓地自他体内渗透而

出,炽热的温度使得其周身的空气都变得扭曲与虚幻起来。

"那……那好吧,我会在一旁观战,若有变故,萧炎哥哥不要责怪薰儿出手。"听得萧炎再次坚持,薰儿只得点了点头,脚步缓缓后退,轻声道。

萧炎再度将目光转回白山三人身上,半晌,缓缓地道:"今天若是你们能够安然无恙地走下比赛台,那我萧炎,从此不再踏进迦南学院半步!"

萧炎的话让三人的脸色微微有些变化,他们能够清楚地感觉到萧炎这番话中隐藏的冰冷以及压抑的暴怒。

"哼,尽说大话!虽然你如今晋级了一星,但也不过是六星大斗师左右的实力,这种级别,刚好能与我们之间一人抗衡,想要以一敌三,我看你是自取其辱!"白山手中长枪一挥,冷笑道。

"我的本意并非伤薰儿,等将你打败之后,我会让白山为先前那一脚付出代价。"全身包裹在血色袍服之中的吴昊,望着萧炎平静地道。

"嘻嘻,也要算我一个。"琥嘉娇笑道。

听到两人这话,白山的脸忍不住变了变,但他旋即一笑,道:"先前失手伤了薰儿学妹,我也极其内疚,等会儿不用你们动手,我自己便会主动退出,以此向薰儿学妹赔罪。不过在这之前,得先将萧炎打败再说。"

"现在说这些,是否晚了点?"萧炎不理会一脸冷笑的白山,双手缓缓在身前结出奇异印结。随着其手印的结动,萧炎身体表面所缭绕的青色火焰骤然一凝,旋即嗖的一声,便全部钻进了体内。

随着青色火焰的消失,萧炎那漆黑双眸却逐渐涌上青色火焰。转瞬间,一对漆黑眸子便被转换成了充斥着青色火焰的双瞳。

"天火三玄变第一重:青莲变!"

平淡的声音缓缓在萧炎心中响起,当最后一个字落下后,萧炎浑身气息猛然全部收敛入体。瞬间之后,气息犹如那突破了大地束缚的火山,铺天盖地喷涌而出。

青色火焰斗气从萧炎体内急涌而出，旋即横扫半空。炽热的火焰直接使广场上的温度急速上升，一些实力不济的学员，脸上已经出现了汗珠。

此时萧炎的气息，已经远远超过了大斗师级别，模糊测去，至少足以和斗灵强者相比肩。

望着场中被大团青色火焰包裹的萧炎，再感受着那股猛然暴涨的气势，广场的看台上，无数人一脸愕然与呆滞。

"斗灵强者？"目光死死地盯着萧炎，白山的脸色忍不住有些变化。而在他身旁，琥嘉与吴昊脸上也同样浮现了一抹凝重。

嘭！白山的声音尚未落下，一道能量炸响声便猛地自火焰中响起。一道模糊的青色影子，刺的一声，撕裂了空气的阻碍，十几米的距离，却在不到一秒内穿行而过。这般恐怖速度，只让白山三人觉得眼前一花，三米多高的青色火焰人影，便带着炽热的温度出现在了三人面前。

火焰之中，拳头爆轰而出，化为三道残影，各自携带着炽热青火，狠狠地砸向三人脑袋。

施展了天火三玄变之后的萧炎，已经增加到了即使是一般斗灵强者都望尘莫及的速度。因此，在拳影即将打到自己的脑袋时，白山三人方才有所察觉，不禁脸色大变，仓促之下，他们急忙将双臂交叉在脑袋前，旋即斗气涌动，不断增强防御。

轰！青色火焰拳头重重地落在三人交叉的手臂上，顿时，三道闷声整齐地响起，只见到白山三人的脸上泛起一抹红润，双脚擦着地板，急速后退。

三人在后退了十来步后，脚掌狠狠踏地，终于将劲气化解。感受着那被萧炎轰得近乎麻木的手臂，三人脸上浮现一抹震惊，没想到突然之间，萧炎的实力竟然暴涨到这般强横境地，以一敌三，不仅未有败象，而且将他们压得落了下风。

"拼了！"

白山咬牙冷喝了一声，银色斗气猛然附体，手中银色长枪一震，电蛇一般的

斗气急速在枪尖处闪烁跳跃。而随着白山枪尖的剧烈颤抖，银色斗气开始在枪尖凝聚，并且发出细微的刺啦声响，看其模样，明显是在准备一种威力不俗的斗技。

吴昊与琥嘉略微迟疑了一下，体内斗气也开始急速奔腾。以他们在迦南学院的名声，傲气使得他们极其不愿意三人同时败在一个年龄相差不多的青年手中，到了这一步，他们自然不可能再选择留手。

深绿色与血色斗气开始从琥嘉与吴昊体内狂涌而出，一鞭一重剑上，凶悍的攻击型斗技急速酝酿。经过先前的溃败，现在的他们开始拼命反击了。

萧炎在一拳将三人击溃之后，却出人意料地并未选择继续进攻。袅绕的青色火焰下，他脸色冷漠地从纳戒中取出一枚紫色药丸，塞进嘴中，然后轻轻嚼动，喷出一口紫色火焰，被他握在掌心中。

瞥了一眼紫色火焰，萧炎右手又是一晃，青色火焰升腾而起。缓缓抬头，望着准备垂死一拼的白山三人，萧炎那充斥着青色火焰的眸子中，没有半丝情感。他双手逐渐合拢，紫色与青色火焰开始融合！

看这模样，萧炎竟然是想施展小型的佛怒火莲。看来白山三人今日的举动，真的触怒了萧炎。

"那萧炎应该是使用了某种能够暂时提升实力的秘法吧？不然的话，实力是不可能提升这么多的。"望着场中静止不动的青色火焰人影，再见对面酝酿着强横斗技的白山三人，主席台上副院长琥乾缓缓地道。

"现在的萧炎，怕是已经具备了斗灵强者的实力，不过看白山三人所施展的斗技，明显也并非普通之物。三人齐力之下，就算是一名斗灵强者，也不敢轻视啊。这场比赛，若是萧炎不打算让薰儿参加的话，恐怕得僵持一会儿。"琥乾身旁的一位元老笑道。

"僵持不了。"淡淡的声音忽然传出，一旁的火老头紧盯着将萧炎包裹的青色火焰，轻声道，"如果我所料不差的话，就是这一击，比赛就得落幕了。"

"哦?"闻言,连琥乾也略感惊诧。他将目光投注场中,片刻之后,陡然察觉到其中变得极其狂暴的能量波动,当下脸色微变,锐利目光直射青色火焰,惊讶地说:"好家伙,这个萧炎究竟是在施展什么恐怖斗技,竟然强大到了这般地步?"

场中寂静气氛持续了仅仅不到一分钟,便被轰然打破。

"雷动八荒!"

"幽木毒蛇藤!"

"血裂斩!"

白山三人眼睛猛然一瞪,手中强横斗技终于酝酿到了极限,武器轰然一震,霎时间,一银一绿一红三股凶悍无匹的能量瞬间暴射而出。三股能量所过之处,坚硬的地板全部崩裂,一条条刺眼的裂缝足足蔓延到广场边缘方才停止。

在三股凶悍能量暴射之际,不远处的青色火焰人影中,一抹青紫光芒闪电般从青色火焰间掠出,无声无息带起漂亮的青紫尾巴,在无数道目光的注视下,与三股能量轰然碰撞。

轰!在碰撞的顷刻间,四股能量先是沉寂了瞬间。旋即,惊天动地的爆炸声轰然响起。

紧接着,浓厚的灰尘自广场中升腾而起。整个广场此刻完全变成了废墟。看台上也陷入死一般的寂静。

在无数道近乎呆滞的目光注视下,弥漫广场的烟尘缓缓消散,那出现在视线中的满场狼藉,让看台之上响起了阵阵抽冷气的声音。

此时,原本由巨石整齐铺成的坚硬广场,已然彻底变成了废墟。一个巨大的深坑出现在废墟的中央。在深坑周围,怪石林立,与先前的比赛广场相比,完全是两副截然不同的模样。谁也没想到,萧炎与白山三人的对轰,竟然造成了这般恐怖的破坏力。

"这个家伙真是变态啊。"萧玉目瞪口呆地望着那变成废墟的比赛广场,好半

响之后，方才深吐了一口气，苦笑着道。即使她已经很是高看这个从小便特立独行的表弟，可依然没有料到，仅仅两年时间不见，这个家伙居然强到了这种令人咋舌的地步。

一旁，若琳导师深有同感地点了点头，心中暗自嘀咕：这家伙在两年的时间中究竟是如何修炼的？当初在乌坦城，萧炎虽然天赋不凡，但是拼尽了全力，也只能在她手中走出二十回合。而现在，若琳导师自认若是与萧炎对战，恐怕自己胜算也不大。

一道青色倩影忽然闪掠上一处巨石，视线在废墟中扫了扫，最后停留在那巨大的深坑处。那里，隐隐有三股虚弱的气息存在。

深坑之中升腾而起的灰尘逐渐落下，其中的情形终于完全出现在了全场瞩目之下。

深坑中，有一处相对比较平坦的空地。在这处空地上，没有任何碎石，倒是有一层厚实的石粉。显然，在这处双方能量交轰的中心地带，恐怖的能量爆炸已经将碎石都震成了粉尘。由此可见，这一次四人所施展的斗技是何等强横。

坑中的空地上，三道人影手扶着身后的石壁才将摇摇晃晃的身体支撑住。此时的白山三人极其狼狈，灰尘将脸遮了大半，衣服被撕破了，并且三人的脸色惨白，嘴角还残留血迹，急促的呼吸已经失去了先前的沉稳。显然，在萧炎那记即使是斗灵强者都不敢硬接的佛怒火莲的攻击下，白山三人是真正地受了重伤。

无数道目光停留在狼狈的三人身上，目光中含着不可置信之意：三名在迦南学院外院这一届学员中叱咤风云的顶尖学员，如今居然在一个仅仅来学院不到三天时间的青年手中败成这副模样。

"萧炎呢？"抹去嘴角血迹，白山抬起头，目光环顾了一下四周，惨白的脸上浮现一抹红润，声音嘶哑道，"看来应该是在能量爆炸中被埋在了废墟中吧，以一敌三，的确很狂妄，却没什么好下场。"

琥嘉与吴昊都未理会他，他们咽了一口唾沫，润着干涩的喉咙，半晌，琥嘉方才咬着牙道:"该死的,早知道就不该听你煽动,这个萧炎,根本惹不得!"

"他很强,比我们都强!"吴昊抬起头,裹在身上的宽大血袍已经被撕裂了,露出了一张白皙得有些过分的年轻面孔。吴昊长得并不帅,甚至只能说平凡,不过那眼瞳中时不时掠过的些许森寒血腥,却会让与之对视的人感到毛骨悚然。而此时,那平日总是暗蕴杀气的眼瞳,却首次掠过了一抹忌惮。

"再强又能如何?在我们三人联手一击之下,他就算能活下来,恐怕至少也要断胳膊断腿!"听到两人话语中都有抬高萧炎的意味,白山忍不住一皱眉头,冷笑道。

嘭!白山的话音刚刚落下,废墟深坑的边缘处,一块巨石却兀自爆裂开来,将看台上的目光以及正张着嘴大口喘气的白山三人的注意力都吸引了过去。巨石爆炸处,淡淡的灰尘弥漫开来。

"他……他还没死!我能感应到他的气息!"眼睛死死盯着那团灰尘,吴昊缓缓说道。

白山的脸不断抽搐着,原本惨白的脸色,此时变得更加白了几分。显然,这个在迦南学院外院中被称为风云人物的天才学员,经过刚才那番惊心动魄的大战,心中已经对那个黑袍青年产生了些许他自己不愿承认的畏忌情绪。

灰尘中,忽然响起脚掌踩在碎石上发出的细微声响。而听得这脚步声,白山、琥嘉以及吴昊三人的脸色都忍不住变了变。

脚步声越来越近,白山眼睛眨也不眨地盯着灰尘处,片刻后,眼瞳猛然一缩。衣着依然如同战斗前那般整洁的黑袍青年,缓缓地步出灰尘,出现在全场注目之下。

望着那身着一袭整洁的黑袍并且脸色平静得和先前进场时一样的青年,全场陡然安静下来。

谁能想到,在经历了先前那番恐怖的能量爆炸后,这个家伙不仅没有如白山预料般断胳膊断腿,而且气息依然雄浑,呼吸依然平稳,外表依然整洁。这般表

现，与白山三人的狼狈形象相比，几乎是天壤之别。

而这种形象区别也彻底地将胜利者凸显了出来。再也没有人会认为，在如此激烈的战斗中还保持着如初形象的萧炎会没有资格问鼎此次选拔赛。

经过这番激战，选拔赛的最强者已经明了。

"萧炎哥哥果然变强了，先前所施展的那恐怖火莲，威力几乎已经达到了玄阶斗技的巅峰。"望着那缓步行出的黑袍青年，立于巨石上的薰儿微笑着低声道。此时，她的脸噙着一抹淡淡的欣慰与自豪。她并不在意自己能否在无数人的注视下大出风头，她在意的是萧炎能够在这种场合显露出令人惊叹的实力，薰儿由心底感到喜悦。

萧炎缓步从灰尘中走出，脸色依旧淡漠，随意瞥了三人一眼。旋即，毫无预兆地，漆黑眸子中陡然重新涌上一股暴虐情绪。

与此同时，萧炎身形一动，霍然化为一道黑影，仅仅是瞬息间便带起一股尖锐风声以及压迫气息，出现在了白山三人面前。三人呼吸不由得一滞。

"萧炎，你想干什么?!我们已经……"眼前一花，白山骇然发现萧炎已经出现在了自己面前，目光与那对漆黑眸子一碰，刚好瞧见其中的那抹暴虐与杀意，禁不住当下急喝道。

然而他的喝声还未落下，黑影便划过眼前，旋即白山感到小腹处传来一阵剧痛，一股巨力将其身体震得轰然后滑，最后狠狠地砸在了石壁之上。顿时，骨头碎裂的细微脆响悄然响起。

"萧炎，你……"突如其来的攻击也让琥嘉与吴昊一怔，他们随即迅速反应过来，身体急退，口中也喝道。

"先前的那一脚，岂能轻易抵消?"在琥嘉急退间，黑影却鬼魅般地欺身而近，冷漠的淡淡话语响起。

"萧炎，你敢!"冷漠的话语让琥嘉心头一寒，声音在此刻顿时变得尖锐起来。从小到大，以她的身份背景，何曾被人这般凌辱殴打过？

萧炎脸色冷漠，没有回答琥嘉的尖叫，也没有丝毫的犹豫，霍然甩动右脚。强悍的劲气，带起低沉的声爆之声，在无数道呆滞目光的注视下，重重地甩在琥嘉小腹上。随着一道沉闷声响，琥嘉身体擦着地面，在画出一道十几米的痕迹后，重重地撞在一处石头上，当下便喷出了一口鲜血。

面对着萧炎近乎报复性的追击，吴昊并未像白山、琥嘉两人那般失声喊叫，他紧咬着牙齿，体内所剩不多的血色斗气尽数涌现体表，而在斗气浮现时，吴昊的速度明显也变快了不少。

然而，重伤状态的吴昊，怎么可能与萧炎比速度？就在琥嘉被甩飞之后，霎时间黑影便如影随形地出现在吴昊身后，淡漠的声音带起一股凶悍劲气，轰然砸在吴昊背上。

"这是替薰儿还的，若是不服，随时可以找我。三人中，也就你还能让我萧炎看重！"

轰！后退的身体猛然一滞，由背后传来的巨力直接让吴昊身体前倾倒下，最后像葫芦似的滚了十几圈后，他才艰难地强行止住翻滚的身躯，抹去嘴角血迹，抬起惨白的脸，望着那停止了追击，正将淡漠目光投射而来的黑袍青年，吐了一口带血的唾沫。这么多年来，他是第一次被同龄人打成这副模样。

吴昊的目光死死地停留在那身形颀长，显得略有些瘦削的青年身上，半晌，他声音嘶哑地从嘴中吐出了一个字。

"服！"

第五章
比赛落幕

　　萧炎突如其来的进攻，出乎了所有人的意料。萧炎的攻击仅仅在电光石火间便完成，因此看台上的很多人都只能看见场中黑影一闪而过，旋即便听得三道闷响，白山三人各自吐血退后，重重地砸在石壁上。

　　望着那靠着石壁，艰难挣扎着想要站起身子，最后都未成功的白山三人，全场寂静。一道道近乎呆滞的目光傻傻盯着场中身材颀长的青年。这一刻，无数人心中渗出一股寒意：这个看似总是带着几分笑容的家伙，其实才是最可怕的对手啊。

　　若琳导师与萧玉同样是目瞪口呆，半晌，两人相视了一眼。先前白山三人的那副模样明显已经处于落败局面，没想到萧炎那家伙竟然还要再来一记凶悍补攻，很多人包括她们两人都明白，这是萧炎在替薰儿所挨的那一脚进行报复。

　　位于广场中央的主席台上，副院长琥乾与其他几人也一脸错愕。半晌，琥乾望着一脸惨白、嘴角带着血迹的琥嘉，虽有些心疼，却也只得无奈地叹了一口气。之前他便说过，年轻人间的事情，他不会插手。既然最初琥嘉三人联手攻击薰儿他都未说半句话，那么现在，萧炎在实力大涨后，当着无数人的面将琥嘉三人正面击败，他也更加没有理由出口斥责萧炎的行为。琥嘉三人，完全是咎由自取。所以他除了叹气摇头，别无他法。

"呵呵，这个萧炎，够狠。"一旁，火老头目光盯着场中的黑袍青年，没有理会副院长无奈的脸色。琥乾点了点头，僵硬的脸上首次露出一抹难看的笑容。

"副院长，这个……算是萧炎违规吗？"裁判席上，一名中年裁判满脸苦笑，对着主席台上的几人小心翼翼地问道。如果场中没有琥嘉在的话，他倒没什么忌惮，但偏偏那小妖女正在其中，而且还被打得尤为凄惨。在迦南学院这么多年，说真的，他还真是第一次看见有人竟然敢将琥嘉毫不留情地打成那般模样。不仅是因为琥嘉的背景，还因为她本身就是一个极其美丽的女孩子，虽然性子如天马行空般让人摸不着头脑，但是天使脸蛋儿、魔鬼身材，也让学院中喜欢她的人不在少数。如果是学院中的其他人与她对战，即使他们能够胜利，也会让着她一点儿，很少见到如萧炎这般蛮横并且毫不顾忌的人。

"这次的比赛本来就算不得绝对公正，所以萧炎也算不上违规，毕竟他的实力，我们都看得清清楚楚。"副院长挥了挥手，叹了一声，旋即将目光投向场中的琥嘉，心中道，"丫头啊，这次就当是个教训吧。这些年在我的庇护下，你也过得太顺风顺水了些，能够有这个萧炎来辖制你，对你也有些好处。"

场中，萧炎无视全场呆滞的目光，偏头将视线与站在废墟中乱石上的青衣少女对视在了一起，冷漠的脸划过一抹温醇笑容，身形一动，化为黑影出现在薰儿身旁，伸出手擦拭了一下她嘴角残留的些许血迹，柔声问："没事吧？"

"皮肉伤都算不上。"薰儿轻声笑道，眼波在萧炎身上流转，抿嘴笑道，"没想到萧炎哥哥竟然会在战斗中晋级，真是让人惊讶。"

萧炎有些无奈地摇了摇头，拍了拍薰儿脑袋，然后将目光转向裁判席，朗声道："不知道这最后的选拔赛，现在可算结束？如果不算的话，我还可以继续陪他们三人玩玩。"

"算，算，比赛结束了，结束了。"

听得萧炎的声音，裁判席上急忙站起一人，连声道。萧炎所展现出来的狠辣程度已经远远出乎他们的预料，若是再让他继续打下去的话，白山三人究竟能否活着离开赛场都是问题。这三人背后都有着不俗的背景，一旦出了事，那可就要闹腾出不小的麻烦了。

"此届内院选拔赛，到此结束。前五强在经过激烈的战斗后也已经产生，他们便是萧炎、萧薰儿、吴昊、琥嘉、白山！"一名年纪颇大的裁判站起身来，目光环视着广场，大声宣布。

他的声音刚刚落下，广场之上便陡然响起排山倒海的喝彩声。在这犹如洪流般的声浪中，整个广场都在簌簌发抖。无数人从看台上站起身来，望向场中那对在乱石废墟中站立的青年与少女，眼中充满羡慕与敬畏。萧炎用自己的真正实力向他们宣布了谁是迦南学院这一届的最强者，同时也让他们知晓，他萧炎有资格与薰儿这等天之骄女相匹配。

而这一切，都是建立在实力与拳头之上。在实力为尊的迦南学院中，只有这个，才是最让人信服的。

听到响彻全场的欢呼声，废墟中心处，白山、琥嘉、吴昊三人背靠着石壁，略微抽搐的脸显示出他们的身体正忍受着剧痛。萧炎刚才那一击丝毫没有留情，此时的三人已经彻底失去了战斗力，而且这伤势没有个七八天恐怕难以痊愈。

三人抬起头，将目光投向站在乱石处的青年与少女，现在的这个广场，主角是他们。

"这个浑蛋，下手这么重，真不是男人！"琥嘉贝齿紧咬着红唇，原本灵动狡黠的眸子，此时却若有若无地含着委屈，透着湿气。这么多年来，这是她首次在一个男人手中受挫，而且这个男人与她年龄相差无几，这让内心骄傲的她实在难以接受。

"萧炎，你很强，不过我相信，我会超越你！"吴昊捂着胸口剧烈地咳了几声，惨白的脸涌上一抹红润，眼瞳之中充斥着炽热。战斗中所受的挫折，不仅未能让他颓废，反而因为萧炎的强横，他心中的战意被激起，这种越挫越勇的性子，是强者的加速器。也难怪先前那位学院长老透露，连神秘的院长都说，给吴昊十年时间，只要他不被杀气反噬，就必将成为极强的强者。

"这事，不算完！今天的耻辱，我白山必定要让你百倍偿还！萧炎，你给我等着吧！迟早我要你跪在我的脚下！"低垂的眼瞳中闪过一抹怨毒，白山拳头紧握。此时他的后背动不了半点儿，萧炎的那一记重击已经让他断了几根骨头。然而，相对于肉体上的疼痛，心理上的挫折打击，才是让白山最难以忍受的。

这两年来，白山被无数恭维的声音推举为外院最受瞩目的风云人物，而今天，所谓风云人物的头衔在萧炎那近乎野蛮的攻击下变得支离破碎。日后，在迦南学院，人们再提起他白山时，再也不会像以前那样充满仰视与敬畏，因为在他的头顶上，永远都会站立着另一个人，那个人才是让人们敬畏仰视的存在。而这种局面，对于性子格外高傲的白山来说，无疑比要了他的命还难受。

被人仰视的天才神坛，一旦登上，再走下时，便会有一种极大的落差感，很多人都因为忍受不了这种落差而变得颓废或者产生畸变心理。当年的萧炎曾面临过如此境况，现在的白山也是如此。

此时的萧炎，自然没有理会白山三人不同的心理变化。他只知道，如今拿到了内院的通行证，那么自己和陨落心炎的距离又近了不少。他甚至已经开始期待，当自己吸收了第二种异火后，将会发生何种翻天覆地的变化。药老曾经说过，焚诀吞噬第一种异火只是基础，当第二种异火也被成功吞噬，两种火焰融合之后，将会让人产生一种脱胎换骨的感觉。萧炎很期待那种感觉，因为他隐隐地感觉，这一次的脱胎换骨，恐怕将会让他成为真正的强者，一个有实力复仇，并且有实力保护自己亲人的强者，而非现在这般，什么事都需要借助药老的力量。

"陨落心炎是属于我的！"拳头缓缓紧握，萧炎心情有些澎湃。只要那东西一到手，他就真正具备了跻身大陆强者的资格。

随着裁判员宣布比赛结束，从看台闪掠下一些身着炼药师袍服的学员，他们进入场中，将重伤的白山三人抬起，然后有序退出。

"嘿，萧炎，好样的，这手段，我陆牧可算服你了。不过你今天虽然获得了胜利，但是恐怕也将那三个家伙全部得罪了。日后有机会，来炼药系混混，在这迦南学院，只要是我们炼药系的人，就算是副院长、执法队，也不敢太过为难咱们。"一个正指挥着炼药师学员们将伤员抬走的年轻人，忽然转过头将目光投向萧炎，原来是昨日败在萧炎手中的陆牧。

"呵呵，有机会我自然也想去炼药系看看。"萧炎微笑道，平和的模样，哪里还能看出刚才的那份暴虐。

陆牧笑了笑，转身跟着炼药师队伍退出了场地。

"走吧，比赛结束了，现在便等着内院通知吧。"望着周围的一片废墟，萧炎对薰儿笑道。

"嗯。"薰儿微笑点头。两人在无数道目光注视下，缓缓行出了喧闹声震天的广场。

一年一届最盛大的比赛，终于落幕。

缓步行走在学院的林荫小道上，萧炎微眯着眸子，并没有太过理会周围射来的灼热视线。自从在两天前的选拔赛上获得了冠军之后，这种视线便一直伴随在萧炎身边，起初让他有些不胜其烦，不过久而久之，他也只能麻木地无视了。对此，他也没法子，毕竟眼睛长在别人身上。

今天距离选拔赛落幕已经两天时间了。在这两天中，萧炎不仅将比赛中所受的伤完全治愈，而且实力也彻底地稳固在了六星大斗师级别，几乎随时随刻都处于巅峰状态。体内如同洪水般流转不停的斗气，让萧炎浑身上下都透着一股舒畅感觉。

按照学院的规矩，在选拔赛结束后七天之内，位列选拔赛前五十名的学员，便得开始做好进入内院的准备。而萧炎等前五名,则可以在这七天之内,选择时间进入学院的藏书阁。作为奖励,他们有资格在藏书阁中依靠运气选择一些自己感兴趣的东西。

对于那个即便是薰儿都念念不忘的神秘藏书阁,萧炎很有几分兴趣。不过按规矩,进入那里时,必须是前五名同时进入,而现在白山、琥嘉、吴昊三人,却还躺在医所之中。听陆牧说,没有个三五天时间,他们三人别想下地走路。在说这话的时候,陆牧望向萧炎的目光有些怪异与庆幸的意味。显然,他是想到幸好与萧炎战斗时,这个家伙没有发疯把自己也打成那副凄惨模样。作为炼药系的人,这两天,白山三人所受的苦,他可是清楚地看在眼中的。

"不知道那藏书阁中究竟有些什么东西,希望能得到一些适合自己的斗技吧。"温暖的阳光透过树枝缝隙,照射在萧炎身体上,他心中这般希冀地喃喃道。

"萧炎表哥。"在萧炎不急不缓地行走时,一个有些怯怯的声音忽然在前方响起。

萧炎顿住脚步,睁开虚眯的眼睛望向前方,见到一群活泼俏丽的少女,而在这群少女之中,萧媚正被众星捧月般地簇拥着。说实话,以萧媚的容貌,即使在整个学院中,也算拔尖。而此时的她,正有些拘束地望着走过来的萧炎——这个仅仅用了不到十天时间,声望便在云集了无数天才的迦南学院中达到了顶峰的青年。

"哇,萧媚,他果然是你表哥啊?他走过来了,过来了……"在萧媚身旁,那些少女望着缓步走近的萧炎,不由得脸上迅速浮现红晕,拉扯着萧媚有些激动地低声叫道。

萧炎如今在迦南学院外院中所拥有的声望,几乎超过了以前的白山。当初萧炎以一敌三的战斗,现在被无数学员津津乐道。而在这般不断互相传送间,萧炎的地位也在很多学员心中急速拔高。萧炎虽然并不算帅得一塌糊涂,但是一张脸也属于清秀级别;再加上经常噙着温和笑容,也使得在这短短两天之内,有不少

少女对他暗送秋波。有实力的男人总是充满魅力。

声望的提高，也让萧炎因为请了两年假而在学院中被传为"刺头"的称呼变成了富有个性的代名词。年轻人就是这样，对于喜欢或者敬畏的人物，不管他以前有什么缺陷，他们都会想尽一切办法将之无视或者弥补，努力让他成为心中最完美的。萧炎虽然并未做出任何解释，但那逃课两年的举动，已经被贴上了富有个性的标签。

缓步走近有些忐忑的萧媚，萧炎微微笑了笑，冲着她点点头，在她面前停下来，随意说了一两句话，便从她身旁擦身而过。

虽然萧炎一脸温和，但是萧媚依然从中感受到了生疏。听到周围少女们羡慕的声音，她却有些鼻尖发酸，眸子中充斥着黯淡。原本，他们可以很亲昵的，她不需要这种敷衍性的问候，她宁愿他对自己表现出愤怒，那样，至少还能让她庆幸，因为自己有让他怒的价值。而现在萧炎这副冷淡模样，却让萧媚极为心痛。讨厌一个人，不是对她有所愤怒，而是彻底地无视她。萧炎现在对她，似乎已经达到了这一步。而这一切，全是因为当年尚小的她的一念之差所导致。

随着萧炎擦身而过，萧媚抽了抽鼻子，努力不让眼中的湿气凝聚。虽然心中的悔意折磨得她恨不得抱着人痛哭一场，但她还是抬起俏脸对着身旁那些一脸羡慕的少女勉强笑了笑，然后便欲转身离开。

"对了，能跟我一起走走吗？我想告诉你一点儿事。"就在萧媚欲黯然离开时，温和的声音却忽然响起，让她身体当场僵硬。急忙回转过头，却瞧见萧炎微笑的脸，她怔了怔，顾不得和身旁的少女们打招呼，赶紧在她们艳羡的目光中，快步跟上了萧炎。

萧炎带着萧媚在一路诧异的目光中缓缓来到一个安静的湖泊边。站在湖泊面前，他沉默了一会儿，将萧家所发生的事情仔细地说了一遍。无论如何，萧媚都是萧家的一员，她有资格知道家族已经迁移，并且家族迁移这事，萧炎一直抱有愧疚。若非因为他与云岚宗之间有冲突，家族也不必受到这种牵连。虽然小时候对这个家族并没有太好的印象，但是萧家，始终是他父亲以及萧家众位列祖的心血。如今父亲失踪，他萧炎便成了萧家的代理族长，这一点从三位长老将那块祖传的能够储存族长灵魂亮点的神秘玉片交给他便可知晓，因为这块玉片是历代萧家族长的身份象征。

"家族迁移了？"听得这消息，萧媚一惊，黛眉微蹙，望着萧炎的脸色，聪明的她眨了眨眼睛，猜测道，"是因为云岚宗吧？"

"嗯。"萧炎苦笑了一声，略微沉默，语气变得冰冷许多，"我杀了他们一位长老，然后便闹僵了，这事等我再回到加玛帝国时会与他们好生结算。而在我未回去的这段时间，你尽量不要回加玛帝国，若是暴露了行迹，你与家族都会遭受毁灭性的打击。"

萧媚乖乖地点了点头，眼角瞥了一下萧炎，轻声道："萧炎表哥，放心吧，这事家族里不会有人怪你的。你能有这般作为，即使是大长老们，也会感到很有面子。这么多年，有胆量挑战云岚宗的人，可没有多少哦。"

闻言，萧炎笑笑，点了点头，道："希望吧，萧家是父亲他们的心血，我会努力保全它的。"

"现在的萧炎表哥能够办到，当年……"萧媚的话戛然而止，俏脸也苍白了些，恨不得揪一下自己的嘴——气氛好不容易有些和缓，她却偏偏要提那些不开心的事。

"唉，当年的事，过去便过去了吧。我们如今又不是小孩子了，总惦记着也没什么用。"萧炎目光停留在波光粼粼的湖面上，转过头，望着萧媚那怯生生的模样，道，"不管如何，你都是我表妹。以后有事，就来找我。虽然在加玛帝国我还没有实力保住家族的命运，但是在这迦南学院里，却能够让我萧家之人不受欺凌。"

萧炎这话，让萧媚脸上多出了一抹笑容。她终于舒了一口气，点了点头。

"好了，我得先回去了，记住，有事来若琳导师那里找我。"萧炎笑了笑，拍

拍萧媚肩膀，便转身向小道外面行去。

站在原地，萧媚望着那远去的背影，忽地展颜一笑，这似乎是个打破彼此僵局的会面吧。

在选拔赛结束五天之后，萧炎再次回到若琳导师的别致楼阁，却见若琳导师、薰儿、萧玉等人全部都在，而在她们面前，正站着一位身穿学院导师袍服的中年人。

"呵呵，怎么了这是？"行进客厅，萧炎将目光投向薰儿，微笑着问道。

"萧炎哥哥，这位是库鲁导师。"薰儿迎了上来，顺手接过萧炎外套，柔声道，"白山三人身体已经恢复了，按照规矩，今天下午，便是我们进入藏书阁的时间了。"

萧炎一怔，旋即笑眯眯地点了点头，终于来了啊！对这个所谓的神秘藏书阁，他已经期待许久了，希望它不会让自己失望吧。

第六章
神秘的藏书阁

宽敞明亮的房间中,书架上面摆满了各种各样的古朴书籍,显得格外有书香气息。而此时,三人正安静地站立在这个房间的中央处,在他们面前的桌后,一位须发皆白的老人正缓缓地翻看着手中的资料,整个房间都处于一种寂静的氛围之中。

房间中站立的三人,分别是两男一女,细细看去,竟然是被萧炎打成重伤的白山、吴昊、琥嘉。此时的白山、吴昊二人,正低垂着眼帘,脸色虽然还是略有些苍白,但是气色好了许多。琥嘉却瞪着眼睛望着老人,许久,噘了噘嘴,一脸委屈。

寂静的气氛持续了将近十分钟,副院长琥乾终于将目光从书页上移开,淡淡地道:"别指望我给你出气,这可是你自找的。你若是有本事,可以直接去找萧炎出一通气,不过至于谁能打得过谁,我就不管了。迦南学院并不禁止这种切磋比试,只要你想,随时都可以。"

"哼,我又没指望你能帮些什么,那日我败成那样,也是因为被打得措手不

及,我的底牌可还没使出来呢,不然究竟谁胜谁败还不知道呢。"琥嘉哼了一声,道,"我只是怒那个家伙竟然一点儿都不懂怜香惜玉,好歹我也是个女孩子,他难道就不能下手轻点吗?我又不像他们两个皮糙肉厚的。"

听得琥嘉的嘟囔,琥乾忍不住笑了出来,无奈地道:"那个时候,谁管你什么女孩子?你们三人联手攻击人家一人,萧炎若是还留手的话,就实在有些有悖常理了。当然,他最后的举动的确让我感到意外,这个小子,也是个狠角色啊!"

"你们三人,也不要因为这事便与他结仇,年轻人要想开点,为这点事纠结,不值。日后的萧炎,潜力极其恐怖。记住,多个朋友,总比多个敌人要好,更何况这个家伙还是个能够让人感到毛骨悚然的角色。"琥乾望着面前的三人,语重心长地道。

"哼,女人可是最记仇的,那一脚,我可记着呢,他别让我逮着机会。"琥嘉撇嘴道。

听得琥嘉这般说,琥乾倒笑了起来。以他对琥嘉的了解,自然知道她其实没有记恨的意思。不过萧炎那一脚的确让琥嘉心存怨气,日后虽说不会与萧炎为敌,恐怕至少也不会给他什么好脸色。

"我不会将他视为敌人,不过却会将他视为必须超越的对手。"吴昊平静地道。

琥乾微微点头,这个吴昊的确是个战斗狂人,不过也正是这样的人,才能在强者的道路上走得更远,难怪连院长都极为看好他。

"呵呵,比试切磋而已,受伤是极其正常的事情,我们又怎么会记仇?"白山微笑着道,笑容满溢的脸上,看不出半丝愤怒。

然而就是白山这副微笑的模样,却让琥乾不着痕迹地皱了皱眉头。作为迦南学院的副院长,他活了这么多年,以他的精明又怎会听不出白山这话究竟是虚伪还是真实。

深深地看了一眼微笑的白山,琥乾没有再说话。琥乾清楚,白山这些年所得到的荣耀被萧炎一朝打得支离破碎，他心中定然极其不甘，不过……希望他不会干出什么傻事吧。不然的话，琥乾并不认为那个在加玛帝国敢于凭一己之力挑战一个宗门的青年，会是一盏省油的灯。

嘎吱！清脆的房门开启声忽然悄悄响起，一个声音传进房间："副院长，萧炎与萧薰儿到了。"

"请他们进来吧。"将手中的书合上，琥乾笑着将目光投向白山三人，道，"你们五人日后进入内院，说不定还要在一起拼搏，所以，不要把关系弄僵了。每年进入内院的新生，若是不抱成团的话，那下场可不太美好。另外，内院中，实力为尊，谁拳头硬，谁便能够得到最好的修炼条件。在那里，你们任何的背景都没用，包括我！"

说到最后一句时，琥乾紧紧地盯着琥嘉，其中的意味不言而喻。

琥嘉撇了撇嘴，虽然心中不置可否，但是面上点了点头。

房门处，两道人影缓缓行进。两人目光在宽敞的房间中扫视了一圈，最后停留在桌后的琥乾身上，然后上前两步，弯身行礼。

"呵呵，你们两个总算过来了。"琥乾笑眯眯地望着两人，目光在萧炎脸上多停留了一会儿。萧炎来到迦南学院将近十天时间，这还是琥乾第一次这般近距离与这个此刻声望达到了巅峰的尖子学生对视。

平和，温雅。初一对视，琥乾心中忽然跳出这两个词来。嘴中喃喃了一下，他却苦笑了一声，这两个词和萧炎在战斗时所表现出来的狂野可是两个截然不同的极端。

琥乾仔细地盯着那对漆黑如墨的眸子半晌，老辣的眼光终于察觉到了一分平和下所涌动的如火焰般的暴躁与不安定。那模样，就如同是一座隐藏着火山的平静山峦，那可怕的火山，仿佛随时随地都会爆发出让人咋舌的恐怖能量与怒火。

"体内斗气看似温和流转，却隐隐透着一分火山般不安定的感觉，看来应该是与他所掌握的异火有关吧。"目光扫了一下萧炎的身体，琥乾感觉到了对方体

内斗气的性质。能拥有这般手段不动声色地判断一个人的实力,琥乾不愧是迦南学院外院的副院长。

"既然你们都来了,那就不再啰唆了,你们也知道叫你们过来的目的。"琥乾从椅子上站起身来,微笑道,"你们是这一届选拔赛的前五名,按照规矩,有资格进入藏书阁试下运气。"

说着,琥乾来到身后的墙壁旁,手掌随意地在上面拍了几下,一阵低沉的轰隆声响起,旋即一处漆黑的通道出现在了萧炎五人的面前。

"跟我来吧。"对着五人挥了挥手,琥乾便率先进入漆黑通道,一脸好奇的琥嘉毫不迟疑地跟了上去,接着是吴昊、白山。待他们都进入之后,萧炎方才拉着薰儿,小心翼翼地走进这处漆黑通道。这些年的历练,铸就了他那谨慎的性子。

进入通道之后,萧炎才发现,墙壁上镶嵌着一粒粒硕大的夜明珠,淡淡的光辉将通道照得有些朦胧。不过这点儿光线对于萧炎等人来说,却已经足够。

通道之中,气氛安静,只有细微的脚步声沙沙地响起。萧炎的目光在前方带路的琥乾身上扫了扫,拉着薰儿的手却紧了一点儿。作为初来乍到的新人,他对这迦南学院实在是谈不上如何熟悉,那位实力强横的副院长是何种性子,他同样知之不深。

似是察觉到萧炎有些紧张,薰儿轻轻拍了拍他的手掌,冲他微笑着摇了摇头。微微点点头,萧炎深吸了一口气,心情逐渐恢复镇定,步伐也加快了。

在通道中行走了约莫半小时,一丝亮光终于出现在了前方。通道内的几人都加快了步伐,片刻之后,终于来到通道尽头,大家一步跨了出去。

刺眼的光辉从天空挥洒而下,使得萧炎等人不由得微微闭目。半晌,大家才缓缓睁开眼睛,望着出现在眼前的场景,略有些吃惊。

此时出现在萧炎等人面前的是一处山谷凹槽,那陡峭的山壁一路向上延伸,最后直至视线的尽头。在三面峭壁之中,有一处占地极为宽阔的空地,一幢庞大得有些令人咋舌的厚重、古朴的楼阁,正矗立其上。

在楼阁之外的一块显得极为古老的匾额之上,三个被岁月侵蚀得有些模糊不清的字若隐若现。

——藏书阁!

古老的字迹,虽然历经岁月摧残,但是萧炎等人依然为那字迹中所蕴含的古朴意境而感到震撼。不愧是迦南学院外院的神秘之地,光是这块匾额,便将它的身份映衬了出来。

琥乾带着五人缓步走向藏书阁,在距其二十米处时,却陡然停住,对着藏书阁方向抱拳朗声道:"这一届内院选拔赛前五名已经诞生,按照规矩,我带他们来到此处,还请诸老开门!"

琥乾的话语,被斗气携带着,在小山谷间不断徘徊,久久不散。

琥乾话音落下之后不久,萧炎盯着藏书阁的眼瞳骤然一缩,目光猛地移动,最后停留在大门口处的两个盘坐在地的灰袍人影上。刚才在进来之时,他分明瞧得很清楚,这里根本没有半个人影。

而现在,这两个灰袍人,却如同原本就坐在那里一般,这般诡异场景,让萧炎内心有些寒意和震惊。震惊之余,他对这藏书阁的兴趣却越来越浓。能够让迦南学院这般郑重对待,恐怕里面所存放的东西不是寻常之物吧。"不愧是迦南学院,果然底蕴雄厚。"

琥乾的声音缓缓地在山谷中消散,而两个灰袍人却没有丝毫动静,犹如未听见一般。见自己的话语没有得到回应,琥乾也未再度出声,保持抱拳姿势,安静等待着。

萧炎等人见到这一幕,不由面面相觑,就连那性子无法无天的琥嘉也识相地闭了嘴。她从未来过这个神秘地方,要知道琥乾在迦南学院外院中的地位,没有几人能够相比,然而他在面对着这些灰袍人时却这般客气,由此足以瞧出守护着藏书阁的这些灰袍人的地位非常高。她虽然无法无天,但是不傻,知道什么能惹,什么不能惹。

安静中，萧炎袍袖中的手指轻轻摸了一下漆黑古朴的戒指，低垂的眉头忍不住皱了皱。他发现，自从刚才这两个神秘的灰袍人出现之后，药老与自己的那缕若隐若现的连接竟然彻底地消失了，这种情景，还是自从与药老相识之后的头一次。

这种联系是双向的，萧炎并没有主动断绝联系，那么很显然，这是药老主动断去的，药老以前从未做过这种事，而现在……萧炎眨了眨眼睛，望向楼阁处的两个灰袍人，心中悄悄地吐了一口气。能够让药老忌惮得将所有联系断去，这两人还真是可怕啊，不愧是迦南学院，藏龙卧虎啊！

寂静的气氛在山谷中持续了十来分钟后，两个盘坐在楼阁大门处的灰袍人这才微微抖动了一下袍服，旋即，犹如老僧般古井无波的视线抬起，在琥乾等人身上依次扫过，最后停留在萧炎身上。一个灰袍人微微一抖，嘶哑声悄然传出："异火？"

细微的声音在寂静的山谷中缓缓回荡着，也清楚地钻进了萧炎等人的耳中。

"不知这位小友名讳？"另一个灰袍人目光盯着萧炎，嘶哑的声音中透着一抹岁月累积起来的沧桑。

听得灰袍人竟然抛下琥乾，先向萧炎发问，谷中几人都是一怔，随即转头将异样的目光投向了萧炎。从先前琥乾对待两个灰袍人尊敬的态度来看，这两人明显在迦南学院有着非凡的地位，而萧炎能够使得这两人对他产生一点儿兴趣，这种待遇，让琥嘉等人暗自羡嫉。

对于灰袍人的问话，萧炎同样一怔，忙抱拳恭声道："小子萧炎，见过二老。"

"火偏青，火如莲，如火山，若老夫所料不差的话，小友所掌控的异火，应该便是在异火榜排名第十九的青莲地心火吧。"苍老的声音在萧炎耳边徘徊，却让他平静的心陡然一紧，望向那两个灰袍人时的眼神中多了一分惊骇。自从收服了青莲地心火后，这个神秘灰袍人还是第一个在自己未施展它时，一眼看破火焰底细之人,这人的实力当真可怕!

喉头滚动了一下,萧炎微微点了点头,看了看身旁的薰儿等人,发现他们却犹如没有听见灰袍人刚才的那句话,不由得一愣,旋即心中恍然,这恐怕也是两个神秘灰袍人的手段吧。

"如此年龄便能够掌控异火,当真是天赋异禀。"左边的灰袍人轻轻地叹息了一声,声音中略有些赞赏。他将目光移向琥乾,声音嘶哑地道:"这一届的前五名,比上一届要好许多。"

听得他这话,琥乾略微松了一口气,笑道:"既然如此,那就请二老打开空间锁吧。"

"空间锁?"陌生的名字,让萧炎等人一愣。

"萧炎哥哥,看琥乾副院长前面。"薰儿低沉的声音,忽然传进萧炎耳中。萧炎抬头一望,初始脸上还略有些疑惑,片刻后,疑惑逐渐消散,转变成一片凝重。

眼睛盯着琥乾面前半米处的半空,萧炎发现,那里的空间若是仔细看的话,竟然能够发现一点点极浅的皱褶,这些皱褶隐藏在空间中,极难被发现。目光顺着若隐若现的皱褶移动,最后他赫然看到,这片空间皱褶几乎是一堵墙壁模样,将整个藏书阁护在了其后。

"这是空间锁,是斗宗强者方才有能力布置的绝强结镜,是几百年前学院的一位前辈所留下的。若是没有二老用特殊手法开启的话,就算是斗宗强者,也闯不进去。"似是清楚萧炎等人的疑惑,琥乾笑着解释道。

萧炎等人点头,心中却略感骇然,连斗宗强者都无能为力的结镜,这也实在太可怕了。

楼阁处,两个灰袍人缓缓从袍袖中探出两只干枯的手掌,旋即一指一印地慢慢结动着手印。随着他们手印的结动,萧炎等人能够清晰地感觉到,两股极为雄浑无形的波动正在自他们手掌中传出,如波浪一般。

无形波动逐渐扩散，最后终于与那些空间皱褶接触在一起。两者接触，萧炎等人面前的空间顿时犹如一块水做成的镜面，不断地泛起一圈圈涟漪。片刻后，涟漪停止，一扇门被无形的大手缓缓地撕裂开来。

"走吧。"见到这空间门，琥乾挥了挥手，然后便率先走进。其后，萧炎等人在迟疑了一会儿后，方才小心翼翼地走进去。

一脚踏进无形门，萧炎发现眼前变得比先前明亮了许多，楼阁也清晰了一点儿。显然，他们这是真正地进入了空间锁之内。

"呵呵，劳烦二老了。"站在楼阁之外，琥乾对着两个盘坐的灰袍人笑道。

"任务而已。"全身都包裹在灰袍中的两个神秘人连身体都未动，嘶哑声缓缓响起。

"现在你们自行进入藏书阁吧，记住，不管你们想得到什么，都不可强求，因为里面的所有东西都被加上了能量层。若是你的手能够毫无阻碍地穿过能量层，那么你便能够拿走里面的东西。当然，不管你能拿起多少，能够带出藏书阁的，只有一样。千万不要贪心，否则到头来只会是竹篮打水一场空。若是你们并不能穿透能量层的话，那就放弃吧，凭你们的实力，还破不了它们。这些年每年都有人进入藏书阁，可最后空手而归的人，也不在少数。所以一切只能随缘，得不到的东西，勿要强求。"手指向藏书阁，琥乾转头对着萧炎等人道。

闻言，萧炎等人点了点头，互相对视了一眼，然后朝着那藏书阁缓缓行去。

安静的山谷内，只有细微的沙沙脚步声响起。萧炎、薰儿走在最后，几人穿过楼阁面前的草地，最后踏上了那被岁月摧残得坑坑洼洼的青石梯。

石梯上布满青苔，脚掌踩上去有些滑腻，不过好在这对萧炎等人没有什么阻碍。顺着青石梯走了一会儿后，他们来到了藏书阁前，抬头望着那古老的匾额，一股荒凉的感觉从匾额中蔓延而出，缠绕在众人心中，久久不散。

忽然传来一阵咳嗽声，将萧炎五人从失神状态中惊醒，五人皆是一愣，旋即连忙将视线从匾额上移开。

"好诡异的匾额，竟然有扰人心神的魔力，这藏书阁怎么处处透着神秘气息？"萧炎低下头，在心中惊叹道。

"进去吧，门只会开启一小时。一小时后，不管有没有得到所需要的东西，你们都必须出来。"

在五人左边，一个灰袍人袍袖被微风吹拂着动了动，旋即那紧闭的大门带着嘎吱声缓缓打开，露出里面漆黑的通道。

大门敞开，一股古老的苍凉气息便迎面而来，萧炎等人赶忙紧守心神，不敢有丝毫其他念头。

琥嘉深吸了一口气，然后率先踏进藏书阁。其后，白山与吴昊略微迟疑了一下，也紧跟而上。

"走吧，萧炎哥哥。"薰儿拉着萧炎的手，望着消失在黑暗通道中的琥嘉三人，微笑道。

"嗯，小心点。"萧炎点了点头，眼角从两旁的两个神秘灰袍人身上扫过，然后拉着薰儿，走进藏书阁，最后在细微的脚步声中悄然消失。

在五人全部进入藏书阁之后，那敞开的大门嘎吱嘎吱地缓缓合拢，最后紧紧闭拢。

望着再度紧闭的大门，琥乾松了一口气，笑道："希望这些小家伙能够得到自己喜欢的东西吧。进入迦南学院的藏书阁，可是不可多得的机缘，万不可错失良机啊！"

第七章
争 抢

听得大门闭拢的声音,萧炎略微停了一下脚步,便再度拉着薰儿前行。将近五分钟后,淡黄色的灯光从前面不远处透射而来,两人脚步不由得加快了一点儿。再过一会儿,终于穿过了漆黑通道,光芒射来,使得两人微微偏头。

出现在萧炎两人面前的,是一个极为宽敞的大房间,在房间的四周墙壁上,有十来个能量罩。此时,这些能量罩正缓缓吐着光芒,将房间照射得如同白昼。

琥嘉三人已经抵达房间,听得脚步声,三人回头看了一眼。琥嘉上前一步,笑吟吟道:"薰儿,以后进入内院,我们可得抱成一团哦。虽然没有进过内院,但是听我爷爷说,在那里面想获得最好的修炼条件,得看谁的拳头硬。所以分散开来的话,我们这些初进去的新人,肯定免不了要被压榨欺负。"

琥嘉的目光仅仅在萧炎身上一扫便跳了过去,显然,她对萧炎上次的下手之狠还是心有芥蒂。

"呵呵,是啊,初进去的新人,若是不团结的话,很容易被欺负。"一旁的白山含笑道,"不过我有一位族兄早已经在内院待了两年时间,到时进去后,只要

薰儿学妹你们与我一起，有他照料，定然可以顺利度过新人那段最困难的过渡期。"

"呵呵，白山学长的好意我们心领了，这些事，靠自己就好。"萧炎轻笑了一声，旋即目光朝四处望了望，眼中浮现一抹愕然。这个巨大房间似乎已经是藏书阁的尽头了，但怎么不见功法之类的东西？

听得萧炎的话，白山嘴角略微抽搐了一下，满布笑容的脸上忍不住浮现出一抹阴冷，旋即迅速消散，心中森然道："敬酒不吃吃罚酒！好吧，那你就给我装硬骨头吧。希望到了内院后你还能这么硬，到时候，我要把你收拾得自己爬出内院！"

"别看了，似乎没其他地方了，就只有那些奇怪的能量罩，难道是让我们进去？"见到萧炎四处扫动的目光，琥嘉撇了撇嘴道。

闻言，萧炎不由得一皱眉头，这是什么意思？

就在萧炎几人在这巨大的房间中茫然之时，忽然有细微的破风声在房间中响起，虽然那声音极其细微，但是对于萧炎等人来说，无疑如闷雷般响亮。当下几人视线急忙顺着声音移动，最后停在了靠左边的一处能量罩上。

"那里……好像有什么东西要出来了。"薰儿望着那处能量罩，疑惑地道。

"出来？"微微一怔，萧炎来不及回话，心头便骤然一紧。还未有所动作，只见那能量罩中一团紫光猛然暴射而出，旋即化为一道流光，对着五人暴射而来。

"小心！"见紫光射来，不知其底细的白山等人急忙闪开。萧炎身形一侧，将之避开，退后之时不忘对着站在原地动也不动的薰儿喊道。

然而萧炎的喊话刚刚落下，紫光便陡然加速，狠狠地射向薰儿。薰儿紧紧盯着紫光，旋即在萧炎微变的目光中，玉手一探，竟然直直地对着紫光抓了过去，一把就将紫光抓进手掌。然后，紫光缓缓消散，一个被能量层包裹的紫色卷轴出现在她手上。

"玄阶高级功法，紫雷诀。"握着紫色卷轴，薰儿手掌试探了一下，竟然毫无

阻碍地穿过了能量层，望着卷轴表面所绘的字体，不由得轻声念了出来。

"功法？"听得薰儿的声音，萧炎等人一愣，霍然明白过来，原来东西是自动从这些能量罩中吐出来的。

在萧炎等人恍然之际，一个个颜色以及形状各不相同的能量团，铺天盖地从能量罩中喷吐而出，然后在巨大的房间中穿行不定，带起呜呜破风之声。

看着那些各自带着不同声势的能量团，萧炎脸上浮现一抹喜意，脚尖在地面一弹，身形如炮弹般冲上半空，双手急抓，落下地时，掌心中已经有了一团淡绿光芒。

目光透过淡绿光芒，萧炎发现，光团之中竟然是一株通体如翡翠般的药材。他眼睛飞快地从翡翠药材上扫过，最后停留在这株药材顶端的一枚如玉石般的果实上，萧炎心头一震："天翡果！"

天翡果，据萧炎所知，这东西若是直接服用，能够让人斗气实力提升一星左右；若是用它来炼制丹药，只要成功，就必然是一种能够使得斗王强者直接提升实力的奇丹。这种东西在外界几乎是天价，极难寻得，没想到这藏书阁内竟然会有一株，实在让萧炎惊叹不已。

"不过可惜，虽然珍稀，但是并非我现在所需要的东西。"握着天翡果，萧炎不甘地叹了一口气，手掌一松，前者顿时再度化为一抹绿光冲天而起，最后混进了漫天光华，消失不见了。

"薰儿，抢吧！"偏头对着薰儿大喝了一声，萧炎身随心动，赶忙再度对着一团光芒急抓而去。

随着萧炎的这声大喝落下，白山几人也反应了过来。当下几人身形齐动，化为一道道影子，在房间中急速闪掠，不断地抓取那些从周围能量罩中射出来的光团。

一时间，整个房间呼啸阵阵，萧炎几人忙前顾后，抓住光团后，一旦发现不适合自己，就赶紧丢弃，继续抓紧时间抢夺心仪的宝贝。

"哈哈，地阶斗技！"呼啸声阵阵的房间中，一道饱含喜悦的笑声忽然响起。萧炎等人急忙转头，刚好见白山手中高高地抓着一个银色光团，从那若隐若现的光芒中，萧炎等人能够隐隐地看见其中类似卷轴的东西。

紧紧握着银色光团，白山忍不住冲着萧炎得意地笑了笑，手掌快速地对着银色光团插去，然而就在他手掌刚刚接触到银色光团时，一股巨大的反弹力猛然将其手掌震开，旋即光芒大盛，强行挣脱白山手掌，化为一抹流光，投射进了一处能量罩中。

望着那径直投进能量罩消失的银色光团，白山一怔，旋即脸色猛然阴沉了下来，怒吼了一声，身形化为一道白影，对着那能量罩重重撞了过去。

嘭！能量罩纹丝不动，白山却暴射而退，一口鲜血喷出，洒在了另外一边的墙壁上。

萧炎等人错愕地望着那刚刚还在得意狂笑，现在却被震得吐血退开的白山，面面相觑，嘴角忍不住有些抽搐。乐极生悲的典型案例啊，这家伙难道忘记了刚才进来之前，琥乾副院长说过一切随缘吗？

萧炎干咳了一声，暂时停下手中动作，冲着白山笑道："白山学长，没事吧？"

脸色铁青地爬起身来，白山没有理会萧炎，再度抬头将目光投向房间上空呼啸闪掠的无数光团。片刻后，脚掌一蹬地面，身体再度射出。

耸了耸肩，萧炎退后了两步，与薰儿挨在一起，低声道："虽然那些东西都有能量层隔绝，但若是仔细观察的话，还是能够隐隐看出一些端倪的。记住，专找那些能量波动大的能量团下手。"

"嗯，好。"听得萧炎提醒，薰儿微微点头，也就不再做无谓的抢夺，安静地站立在原地，视线紧紧锁定在那源源不断喷吐着光团的能量罩上。

萧炎微闭上眼睛。在这种地方，灵魂感知力赋予了他极大的优势，他能够先其他人一步察觉到即将出来的能量团的强弱。

灵魂感知力弥漫在整个房间，萧炎身体纹丝不动，即使偶尔有一些能量团从

他面前飞掠而过，他也没有丝毫反应。这些东西，还不值得他出手追夺。

在萧炎保持安静的十来分钟之内，一旁的薰儿夺了五六个能量团，可依然没有达到她想要的级别，因此还是全部又丢了回去。

某一刻，身体保持纹丝不动的萧炎，心头猛然一紧，眼睛霍然睁开，没有丝毫预兆，脚尖一点地面，身体对着靠左边的一处能量罩暴射而去。而就在萧炎身形刚动之时，一团火红光芒咻的一声从那能量罩中暴射而出。

火红光团一出现，整个房间的温度就升高了些许。白山几人急忙将目光投了过来，见这团火红光芒所带起的声势，皆是一怔，旋即条件反射般地也暴射而去。

然而在他们身形刚动时，先他们一步发现这团火红光芒的萧炎，已经化为黑影陡然出现，手掌一抓，顶着其上传来的炽热，一把将火红光团捞进手中，旋即身体暴退。而薰儿极为聪明地闪掠而上，将白山三人阻拦了下来。

冲白山三人咧嘴笑了笑，萧炎抓着火红光团来到薰儿身旁，目光扫向光芒内，喉头缓缓滚动了一下。

"不错，果然是好东西。"

萧炎手中的火红光团中，是一个淡红色的卷轴，而那炽热的温度也是从中散发出来的。萧炎目光穿透光芒，仔细地在淡红色卷轴上扫过，隐隐能够看见上面的一些字迹。

"九重凤火诀，地阶中级。"

简简单单的几个字，让萧炎使劲地咽了一口唾沫。地阶中级，这种等级的功法是萧炎从出生到现在所见到的最高等级功法。这种功法，即使是放在大陆黑货的流通之地黑角域中，也绝对能够掀起一阵轰动，无数势力将会为了这卷功法争得头破血流。然而这卷价值难以估量的地阶功法，现在便这般简单地落在了萧炎手中，当真有些戏剧性。

手掌抛了抛分量极轻的卷轴，萧炎却有些沉甸甸的感觉。往日那连做梦都难

以弄到手的东西，如今在这个神秘的藏书阁中，被随意地喷吐了出来，迦南学院收藏之丰，让萧炎震惊不已。

白山三人目光炯炯地盯着萧炎手中的火红光团。这卷轴是到现在为止所引起震动最大的东西，虽然他们并不确切知道它为何物，但是也能模糊地猜测出它的等级范围。

"嘿，三位，怎么不去自己追夺？难道还想从我手里抢？"抛了抛手中的火红光团，萧炎笑眯眯地道。虽然对方有三人，而且实力都不弱，但是萧炎这边也有薰儿做帮手，真要打起来，对方也讨不到什么好果子吃。

"呵呵，萧炎学弟说笑了。不过你先前也说了，这些东西都是靠缘分，你能将它抓住是你的本事，不过你若是有运气把它从光团中取出来，那才是真正的有缘。不然的话，我便是前车之鉴。"白山瞥了一眼萧炎手中的火红光团，淡淡地笑道，"我倒是很想看看，萧炎学弟究竟是否有这个运气。"

闻言，萧炎微微皱了下眉头，与薰儿对视了一眼，右手紧握着火红光团，左手缓缓伸出，对着火红光团轻轻触去。

见萧炎的举动，白山等人的心也陡然提了起来，眼睛死死地盯着萧炎的手掌。

漫天光华激射，一个个光团不断从五人面前飞掠而过，不过此时众人都没有心情拦截，而是将目光投射在萧炎身上。对于好东西，很多人都是抱着"我得不到的话，你也别想得到"的心理，因此，他们幸灾乐祸地想见到萧炎失败的郁闷样子。

萧炎手掌缓缓地贴上光团，一股炽热的感觉在掌心中扩散开来，不过对于经常玩火的萧炎来说，这点儿温度只是小菜一碟。片刻后，终于遇见了一点点阻塞，萧炎缓缓吐了一口气，牙齿一咬，手掌猛然往下一压，火红光芒骤然大放，旋即萧炎脸上涌上一抹狂喜，手掌闪电般地探进光团中，等抽出来时，手掌上已经多出了一个暗红色卷轴。

"哈哈,看来我运气不错啊。"紧握着暗红色卷轴,萧炎难以掩饰兴奋,朗声笑道。

"哼。"见萧炎竟然成功获取卷轴,白山的脸色不由得难看了一些。他冷哼一声,将目光从萧炎身上移开,开始寻找自己的下手目标。

琥嘉与吴昊满眼艳羡地望着萧炎手中的暗红色卷轴,片刻后,也只得转头继续寻找自己的猎物。

"呵呵,恭喜萧炎哥哥了。"薰儿偏头冲着萧炎含笑道。

萧炎笑了笑,手掌轻抚着暗红色卷轴,片刻后,却忽然将卷轴对着薰儿一抛,微笑道:"我拿着这功法没用,薰儿若是喜欢,送给你吧。这些年来,我还从未送过你这般贵重的东西。"

"这家伙还真是大方,那可是地阶功法呢。"虽然白山三人将大部分注意力放在了寻找目标之上,但是萧炎将功法抛给薰儿的举动,他们都看见了,特别是听见萧炎后面说的那句话时,都不由得一愣,脸色有些古怪。地阶功法可是无价之宝,这个家伙也太大方了吧?

"呃?"略有些错愕地接过卷轴,薰儿却摇了摇头,柔声道,"在选拔赛时,我观察你战斗时斗气的色泽以及雄浑程度,想必现在你所修炼的功法仅仅是玄阶吧?"

"暂时是。"萧炎无奈地点了点头,现在的焚诀的确才进化到玄阶。

"那还送我?这卷功法明显是火属性,正适合你用啊。"薰儿嗔道。

"出于一些原因,我不能更换功法,所以除了送你之外,我没半点儿其他用途。"萧炎摊了摊手。焚诀的事,他并不能解释得太清楚,当下为了避免薰儿继续追问,他只得脸一板,道:"要就拿着,不要就丢了。"

看见萧炎的脸色,薰儿抿嘴甜甜一笑,道:"好吧,正好现在我需要一卷过渡的功法,这东西正好合适。"

"对了,萧炎哥哥想要什么东西?让薰儿帮忙找找吧。"薰儿低声问道。

"我需要一卷声波斗技。"萧炎皱了皱眉,叹道,"不知道在这里能否遇见。"

"声波斗技?"听得这名字,薰儿一怔,沉吟道,"这种偏门斗技可是极为罕见的啊,低阶的倒是能找到一些,不过想必萧炎哥哥也看不上那种等级。可高阶的,又极难寻找,唉,只能碰碰运气了。"

"嗯。"萧炎点了点头,抬起头望着房间半空处密密麻麻的光团,忍不住有些头皮发麻。这藏书阁里面收藏的宝贝竟然到了这般恐怖的数量,若是被黑角域的那些人知道的话,恐怕整个黑角域都会疯狂起来。难怪这藏书阁会这么隐蔽,而且还让两个实力恐怖的神秘灰袍人镇守。

将那卷地阶功法给了薰儿之后,萧炎再度闭上眼睛,依靠灵魂感知力来探知那些能量光团。而薰儿没有这般出色的灵魂感知力,因此只能靠着感觉来抓取,不过这种获取概率实在是太低了,甚至在连抓了十几个光团后,她都未曾拿到所需要的东西。

而藏书阁中的另外三人在付出了巨大的努力之后,都只得到了一些让他们勉强觉得满意,并且能够顺利从光团中取出来的东西。白山拿到手的是一件近乎透明的蚕丝甲,这东西防御力惊人,论起抗打击程度来说,几乎超过了在加玛帝国时,云韵曾给予萧炎的那件能够抵御紫晶翼狮王攻击的内甲。琥嘉拿到手的是一枚不知有何作用的紫色丹药。至于吴昊嘛,似乎是得到了一卷斗技,可在拿到那东西后,他丝毫没有透露斗技是何等级,因此,除了他自己外,萧炎等人也不清楚他得到的那卷斗技有何作用。

而此时,距离进入藏书阁一小时的时限只剩下最后十分钟,但是萧炎所期盼的声波斗技却迟迟未曾出现。

一道淡青倩影从半空闪掠而下,薰儿抹了一把额头上的汗水,对着萧炎扬了扬手中的一团光芒,苦笑道:"六阶魔兽的魔核,这也是不可多得的好东西,可惜不是我们所需要的。"

萧炎微微点头,随着时间的流逝,他的灵魂感知力绷得越来越紧。某一刻,

灵魂力量绷紧到极致的他，心尖猛地一颤，布满整个房间的灵魂感知力将一缕极为细小的空气振动传回了他的脑中。

"这股振动……"紧闭的眼睛猛然睁开，萧炎身形犹如一颗炮弹直冲半空，手掌狠狠地对着一团光芒抓去，旋即稳稳落地。

"萧炎哥哥，到手了吗？"见到萧炎这般举动，薰儿急忙问道。

萧炎缓缓摊开手中那团光芒，目光透过光芒扫了扫，先是点点头，又有些失望地叹了一口气："的确是，不过可惜仅仅是一卷黄阶高级的声波斗技，这与我预想的出入挺大啊。"

"那怎么办？要不继续等等？"薰儿迟疑地道。

"时间不够了啊。"萧炎苦笑一声，抬头望向房间一处，刚好看见白山幸灾乐祸的表情。萧炎摇摇头，懒得理会白山，对着薰儿道："算了，走吧，这等级虽然低，但是也能先凑合着用。"说完，他便转身向着来时的通道走去。

"嘿嘿，萧炎学弟，看来你才是运气最不好的那个啊。"后面，琥嘉三人也因为时间已到跟了上来，白山见萧炎脸色郁闷，心中忍不住舒畅，笑着开口道。

"骨头又痒了？"脚步忽然顿住，萧炎偏头冷笑道。

脸色一变，白山淡淡一笑，不再说话，心中却阴森森地道："现在你就给我嚣张吧，等到了内院，有你好看！"

见白山不敢再回话，萧炎不屑地撇了撇嘴，最后瞥了一眼房间中那些喷吐速度已经变得慢起来的能量罩，心中叹了一口气，转身欲走。

咻！

就在萧炎转身的一刹那，房间中的一处能量罩忽然间光芒大盛，旋即竟然带起了一阵尖锐的异样声响。声响透过空间振荡传播而出，使得萧炎等人精神略微有些恍惚。

恍惚仅仅持续了瞬间便消失。萧炎陡然停住脚步，旋即猛然转身，身形展开速度达到极致，化为一道黑影，暴射向房间的一处能量罩。

在萧炎有所动作时，一个透明的能量团从能量罩中飙射而出，而随着它的出现，尖锐的声波几乎成涟漪状在房间中扩散。

望着这突如其来的动静，白山等人皆是一怔，旋即明白了过来，当下各自脸色不同地瞧着萧炎那化为黑影狂射而出的身形。

将速度施展到极限的萧炎，几乎是在两个眨眼间便出现在了那个透明能量团前，手掌微曲，鹰爪一般，闪电般地对着能量团抓去。

似是察觉到萧炎的举动，那本来对着前方急射的能量团却猛然一滞，旋即一晃，竟然朝后方躲避开去。

"哼。"感觉到那个透明能量团近乎条件反射般闪避，萧炎冷笑一声，袍袖一震，手臂犹如忽然间延伸了一截，手爪一捞，就将那透明能量团紧紧地抓在了掌心中。

东西到手，萧炎没有丝毫迟疑，闪电般地后退。而正在此时，那房间之中的能量罩却猛然爆发出巨大的吸力，在这股吸力的吸扯下，那盘旋在房间之中的漫天光华源源不断地被吸扯回了能量罩。一时间，只见得漫天光华穿行，无数先前被能量罩吐出来的光团，除了薰儿、白山等人手中已经破除了能量罩的物品，此刻都再度被能量罩尽数吞了回去。

感受着那股从能量罩中传出的吸力，萧炎知道，这是已经快到限定时间的缘故。他紧紧地抓着不断震动着想从手中逃出去的透明光团，这东西受到吸力的牵扯，开始要挣脱萧炎的束缚。

"萧炎哥哥，快试试能不能取到里面的东西！"见萧炎手掌被吸扯得向前扬起，薰儿急忙提醒道。听得薰儿的话，萧炎这才回过神，右手紧握着光团，左手猛然插进光团。

嘭！瞬间，一股巨力猛然涌出，竟然直接将萧炎的手掌反弹了出去，而且这股反弹劲道之大，让萧炎退后了好几步方才将之抵消。

"该死的，竟然不行！"萧炎的脸色顿时变得难看，而此时从能量罩释放出的

吸扯力越来越强,整个房间中,还在盘旋的光团已经寥寥可数。

望着萧炎那被光团弹开的手掌,白山脸上忍不住浮现一抹幸灾乐祸的冷笑。

"萧炎哥哥,抓紧了,让我来试试!"一道青色影子闪掠至萧炎身旁,薰儿玉手飞快地对着能量团探去。

见薰儿与光团越来越接近,萧炎的心陡然提了起来。若是薰儿也不行的话,那么这到手的声波斗技恐怕就得长翅膀飞了。而到时候,他萧炎还真只能拿着先前的那一卷黄阶声波斗技凑合着用了。

薰儿把手猛然插进光团中,惊觉先前萧炎遇到的那种抗拒却并未出现。薰儿的脸上浮现一抹喜悦,手掌仅在光团中停留了一瞬,便迅速抽回,一个水晶般透明的卷轴出现在了众人的视线中。

望着被薰儿成功抽出来的卷轴,萧炎那颗提起来的心才彻底放了下去,脸上浮现一抹如释重负的笑容。

"萧炎哥哥,给。"薰儿抹了一把光洁额头上的汗水,她也很怕自己失败而导致萧炎失望,不过还好,最糟的事情并没有出现。她微微一笑,将手中的透明卷轴递给了萧炎。

"多亏了你啊!"接过卷轴,萧炎有些后怕地道。若非有薰儿在这里,恐怕今日他也只能眼睁睁地看着到手的东西再度被吞回去了。舔了舔嘴唇,萧炎将目光转移到卷轴上的字迹处,满意地点了点头。

"狮虎碎金吟,声波斗技,等级:玄阶高级,狮虎齐啸,万兽臣服,有碎金震魂之大威能……"

将卷轴上的介绍看了一遍,萧炎心中大感满意。如今他最需要的便是这个级别的声波斗技,低了看不上,太高了则太难修炼,没有相当长的时间,怕是难以真正修炼出威力。毕竟越高级的斗技,修炼的难度也成几何倍数升高。

"终于到手了。"长长吐了一口气,萧炎将先前获得的那卷黄阶高级的声波斗技随意地抛出。而后者在离手之后,便被一团光芒包裹,随后射进能量罩中消失不见了。

"走吧。"将这卷玄阶高级的声波斗技收进纳戒，萧炎对着薰儿挥挥手，率先转身向着来时的通道行去。

在路过白山身边时，他脚步停了一下，冲着白山淡笑道："看来要让白山学长失望了，我所需要的东西，到手了。"

说完，他便不再停留，与薰儿转身行进漆黑的通道之中。

"哼！"见萧炎那笑眯眯的神色，白山冷哼了一声，脸色阴沉地跟了上去。琥嘉与吴昊两人紧随其后。

随着五人的离开，分布在这个房间周围的那些犹如旋涡的能量罩，也开始缓缓变小，片刻后，能量罩化为一个小点，在细微的咔嚓声响中，逐渐完全消散。此时，整个巨大的房间变得空荡荡的，任谁也想不到，这里不久前曾经被无数足以在外界掀起轰动的宝贝充斥。

嘎吱！紧闭的古老大门忽然间被轻轻地拉了开来，温暖的阳光顺着门缝倾洒而进，在漆黑的通道中映射出一条长长的光痕，直至光线尽头。

萧炎五人陆续走出，站在台阶处，望着山谷中那葱郁的绿色，心中不由得都松了一口气。那藏书阁中的气氛实在是太沉重了。

"这个藏书阁占地面积如此之大，恐怕我们进入的那个大房间，仅仅是其中的一角吧。这地方，当真是处处透着神秘。"萧炎的目光不着痕迹地在大门两旁两个犹如老僧入定般的灰袍人身上扫过，在心中自言自语道。

听得开门声，一个灰袍人忽然袍袖微微动了动，旋即萧炎等人便察觉到一股浩瀚磅礴的无形能量从他们身上扫描而过，那股能量之强使得他们心中泛起一股骇然。

无形能量似乎仅仅起到扫描的作用，只持续了短短十来秒，便如潮水般退去，直至完全消散。

"时间到了，都走吧。谨记，今日这里的事，包括藏书阁内部的消息，你们

不能向任何人泄露一丝一毫。"嘶哑的苍老声音在大门处缓缓盘旋着。

闻言，萧炎几人急忙垂首答应。

"呵呵，都出来了吗？"一直站在楼阁前的琥乾笑着问道，"都没空手而归吧？"

萧炎五人点了点头。

"那就好，不管得到的东西合不合心意，至少也算是有所收获。"琥乾笑了笑，对着大门旁的两个灰袍人微微弯身，道，"既然这些小家伙已经出来，那我就不打扰二老苦修了，告辞。"

对于琥乾的话，两个灰袍人依然是没有反应，而琥乾也不介意，冲着萧炎等人挥了挥手，道："跟我走吧。"

萧炎五人也对着两个盘坐在地如木桩般纹丝不动的灰袍人躬身行礼，徐徐倒退着行下青石梯，转身来到琥乾身旁。

琥乾目光在五人身上扫了扫，见他们都没有什么损伤后，方才再度对着两个灰袍人一抱拳，转身朝那处被无形大手撕裂开的隐形门框走去。

"跟紧我，不要触摸那些空间皱褶，不然就连我也救不了你们。"在即将穿过隐形门框时，琥乾偏头提醒了一声，然后上半身保持不动，迈开步子，一脚从门中踏了出去。其后，萧炎等人小心翼翼地跟随着，不敢有丝毫异动。

安全穿过那道隐形门框，一股能量缓缓波动而起。萧炎回头一看，却见那被撕裂开的隐形门框已经开始缓缓消失。片刻后，一堵极其严实的空间皱褶墙壁便再度出现，将其后的藏书阁护住。

目光跳过那些难以察觉的空间皱褶，扫向藏书阁大门处，萧炎的脸色猛然一变。先前还盘坐在那的两道灰袍人影，此时已经诡异地消失不见。这般堪称幽灵般的举止，让萧炎心中直冒寒气：这些守护藏书阁的灰袍人，究竟都是些什么人啊？

"这迦南学院能够屹立在危险重重的黑角域中心这么多年，果然有着极其殷实的底蕴啊。"萧炎心中不由惊叹着，一边摇了摇头，一边快步跟上了前面的琥乾等人，然后再度钻进了先前来时的山洞之中。

　　随着萧炎等人的消失，这个不知道隐藏在何处的小山谷，终于再度恢复了以往的那般宁静，直到下一年度的内院选拔赛结束，这里才会再度开启。

第八章
修 炼

宽敞的书房之中,琥乾望着书房墙壁缓缓合拢,这才转身对萧炎五人笑道:"好了,你们的奖励算是领取到手了,接下来便休息两天吧。两天后,你们就要进入内院,有你们喊苦的时候。"

望着琥乾笑眯眯的模样,萧炎几人对视了一眼,微微点头。

"对了,再提醒你们一遍,新人想在初进入内院时不被那些老生欺负,除非你的拳头比他们更硬。当然,能够进入内院的学生,基本都是以前外院中的佼佼者,他们的修炼天赋都不弱,再加上内院独有的培养修炼方式,你们这些新进入的新人想赶上他们的修炼进度,恐怕还真是有些困难。"琥乾目光在五人身上扫过,"所以奉劝你们,尽量放弃嫌隙,彼此合作,不然的话,后果可是有些不太妙。"

"难道还会被那些家伙废手废脚杀了不成?"琥嘉翻了翻白眼,其他几人也不置可否,能够成为选拔赛前五名的人,谁不是一身本事?

"这倒不至于,毕竟我们这里是学院,不是战场。但是那种被人用实力践踏的感觉，总归是不太好吧？你们这些家伙，哪个不是一身傲气？"琥乾笑着摇了摇头，说道。

"好了，没事的话，就都回去吧。两天后，来这里报到，到时候带你们进入内院。"见琥嘉撇撇嘴又想说什么，琥乾顿时脸一板，冲着萧炎几人挥了挥手。

"多谢副院长提醒，我们会注意的。"萧炎点点头，对着琥乾弯身行了一礼，与薰儿一起退了出去，琥嘉三人也徐徐退出房间。

"这些小家伙都是不撞墙不知疼啊，等你们进入内院便知道那里生存的艰难喽，那里可是从来不缺少天才的。"望着退出去的几人，琥乾坐在椅子上，手指缓缓敲打着桌面，无奈地道。

在藏书阁得到了所需要的东西，接下来的两天，萧炎进入学院庞大的后山中，费尽心机寻找到了一处偏僻的修炼之所，开始研习到手的斗技。

虽然萧炎对琥乾的话并不在意，但是心中的一抹预感让他隐隐有着尽快将实力提高的冲动。他如果是单身一人的话，倒也无所谓，可如今薰儿也要跟着他一起进入内院，身为男人，他自然必须将她护卫得不受丝毫委屈。琥乾所说的话，也的确有一些道理。能够成为迦南学院每年一届的前五名，哪个不是从大陆各地会聚而来的天才人物？若是没有点底子的话，即使是萧炎，也不敢说能够单凭自己的力量便能在还不知道底细的内院中混得风生水起，所以萧炎现在必须尽快地提升实力。而在这般短暂的时间里，又不可能在斗气修为上有多大的进展，因此他只能把希望寄托在到手的两种斗技上。

"三千雷动。"

"狮虎碎金吟。"

一个地阶低级，一个玄阶高级；一个身法闪避，一个声波攻击。一闪一攻，若是萧炎能够将这两种斗技尽数习会，那实力无疑将会在短时间内暴涨。不过，在两日的时间中，想要两种都摸到门路，就算有药老帮忙，也明显是件不可能的事。因此，萧炎在经过一番考虑之后，首先将目光放在了狮虎碎金吟上。这玄阶

高级的斗技与三千雷动相比，修炼起来要简单许多，而且加上此斗技极其偏门，日后与人对战，足可达到出其不意的效果。

当然，这里所说的修炼"要简单许多"，是在与三千雷动相比较的基础上的。毕竟不管怎么说，狮虎碎金吟也属于玄阶高级，这种级别的斗技，普通的学员若是能够拥有一种，便可以借机从同龄人中脱颖而出。因此，它的修炼难度也极大，特别是对于萧炎这种首次接触声波斗技的人来说，修炼难度更是倍增。

这里是一处由葱郁密林环绕的小型瀑布的山峰，一条银河般的飞瀑从山峰顶上带着轰隆隆的巨响滚落而下，最后砸在山岩之上，溅起漫天水雾。

在飞瀑下方的一处山岩上，一名黑袍青年正脸涨红地张着嘴，发出低吼声。他的吼声颇为怪异，似虎啸，又似狮吟，吼声在小山涧中回荡不休，然后与飞瀑砸落在山岩上的声音互相交叠，在湖面上震出一圈圈扩散的涟漪。

吼——再次涨红着脸吼出一嗓子，萧炎终于忍不住剧烈咳嗽了起来。他使劲咽了一口唾沫润着火辣辣的喉咙，苦笑着说："这该死的声波斗技也太难修炼了吧？我吼了将近一上午，喉咙都快哑了，可依然还是这副要死不活的声调，这也能用来攻击？"

此时萧炎的声音，细细听上去，明显比前两日沙哑了许多，看来为了修炼这狮虎碎金吟，他还真没少受苦。

"一天时间便能够勉强模仿出虎啸狮吟，已经算是不错了。只要再勤加练习，就迟早能够掌控好吼声的力度，而不至于使自己的喉咙受伤。"药老含笑的声音，在萧炎心中响起。

"我倒是想整日整夜地练习，可老师不是说过，修炼这种声波斗技，每天有严格的时间限制吗？似乎是三小时吧？一旦超过这个时间界限，就会让喉咙产生极大的负荷，若是一个不慎，搞不好还会变成哑巴。"萧炎用手抓了抓已经开始发疼的喉咙，无奈道。

"对常人来说，的确是那样，不过有我在，你还怕这点问题吗？"药老得意地笑了笑。

"老师有办法?"闻言,萧炎急忙道。

"昨天晚上叫你准备的那些药材都弄齐全了吗?"

"齐了,迦南城的药材库可远远比加玛帝国的丰富,您需要的全部药材,我都让薰儿准备好了。"萧炎点了点头,道。

"把药材拿出来吧,然后你自己动手炼制一种东西,药方我传给你。"随着药老声音的落下,萧炎的脑袋顿时猛地一涨,旋即便感觉到有一堆东西被强行塞了进来。

"冰灵护喉液,一种辅助药品,能够缓解各种灼热之痛,并能保护喉咙不受突如其来的炽热能量摧蚀,炼制材料:冰灵叶、三花草、水系魔核。"

"这是我以前没事研究出来的小玩意儿,可以保护你的喉咙。服用了这东西后,你便能够不受修炼声波斗技的时间限制。只要你精神扛得住,随你吼多久,喉咙都不会变哑。"药老笑道。

闻言,萧炎眼睛一亮,兴奋地点了点头。若是常人修炼声波斗技,一天只能修炼三小时,若是他服用了冰灵护喉液,却能够连续几天不停歇地修炼。所谓勤能补拙,萧炎就不相信,这两天拼命练习,他会摸不到这狮虎碎金吟的门路,何况他萧炎可并不拙呢。

冰灵护喉液基本上连丹药都算不上,虽然需要极其注意炼制细节,但是这对于灵魂感知力异常强大的萧炎来说,基本不用费什么劲。因此,将早已经准备好的药材取出之后,他就开始炼制。将近半小时后,面前摆满的药材,就变成了被装盛在两个小玉瓶中的淡蓝色液体。

"嗯,还不错,控火能力进步得很快,看来拥有出色的灵魂感知力果然好处不小啊。"望着萧炎手中的小玉瓶,药老点点头,略有些惊叹。虽然冰灵护喉液炼制起来并不困难,但是对于初次炼制便能够达到百分之七十的成功率的萧炎来说,的确能够算作一个极其出色的成绩了。

"每隔一小时吞服一口,然后你就可以肆无忌惮地修炼狮虎碎金吟了。在这最后的时间中,你若是运气好的话,或许能够初步掌控它。"药老笑眯眯地道,"至于那三千雷动嘛,你暂时先不要打它的主意了。一则时间不够,二则修炼地阶斗技可并非想象中的那么简单,所以只能等你进入内院后,我再找机会帮你设置修炼程序。"

"嗯。"萧炎点了点头,先将一个小玉瓶收好,然后拿起另外一个玉瓶对着嘴巴灌了一口。冰灵护喉液一入口,就化为一股冰凉浸润开来。萧炎能够清晰地感觉到,这些冰凉液体覆盖在了喉咙处,本来还火辣辣疼痛的感觉迅速消散。

"嘿,果然是好东西。现在,我便争取在最后的时间里将狮虎碎金吟初步掌握吧。"

萧炎忍不住为这东西的快速效果感到诧异,咧嘴一笑,长长地吸了一口有些湿润的空气。片刻之后,那古怪的吼声再度自萧炎嘴中暴吼而出,最后化为一圈无形的涟漪,以萧炎为中心,向四面八方扩散,在湖面之上也掀起阵阵涟漪。

飞瀑之下,古怪的吼声在瀑布砸落的轰然巨响的掩盖下,越加凌厉且具有威压之感。

轻风吹来,树枝摇摆,在一望无尽的茫茫林海之上,阵阵绿色浪潮翻涌,向着视线尽头蔓延而去。

林海中,偶尔有银河般的飞瀑点缀其中,带起轰隆巨响以及漫天水雾。飞瀑直下,水雾弥漫在湖面之上,看上去如仙境般朦朦胧胧。

在湖边的一块巨石上,黑袍青年盘腿而坐,双手结出修炼印结,其周身空间微微波动着,一缕缕淡淡的能量浮现,然后源源不断地对着青年体内灌涌而去。

清澈见底的湖泊,轰隆的飞瀑声,弥漫的水雾,特殊的环境构建出特别的意境。在这种环境之下,从黑袍青年周身空间中涌出的能量越来越多。对于这些能量,青年来者不拒,身体犹如一个填不满的黑洞,将能量尽数吞噬炼化。

修炼持续了将近一小时后,萧炎周身的能量方才逐渐减少。睫毛抖动了几下，萧炎缓缓睁开眼，漆黑的眸子里闪过些许精芒，旋即飞速消逝。

"这里用来修炼倒挺不错，只短短两天时间，体内斗气就精进了许多。按这般速度，只要在这里修炼两个月，怕是就能晋升七星大斗师了吧。"撤去手中的修炼印结，萧炎感受着体内澎湃涌动的斗气，略有些惊诧地低声道。

"不过可惜，苦练了两日，即使是有冰灵护喉液的帮助，也没能领悟到狮虎碎金吟的窍门。如今虽然能够勉强发出一些声波，但是攻击力太弱，根本不可能用来对敌。"缓缓站起身来，萧炎负手立在巨石上，望着平静的湖面，苦笑地叹道。

萧炎甩了甩脑袋，将心中的那抹无奈抛去，视线停留在不起涟漪的平静湖面上。许久之后，他缓缓闭上眼睛，脑袋微微上扬，灵魂感知力破体而出，悄然蔓延，最后将整个湖面包裹。

在灵魂感知力的包裹下，小湖所携带的宁静气息瞬间扩大了几十倍。而在这股宁静气息的感染下，萧炎那原本略有些浮躁的心也逐渐恢复平静。

巨石上，萧炎笔直的身体如一杆释放着凌厉寒气的长枪，锐气逼人。不知这般站立了多久，飞瀑砸落的轰隆声响逐渐地在耳中消散，萧炎周围的整个世界，似乎都在此刻陷入一种诡异的短暂安静中。现在的他，借助湖面的宁静气息，好像不知不觉间进入了一种幽冥状态。

处于万物寂静状态中的萧炎，此时脑中不受控制地飞快闪过一道道颇为怪异的吼声。这些吼声，都是萧炎这两日修炼狮虎碎金吟发出的。在寻常时刻，他没有发现吼声中的怪异，此时在脑海中回放，自己却犹如一台极其精密的声音分辨仪，将那些吼声之间极其微小的声波节奏差异分辨了出来。

无数道吼声同时响起，一道道怪异声波的不和谐之处，被分辨出并剔除。原本杂乱的吼声，隐隐开始有了同步的趋势。而数量也从无数道开始锐减，不，并不能说是锐减，而是因为同步到了一个节奏，所以融合在了一起。脑海中，杂乱的吼声在萧炎近乎惯性般的分辨、剔除下越来越少，越来越洪亮。

在这般奇异状态下,萧炎唯一能做的,便是近乎本能地解析这些吼声间的波动,直至完美。

这样的解析不知道持续了多久,萧炎却迟迟未从那种状态之中退出来。因为在无数道吼声完美融合成一道声波、节奏完全一致之后,却再没有了任何进展。虽然萧炎知道,此时的吼声已经算是粗具狮虎碎金吟的神韵,但是不知为何,他总觉得吼声之中少了一点儿什么。

少了什么呢?萧炎脑中念头如闪电般飞转着,却始终难以寻找到所需要的东西。

吼!然而就在萧炎预感这股玄异状态即将消散的那一霎,一道震慑山林的惊天虎啸,猛然从外界的山脉中响起。虎啸顺着林海蔓延,最后气势磅礴地来到湖泊处。虎啸之中所蕴含的威压,令湖泊周围的一些野兽彻底地瘫了下去。

嘹亮虎啸没有被萧炎的那种状态隔绝,因此,蕴含着虎威的啸声,径直传进了萧炎耳中。

虎啸进耳,萧炎脑中那经过无数道解析方才融合在一起的吼声猛然波动了起来。而此刻,萧炎心中豁然明朗:自己的啸声中,原来是缺少了一种真正的虎威,与真正的虎啸相比,自己的啸声仅仅是形似。

在无比明晰的脑海中,先前那道进入耳中的虎啸竟然凝合成了一道弯弯曲曲、极具弧度的实质银色波纹。在萧炎的控制下,这缕波纹与先前他从自己吼声中解析出来的最完美的一道声波开始融合。

两道音波线条,彼此交缠,终于成功完美融合。

在两道音波线条骤然相融的一刻,萧炎的那种玄奥状态终于轰然破裂。他陡然睁开眼睛,眼中精芒暴射,深吸了一口气,体内斗气狂涌,一股从阴阳玄龙丹中继承而来的龙气急速涌出,直冲喉咙。

吼!

嘴巴微鼓,萧炎的脸有些涨红,双手结印,嘴一张,顿时,犹如雷霆般巨响的虎啸声波自其嘴中暴吼而出。

虎啸声波刚刚出口，萧炎面前的空间便泛起一阵剧烈波动，旋即，声波闪电般地扩张而出，只听得轰隆巨响，平静的湖面像被投放了炸弹一般，高达七八丈的浪花冲卷而起，最后轰然落下。水花以及雾气将整个小山谷笼罩在了一片雾蒙蒙的水汽中。

虎啸声，如乌云密布时爆发的怒雷般，以萧炎为中心点，席卷而出，连瀑布砸落在山岩上发出的巨声都被虎啸给掩盖了。方圆十里之地，声波所过之处，百兽瘫软，甚至连一些实力强横的魔兽也因为虎啸声中所夹杂的那抹龙气而灵魂剧颤，一些实力弱而又距离湖泊稍近的低阶魔兽，居然直接被这怒雷般的声波震死。

萧炎这一吼之力，竟然恐怖如斯。

过了许久，虎啸声缓缓变弱，那弥漫小山谷的雾气也逐渐消散。巨石之上，黑袍青年满脸兴奋与震撼地望着一片狼藉的周围，剧烈地咳嗽了一声，喜悦地说："我成功了？这就是狮虎碎金吟的威力？果然很强！"

"真是个受天眷顾的小子，竟然能够在短短两天时间中掌握虎啸的精髓。常人想要达到这般地步，没有个半年苦修是绝对不可能的。虽然你是借助进入那般寂静状态之力，方才将虎啸融合，纳为己用，但是这般速度与成就也实在太令人惊叹了。"药老的声音忽然在萧炎心中响起。看来萧炎刚刚所经历的那奇异一幕，纵然是药老也不得不感到极为惊诧。

闻言，萧炎嘿嘿笑了笑。他也没想到，自己在误打误撞下竟然会侥幸进入那般状态。

"不过你别太高兴了，你如今只是初步掌握了狮虎碎金吟而已，勉强能够发挥出它威力的三四成。想要达到十成地步，没有时间的磨炼是不可能的，而且这种磨炼，再没有任何捷径可走。"药老提醒道。

"嗯。"萧炎点了点头，扭了扭脖子，听得骨头间响起的清脆碰撞声，长长吐

了一口气。他本来就没打算只用两天时间便将狮虎碎金吟炼至大成的地步，如今能有这般成绩，已经大大超出了他的预料，所以他并不会好高骛远。

"知道就好。有人过来了，我先退回去了。"药老说完，便完全消寂，没有丝毫动静。

手掌拍了拍衣袍上的水渍，萧炎转头将目光投向小山谷入口处。那里的树枝略微动了动，旋即一道青色倩影如蝴蝶般轻盈地闪掠而出，停在湖面一处凸出来的小石头上。银铃般的笑声犹如幽谷流水，让萧炎两天两夜未曾放松的精神悄然舒缓了下来。

"萧炎哥哥，两日时间已经到了，今天我们可就得进入内院，你准备好了没？"青衣少女抬起淡雅精致的俏脸蛋儿，望着巨石上负手而立，身子显得更加挺拔的青年，柔声笑问道。

萧炎轻笑点头，手掌拍了拍背后硕大的玄重尺，脚尖一点石面，身体化为黑影闪掠至山谷出口，对着薰儿挥挥手，转身缓缓步出小山谷。

"内院吗？我可是很期待呢，希望不会令我失望吧。"

人影消失在丛林间，留下轻轻的声音，缓缓徘徊。

萧炎与薰儿两人来到副院长琥乾的书房前，只见门前的空地上早已站满了人，这些人分散成大大小小的群体，各自低声笑谈着。而这些群体间，又以白山、吴昊、琥嘉三人的圈子最大。

萧炎与薰儿的出现，让笑谈的人群略微安静了一点儿，除了少数人，大部分望向两人的目光都充斥着敬畏。在前几日的选拔赛上，萧炎以一敌三的强横战绩将所有不服的声音全部压了下去。因此，虽然他来学院才不到一个月时间，但是声望已超越白山、吴昊等人。

萧炎两人径直穿过人群，来到空地前方，与白山三人对视了一眼。除了白山，琥嘉与吴昊都冲着他点了点头，态度比起以前明显要好上许多。显然，前两日琥乾所说的那些话，对他们并非完全没有效果。初进入内院这种强者云集的地方，若是不团结一点儿的话，恐怕还真是会吃些苦头。两人一身傲气，却也不傻，能不吃无谓的苦头，那自然最好。

此时在人群外围，也围满了不少其他学员。在所有外院学员心中，能够进入内院修行，是一种极度让人眼热的荣耀。无数人从一进入学院，便在朝这个方向努力着。因此，每一年那些通过了选拔赛的学员进入内院时，都会有很多人前来送行与围观。

萧炎两人到达这里十几分钟后，紧闭的书房终于打开了门，副院长琥乾以及几名老者缓步行出。见他们出现，窃窃私语声逐渐消失，片刻后，更是鸦雀无声。

琥乾目光缓缓地在五十名学员身上扫过，见并未有人缺席，满意地点了点头，上前一步，朗声道："各位同学，今天，便是你们进入内院之时，在这里我得祝贺你们，长久的努力终于获得了回报。我相信，在进入内院之后，你们或许暂时会不适应那里的修炼方式，不过有一点我很肯定，那便是：你们能够在那里最大限度地激发自己的潜力。呵呵，并非我说大话，只要在内院中待上一年时间，你们就会发生脱胎换骨的变化。你们之中或许也有认识内院中学员的人，他们偶尔也会有假期从内院出来，所以你们应该清楚，从那里出来的学员与他们进入之前相比，在实力上有多么巨大的提升。"

听得琥乾的这番话，场中有少数学员微微点头，显然，他们曾经与内院中出来的学员有过交流，而更多的人则是满脸期盼与兴奋。琥乾所说的，正是他们所追求的，他们进入内院，就是为了追求更强的力量。他们相信，不管内院的修炼方式如何怪异，要求如何苛刻，他们都能坚持下去。

能够从迦南学院中脱颖而出，这就证明了他们的天赋与努力；能够站在这里的人，没有人会认为力量可以平白得来。

"内院，是迦南学院的核心地所，因为其保密性，大多数外院的学员包括导

师都不知道它的确切方位，所以我们将把你们送到某一处地方。"琥乾笑了笑，抬头望着远处的蔚蓝天空，那里，十道黑影正飞掠而来。片刻之后，黑影逐渐变大，赫然是十头巨大的狮鹫兽。

十头狮鹫兽带着巨大的阴影划过学院，最后在萧炎等人所在的上空停了下来。狮鹫兽翅膀挥动间狂风涌动，将一些学员扇动得有些立不稳身体。

"狮鹫兽？难道内院距离这里很远？"望着停在头顶上空的狮鹫兽，萧炎眼中划过一抹诧异。

琥乾冲着狮鹫兽挥了挥手，旋即阴影俯冲而来，最后在狂风吹拂间十头狮鹫兽停留在空地不远处。众人目光一扫，发现在狮鹫兽背上分别有两人驾驭着它们。

"好了，时间到，各位同学上去吧，五人一组。"见狮鹫兽降下身体，琥乾手一指，笑道。

听得琥乾的话，空地上的学员们顿时转身，旋即一窝蜂地闪掠过空地，然后只听得唆唆声响，一些急不可耐的家伙便犹如跳蚤一般登上了狮鹫兽那宽大的后背。然而他们双脚刚踏上背，狮鹫兽那略有些滑腻的羽毛顿时让他们吃到了苦头，一些立脚不稳之人直接脚一滑滚了下去，身体砸在石板上的嘭嘭声响接连不断地响起。

"哈哈，小子们，不要逞强。狮鹫兽上安装有座椅，你们可以坐在那里，不要妄想直接站在它背上，那是只有大斗师才有的能力。"琥乾大笑一声，将头转向萧炎等人，道，"前五名，你们五人在同一个队，上去吧。"

"呃？"闻言，萧炎五人都是一怔，没想到琥乾竟然会安排他们在同一个队。略微迟疑了一下，除白山皱了皱眉头外，其他几人无所谓地点了点头。

"走吧。"对着薰儿说了一声，萧炎闪动身形，旋即便出现在一头狮鹫兽背上，双脚稳稳地立在那滑腻的羽毛之上，铁塔一般，纹丝不动。而见他这般稳健身法，那些先前从狮鹫兽上跌落下来的学员，不由得满脸敬佩。尝试过强行登上狮鹫兽的他们非常清楚，在那该死的羽毛上是多么难以站立。

在萧炎之后，薰儿几人也同时闪掠而上，四人都是没有借助任何外物，笔直地站立在狮鹫兽背上。这般实力，不愧是位列选拔赛前五的佼佼者。

见五人的这番表现，琥乾以及身旁的几名老者目光环视了一圈空地，当见到所有人都登上了狮鹫兽后，方才互相对视一眼，微微点头。琥乾手一挥，就与三名老者一动身形，闪掠上半空。他们一震肩膀，四双绚丽的斗气翼从各自的背后延伸而出，双翼微微振动，在众多羡慕的目光中，身体悬浮不动。

能够凝化出斗气双翼，自由飞翔，永远都是修炼者心中的梦想。

"这一路，我们将会亲自护送你们。"居高临下地俯视着下方，琥乾笑了笑，手一挥，下方驾驭狮鹫兽的人便一声尖哨，顿时，狮鹫兽双翅猛然一振，巨大的身形便缓缓升空。

"萧炎、薰儿，加油！在内院表现得出色就能有假期哦。"在狮鹫兽腾空时，下方忽然传来声音。萧炎与薰儿低头一看，原来是若琳导师。在她的身旁，萧玉、萧宁、萧媚几人也正抬头望着越升越高的狮鹫兽。见萧炎望来，他们笑着对他挥了挥手。

狮鹫兽的双翼急速振动，下方的人影越来越小，到最后几乎犹如蚂蚁。在这般高空俯视着整个迦南学院，几乎将其尽收眼底。

蔚蓝天空之上，十头巨大的狮鹫兽振动翅膀向着学院那绵延无止境的后山飞掠而去。在狮鹫兽之外，琥乾以及三名老者呈四角之状，将整个狮鹫兽编队围在其中，雄浑的斗气在他们体外浮现，任狂风肆虐，也动不了他们半点儿身形。

"原来内院真不在迦南学院，难道是在这无边无尽的后山之中？"见迦南学院消失在视线尽头，萧炎低声喃喃道。

"据说内院的位置很隐秘，就算是一些从内院出来的学员，若没有专用狮鹫兽带路，也找不到内院的方位。"薰儿微笑道。淡淡的金光从她体内渗透而出，将迎面而来的狂风尽数抵御。

"你们知道内院有啥特别的吗?"萧炎转头将目光投向琥嘉三人,率先说话打破僵持的气氛。既然副院长让他们同在一头狮鹫兽上,也就是说,他们已经是一个队伍,既然如此,稍稍缓和一点儿关系,倒是有必要的。

"爷爷从不与我提起内院的事,所以我也不太清楚。不过每次我见到从内院出来的学员,发现他们实力都比以前强横许多。"琥嘉目光瞥了一眼萧炎,她知晓萧炎的意思,想起琥乾再三提醒不要把关系闹僵后,方才开口道。

"我也不知道,我很少理会这些事。"吴昊摇了摇头。身为战斗狂人的他,往常大多数时间都是在追杀那些误闯入迦南学院的黑角域的人,哪有太多时间理会什么内院!

"到了那里不就自然知道了嘛。"白山淡淡道。他虽然知道一些,但是并不愿意将这些消息与萧炎共享,他巴不得对方多吃点苦头呢。

萧炎深深地看了一眼双臂抱胸的白山,也不再多问什么,只是心中对这个家伙的戒意更加重了许多。

将目光从白山身上移开,萧炎望着下方急速向后闪掠的葱郁林海,心中长长地吐了一口气。陨落心炎,真的在内院吗?

第九章
火能猎捕赛

　　茫茫林海，遍布着各种各样的魔兽。每隔一段时间，便有充满凶悍气息的魔兽从林海中暴冲而出，对着天空之上的狮鹫兽编队发出怒吼，偶尔还会有一些飞行魔兽追掠而来。然而每当这些魔兽在接近编队百米距离时，便会被琥乾四人体内涌出的强横气势骇得萎靡而退。

　　当然也并非全然如此。由于魔兽遍布在这茫茫无尽大山中，其中自然不乏一些具备恐怖实力的。因此，在飞行编队飞进迦南学院后山半小时后，便开始有些实力强横的魔兽不顾琥乾四人的气势压迫，对着狮鹫兽编队强行冲击而来。每当这个时候，琥乾以及那三名老者则开始展现他们那令人震撼不已的实力。他们每一次挥手间，雄浑能量便如雷霆般划过天际，随即萧炎众人只听得一声闷响，那些体积颇为庞大的魔兽便轰然爆裂。

　　一路飞行而来，各种各样的凶戾魔兽涌来，却没有一头魔兽能够穿过琥乾四人的封锁。

　　萧炎等人站在狮鹫兽之上，满脸愕然地望着那些爆炸开来的魔兽身体。从气

息上来看，这些魔兽大多都有着能与他们之中任意一个人抗衡的力量，然而即使如此，也依然在琥乾等人举手投足间化为血雾。这般力量，实在是令人垂涎不已。

"难怪需要一路护送，没想到这学院后山深处竟然这般危险。若是直接从森林中穿行的话，以我们这些学员的实力，恐怕没几个人能够活着走过去。"望着那在距离编队五十米左右又一次爆炸开来的血雾，萧炎苦笑了一声。

先前队伍飞掠过茫茫山脉时，凭借着出色的灵魂感知力，他清晰地感觉到，下方茫茫的森林中，甚至有五阶，也就是斗王级别的魔兽气息出现。达到这个级别的魔兽，已经具有不低于人类的智慧，它们自然不可能看不出琥乾等人的实力，所以它们并未像那些实力稍低的魔兽一般，不顾性命地对着狮鹫兽编队发动攻击。也多亏这些高阶魔兽懂得忌惮，不然的话，就算是有琥乾等四名斗皇强者护送，恐怕这支狮鹫兽编队也不可能毫发无损地到达目的地。

一路飞行，一路血雾伴随。琥乾四人犹如尖锥，生生从那铺天盖地的魔兽攻击中撕裂出一条通道。斗皇强者的实力，强横如斯。

这般近乎蛮横的冲撞持续了一个多小时后，狮鹫兽编队的飞行速度终于逐渐缓了下来。感受到速度变缓，萧炎目光对着前方一扫，却疑惑地发现，除了脚下有一处深不见底的山涧之外，其他地方依然是一望无际的绿荫。别说什么内院，连一个人影都没有。

"怎么回事？"萧炎与薰儿等人互相看了一眼，所有人都一脸疑惑。

"降落！"

琥乾眼中的凌厉逐渐消退，先前自他体内升腾而起的强横气势悄然缩回体内，他笑眯眯地挥了挥手，十头狮鹫兽便展动着翅膀，缓缓地朝下方山涧的对面落去。

狮鹫兽带起狂风，安稳落在了地面上。萧炎等人见琥乾对他们招手，对视了一眼后，便闪身跳下狮鹫兽，落在空地上，满脸茫然。

"这是哪儿？难道内院就在这里？"琥嘉最先按捺不住地向琥乾发问。其他人也将目光投向琥乾，他们同样想知道答案。

"内院，可不是那么好进的。"琥乾淡淡地笑了笑。在众人的注视下，他缓缓向前方行走了十来步，然后脚步顿住，手掌一挥，一道能量自其手中暴射而出，朝着面前的空间射去。旋即，诡异的一幕便出现了。只见那能量在射过某一处空荡荡的空间时，带起一阵阵水波般的涟漪，这些涟漪急速波动着，一扇足有七八丈高的淡银色大门凭空浮现在众人眼前。

望着那诡异出现的银色大门，萧炎等人皆是一惊。他们显然都没想到，这看似普通的地方竟然还隐藏着这般奥妙。

在众人的注视之下，银色大门带着清脆的声响缓缓打开，大门之后的场景与之前的茂密森林似乎没什么区别。

"跟我走吧。"琥乾率先向银色大门之内行去，几十名学员满脸好奇地紧跟而上。

萧炎并未走在前面，他站在后面望着那些进入银色大门的人，再将目光投向大门之外的空间，却错愕地发现，那些进入银色大门的人犹如进入了另外一处空间，忽然凭空消失了。

"好奇异的地所！"这一幕让萧炎惊叹着摇了摇头，想起那藏书阁前面的空间皱褶，他恍然明白了一些原因。那些超级强者的手段，的确是萧炎他们现在的层次所难以理解的。

心中惊叹了一番之后，萧炎这才迈步跟上队伍，然后穿过银色大门，随后消失不见。

在所有人包括十头狮鹫兽都进入之后，大门才缓缓闭上。最后一圈银色能量涟漪扩散而出，银色大门逐渐消散，最后完全消失。此时此刻，这片区域又变成了极其普通的森林入口。

脚步踏过银色大门，萧炎只觉得精神一恍惚，双脚便踏在了实地之上，目光

朝前一扫，惊愕地发现面前的场景依然与先前的森林相同，只不过此时在那森林入口处，竟然不知何时出现了两位老者以及几名中年大汉，在他们身后，还站着将近二十名年轻人。萧炎视线从年轻人身上扫过，发现他们的胸口处，都佩戴着一枚印刻着类似塔状图纹的徽章。

"呵呵，琥老头，你每次都是这么准时，让你护送新生，就是放心。今年的新生如何？"那两位老者之中的一位看见进来的一大群人，笑眯眯地冲着领头的琥乾问道。

"还不错，实力肯定比去年的强一些。"琥乾笑了笑，道，"没想到今年轮到你们两个老家伙值勤，看来有得累了啊。"

"没办法。"两位老者无奈地摇了摇头。

"你们五个过来。"琥乾转身对着萧炎五人招了招手，见他们来到身边后，方才指着两位老者道，"这两位是内院的长老，这位是苏长老，另一位是庆长老，你们以后在内院，有事可找他们。呵呵，这五个小家伙，便是今年选拔赛的前五名，实力不错。"最后一句话，琥乾自然是对着那苏、庆二位长老所说。

"哦？"闻言，两位长老目光略带诧异地从五人身上扫过，最后微微点点头，道，"这般年龄，便能取得前五，潜力的确是比上一届大许多。"

"哟，好漂亮的姑娘，看来内院的美女排名榜上又要多两个名字了。"在萧炎五人站出来之后，站在几名中年人身后的那些年轻人顿时眼睛一亮，抑制不住兴奋地说道。

"给我闭嘴！谁再说屁话，扣除五天的塔修时间！"苏长老转身呵斥了一声。那些嬉皮笑脸的年轻人立马闭上了嘴，显然，扣除塔修时间的处罚，让他们极其忌惮。

将那群年轻人斥责得不敢多嘴之后，那位苏长老转身，对着萧炎这些新生缓缓地说道："你们都是新来的，我希望你们能尽快适应这里，那样的话，你们会获得极大的好处。看看这些浑蛋，往年他们虽然通过了外院的选拔赛，名次仅排在末尾，但是如今只过去了一年时间，我敢说，他们的实力，在你们之间，绝对能够进入前十。"

闻言，萧炎微微一怔，将目光投向那些年轻人，眼神微凝，他能够感觉到，这些青年的确很强。在他们这群刚进来的新生中，能够胜过这些人的，恐怕一双手都能数出来。而这些人，在往年的选拔赛中都是排名靠后的。从这点足以瞧出，进入内院之后，这些人的实力是如何地突飞猛进。

"好了，废话也不多说了，虽然你们已经通过了选拔赛，获得了进入内院的资格，但是考核并未结束。"苏长老笑了笑，手掌一扬，一大把漆黑色的晶卡便出现在其手中。他随手一掷，晶卡暴射而出，悬浮在每个人面前。萧炎等人将之握在了手中。

晶卡入手，萧炎等人顿时感觉到一股奇异的热量从中渗透而出。低头细细打量了一下，他们发现，在这晶卡之上有一个透明的镜面，镜面上印着一个大大的红色数字"五"。

"这是什么意思?"望着那个红色数字，萧炎有些疑惑，目光一抬，却有些错愕地发现，站在中年人身后的那群年轻人，此刻正眼睛火热地望着自己等人手中的漆黑晶卡，眼神之中有着毫不掩饰的垂涎之意。

"一些东西解释起来挺麻烦的，等以后你们自然会明白。你们现在只需要知道一件事，那便是将你们手中的晶卡当作命一般地好生保管，等你们进入内院，会明白它对你们的重要性！你们瞧瞧这群家伙的眼神或许就会明白这一点。"说到最后，苏长老手指着那群年轻人，笑道。

萧炎与薰儿对视了一眼，微微点点头，手中晶卡一晃，就被收进纳戒之中。

"接下来，你们需要进入森林，然后成功到达森林尽头的内院。"苏长老手指依然停留在那群年轻人身上，淡淡地说道，"你们穿过这片森林时，要小心他们。按照内院的规矩，在这片森林中，他们能够随时出手；也就是说，他们可以攻击你们。"

"记住,你们手中晶卡上的那个数字,对他们有着莫大的诱惑力。所以除了杀人之外,他们会用尽一切手段,夺得你们的晶卡。晶卡上面的'火能'词语,你们以后会感到很熟悉的。而现在,你们为了保护晶卡,需要尽力躲避他们,或者打败他们。只要不被他们抓住,顺利到达内院,那么,你们就会得到奖励。越早到达,奖励越丰厚。"

苏长老手指猛然指向身后的漆黑森林:"这个森林抢夺,我们内院将之称为'火能猎捕赛'。

"现在,我宣布,这一届的火能猎捕赛,正式开始!同学们,开始逃亡吧!"

密林中,零星的阳光从树叶缝隙间洒落而下,星星点点的光斑印在布满枯叶的地面上,将整个森林衬托得十分梦幻。

安静的森林中,忽然有脚步声响起。声音由远而近,片刻之后,有五道身影缓缓出现。五人看似是一个小团队,可彼此间不断吵闹,尖锐的对骂声不断在林间回荡着。

"哟,好悠闲的几位啊,竟然在这种时候还有闲情吵架?"突然有淡淡的戏谑声音响起。五人身形陡然一僵,急忙抬头,却见在头顶上方的树枝上错落有致地站着五个年轻人,这些年轻人的胸口都佩戴着一枚刻着类似塔状模样的徽章。而此时,这五个年轻人正满脸戏谑地望着下方的五人,那神情犹如猫见了老鼠。

"你们是来抢夺火能的吧?"五人之中,一名身材高大的青年冷笑道。他能够成为迦南学院外院的前五十名,实力自然不弱,因此对这些年龄与他相差不多的年轻人,并未有太大的忌惮。

"聪明。"树枝上,一个脸上有一道蛇形疤痕的年轻人笑着打了个清脆的响指,旋即笑眯眯地道,"既然你们都知道我们的目的,那就交出火能,免得受一顿皮肉之苦,如何?"

"做梦!"一名瘦弱的青年嘴巴一撇。然而他的话音刚落,一道人影陡然闪掠，瞬间便出现在了他面前，撕裂空气的劲风猛然出现，犹如闪电般，重重地一脚踹在那瘦弱青年肚子上。顿时，瘦弱的青年身体暴射而退，砸在树干之上，挣扎了几下，依然没有成功爬起来。

"上！"见同伴被打，那名高大的青年大怒，一声大喝，就欲动手。然而他的声音刚落，便听得身后一阵闷响，急忙回头，却见另外三个同伴都已经变成滚葫芦被踢到了一旁。在他们身边，三个青年正双臂抱胸，满脸不屑。

"兄弟，记住，不管你以前在外院混得多好，但是刚来内院，是龙，你得盘着，是虎，你得趴着。这些都是学长我们用无数皮肉之痛总结出来的经验啊，今天就免费送给你了。"教训声忽然在高大青年耳边响起，旋即一道影子闪掠而来，拳头狠狠砸在他脸上，顿时，那青年便满嘴鲜血倒在地上。

"如果不想继续挨打，那就自己将火晶卡拿出来。"那个脸上有蛇形疤痕的年轻人扭了扭拳头，淡淡地道。

听得他的话，那五名新生脸色微变，片刻后，都只得咬着牙，好汉不吃眼前亏，识相地将火晶卡拿了出来。

接过五人手中的卡片，那个疤脸青年脸上闪过一抹炽热，抱着卡片狠狠地亲了一口，然后手一挥，将其余四张丢给了自己的四个同伴。他手一翻，一张淡蓝色的卡片出现在其手中。细细看去，这张淡蓝色卡片的镜面之上，竟然有一个"四十七"的火红数字。

一手拿着漆黑卡片，一手拿着淡蓝卡片，疤脸青年将两张卡片紧紧贴拢在一起，然后使劲一搓，顿时，两张卡片光芒闪烁。片刻之后，光芒消失，此时那张淡蓝卡片上面的数字已经变成了"五十"，而那张漆黑卡片上面的数字则从"五"变成了"二"。

"喊，什么破规矩，还必须给新生留下两天的火能，真是浪费！"见那张漆黑卡片上遗留的数字，疤脸青年顿时撇了撇嘴，极其不爽地道。

"走吧，林格，我们还得抓紧时间继续去找别的队伍，好不容易才搞到参加

火能猎捕赛的资格，要是弄不回六天量的火能，我们可就亏大了。"另外一个年轻人将自己手中的火晶卡收好，然后把漆黑晶卡丢还给那名倒霉的新生，转头对疤脸青年道。

"嗯，走吧。"被称为林格的年轻人点了点头，对趴在地上的五名新生笑道，"可怜的家伙，这就是不懂团队协同作战的后果，以后可得长点记性了。明年你们也可以跟我们一样，来抢新生的火能了哦。别记仇，因为这是每个新生进入内院必经的一环，哈哈，走！"

大笑了一声，林格手一挥，五名老生便闪掠上树枝，然后向森林深处追击而去，留下五名垂头丧气、满脸铁青的新生。

几名新生萎靡了半晌，都只得一脸阴沉地爬起身来，各自狠狠地对视了一眼，然后竟然气呼呼地分散开，各走各的了。

在距离这块空地几十米的一处茂密丛林中，五道人影躲避在其中。他们目光所望的方向，正是五名新生离开的地方。先前那队新生的遭遇，显然被他们清楚地收入眼中。

"看来这晶卡内的火能在内院中有着极其重要的作用，不然，那些家伙是不会这般趋之若鹜的。"缓缓收回目光，萧炎望着手中的漆黑晶卡以及那上面大大的"五"字，低声道。

"嗯。"薰儿几人微微点头。那些家伙抢夺目标极为明确，只是要晶卡上的火能。

"走吧，那些家伙走了，我们也别在这里磨蹭了。苏长老不是说过，越早到达内院，奖励越丰厚吗？不要浪费时间了。"白山皱了皱眉头，催促道。

"等等。"萧炎手一挥，却将白山阻拦了下来。白山一皱眉头，冷声道："你又怎么了？"

萧炎斜瞥了他一眼，慢条斯理地道："我不管我们几人间矛盾如何，可既然现在同属于一个团队了，那么我认为，我们或许得稍微懂一点儿什么叫作'协作'。不然，先前的那一队新生，便是我们的前车之鉴。"

琥嘉几人点了点头。从那队老生的出手以及彼此默契的配合来看，很明显他们经常在一起作战。他们的实力并不比自己一行人强多少，若是单打独斗，或许自己五人能够取得胜利。可若是团队作战，以对方那等默契来对付自己这支各怀鬼胎的队伍，恐怕不会太难。

"那你的意思是……"琥嘉明亮的眸子盯着萧炎，皱眉问道。

"既然是一个团队，那自然需要一个领头的——队长，来指挥与分配。我的意思是，必须从我们五人之中找出一个指挥者。不然的话，各自为战，一盘散沙，恐怕很难从那些老生的重重围截中顺利走出森林。"萧炎缓缓地道。

闻言，琥嘉几人略微迟疑了一下后，都点了点头。萧炎说得有理，有统一指挥的团队，永远都比一盘散沙所能发挥的战斗力强。

"那这队长由谁来当？"全身包裹在血袍中的吴昊，沉默了一会儿后，将最棘手的问题问了出来。

他的话一出口，萧炎几人都陷入了沉默。片刻之后，薰儿站到了萧炎身旁，用行动表明了自己的选择。

见薰儿如此举动，白山几人的脸色各自有些不同的变化。半晌后，紧皱着黛眉的琥嘉无奈地摇了摇头，道："好吧，看在薰儿的面上，相信你一次。"说完，她也来到萧炎身旁，将目光投向另外两人。

"你的实力我服，暂时听你指挥，没意见。"吴昊低沉的声音缓缓响起，他也走向了萧炎。

脸色略有些难看地望着站在萧炎身旁的三人，白山眼神闪烁不定。

"白山，若是你不愿意的话，那我们四人就先走了。"萧炎目光盯着白山，淡淡地道。

"你……"闻言，白山脸色一变，只得恨恨地点了点头，大步走向萧炎，冷声道，"好吧，你现在便是我们这支队伍的队长。不过事先说好，别想利用我们

去打头阵，我们可不是傻瓜。"

"这是我们团队共同的事情，我自然不会让谁单独抵挡。"萧炎看了四人一眼，漆黑眼睛中陡然涌上一抹凌厉精芒，轻声道，"但是，现在既然我已经成了队长，那么在离开这座森林之前，我希望你们不要因为对我阳奉阴违而导致一些对我们大不利的事情发生。不然的话，就别怪我萧炎不讲情面。我们也不是第一次打交道了，我性子如何，你们应该清楚，上一次能让你们在床上躺七天，这一次还是能的。"

听得萧炎这番蕴含着警告的话，琥嘉撇了撇嘴，却并未出声反对；吴昊点了点头；而白山嘴角一阵抽搐，过了半晌，方才压抑住内心涌动的情绪。

不管白山三人反应如何，至少，萧炎现在已经取得了这个小团队暂时的指挥权，接下来，便得带领大家开始真正的闯关了。

茂密安静的森林间，忽然树叶微微抖动，几道人影从树枝上闪掠而出，旋即脚掌如灵猴般一点树干，身体前冲而去。如此几个跳跃，人影便飞快地消失在树林中。

"停！"闪掠间，领先的人影忽然一竖手掌，旋即紧跟其后的四道身影便极其敏捷地落在树干上，然后将疑惑的目光投向前方的黑袍青年。

"怎么了？"琥嘉目光四处扫了扫，并未发现有什么动静，不由得有些疑惑地低声问道。

"有人过来了，先隐蔽起来。"萧炎目光紧紧地盯着左边的方向。出色的灵魂感知力赋予了他优秀的丛林生存能力，别人还没感觉到的动静，他却能够先一步察觉。在这种猎捕赛中，这个长处让他很少处于被动。

听得萧炎的话，除了薰儿外，琥嘉几人都有些愕然。他们并未感觉到有任何气息在接近，不过望着萧炎的脸色，再想起现在他身为队长的身份，三人也只得点头，旋即五人身形同时闪掠，飞快地闪进了下方茂密丛林中。

在萧炎几人隐蔽好身形约莫五分钟后，不远处的密林间，忽然有细微的破风声传来。五道身影逐渐浮现，最后在距离萧炎等人隐蔽的地方上空不远处停了下来，锐利的目光缓缓地扫视着这片安静的丛林。

目光透过丛林缝隙，萧炎五人紧盯着不远处那五名内院老生。从老生身上渗透出的气息来看，这几人竟然都属于一星大斗师左右的级别。

不过这些人虽然实力不错，但是与萧炎五人相比，依然是差了一些。再加上萧炎等人也不是心智低下的莽夫，自然不会在这时弄出什么动静。所以上面的那五名老生在搜索了一会儿后，都只得无奈地离去。

看那五人离开，白山便身体微动想站起来，萧炎却脸色微变，低声道："别动！"

"你急什么？人都走了。"极其不爽萧炎的呵斥，白山忍不住回道。然而嘴上虽然这样说，但是他的身体依然不敢有太大的动作。

萧炎没有理会他，只是将目光投向先前那五人消失的地方。见他这般举动，白山等人只得继续待在原地不动。

安静的气氛缭绕在森林间，如此过了三四分钟后，萧炎等人目光投射处的树枝却忽然一阵抖动，旋即几道人影又闪了出来。看他们的面貌，赫然便是先前离去的那群人。当下，白山的脸色微变，有些悻悻的。

"没有人！柳木，你还真是疑神疑鬼，我们的时间可不能这么消耗。"树枝上的一人瞧着依然没有半点儿动静的周围环境，摇了摇头，转身对一名身体瘦削的绿衣青年道。

被称为柳木的青年，无奈地点了点头，迟疑道："我修炼的是木属性斗气，因此在森林间的感知比在别处要敏锐许多，或许刚才真是错觉，走吧。"他不太确定地说了一声，然后转身向密林另外一处掠去，其后，四道人影紧紧跟随。

"这内院的人果然都不是普通货色啊。"望着远去的五人，萧炎这才缓缓从丛林间站起，叹道。若非自己有着强大的灵魂感知力，恐怕刚才一冒头，就会被这几个看似离去、实则躲在一旁的家伙逮个正着。

　　琥嘉几人也扒开丛林，各自站起，目光从先前那行人离开的地方转移到萧炎身上。琥嘉与吴昊，连白山，也对萧炎或多或少地有了一丝信服。至少，在他们刚才没发现对方踪迹时，萧炎有能力预先察觉，并且带着他们躲避开本来会被逮住的局面。光是这一点，萧炎这个队长便做得很成功了。

　　"走吧，只是经过先前一阵乱窜，现在也不知道我们处于什么方位了，像这样胡乱闯的话……"萧炎微皱着眉头，缓缓地道。

　　"我觉得我们是否应该想办法打探一点儿关于这个森林以及那些参加猎捕赛的老生的具体人数和实力的情报。不然的话，这样一路胡冲乱闯，难免最后会因为情报的匮乏而陷入被围困的局面。或许我们面对一支老生队伍时能够取得胜利，不过若是在打斗时将其他老生队伍也吸引了过来，我想，我们恐怕并不能全部战胜吧？这些内院的学生，似乎战斗经验很丰富。"薰儿略微迟疑了下，忽然开口道。

　　闻言，萧炎等人略微一怔，旋即沉吟了一下，点点头。薰儿所说不假，在这种人生地不熟的地方乱走瞎撞的话，迟早会因为遇见一些实力强横的老生队伍而被拖延前进的速度。

　　"在这个地方，拥有这些情报的人，好像就只有内院的老生了吧？难道从他们手里去打探情报？"白山皱眉道。

　　萧炎手掌摩挲着下巴，片刻后，沉吟道："先走一段看看，若是有下手的机会，我们或许可以选择一支老生队伍下手。我们不是那些普通队伍，只要小心点，不将其他老生队伍吸引过来，我想我们应该能够吃下一支。"

　　"呃？"听得萧炎这话，琥嘉几人顿时一脸愕然。别的新生都是想着办法躲那些老生队伍，如今萧炎却想打老生队伍的主意。

　　"这也太冒险了。"白山摇了摇头，颇不赞同。

　　"各位，磨刀不误砍柴工，若是我们自己在这偌大的森林里逛，那得到什么时候？而且，你们也应该看见了那些老生对这所谓的火能是何等垂涎，这东西恐怕在内院极为重要吧。既然他们能来抢我们的火能，那我们为什么不能抢他们的？为了不至于日后后悔，冒一下险，并不亏。"萧炎挥了挥手中的漆黑晶卡，笑道。

闻言，琥嘉与吴昊眼芒闪烁了一下，略微有些心动，沉吟了半晌，两人重重地点了点头："可以先试试。"

见两人没有反对，萧炎这才松了一口气，将目光投向白山，微笑道："你呢？"

白山的脸色在萧炎四人的注视下，不断变幻着。片刻后，他狠狠地咬了咬牙，道："好吧，试试。不过我事先说好，若是出现了什么意外，到时候你这队长便负责殿后吧。"

笑眯眯地点了点头，萧炎只当没听见这家伙的最后一句话，手一挥道："既然大家意见已经统一，那么走吧，与其被人抢，那还不如去抢别人。"

说完，萧炎率先化为一道黑影，穿行进入茂密丛林中。其后，薰儿几人紧紧跟随。

在决定了策略之后，萧炎等人便开始将注意力放在那些偶尔遇见的老生队伍身上。在近两小时中，他们分别遇见了三支队伍，可最后都因为这三支队伍相距太近而不得不放弃了下手的机会。

茂密丛林中，萧炎望着那再度从头顶上闪掠而过的一支老生队伍，无奈地摇了摇头。他能够感觉到，在距离他们此地北面百米之外，还停留有一支老生队伍，这里一旦发生战斗，能量波动肯定就会传过去。因此，为了保险起见，只能再放弃这次机会。

萧炎对着身后的几人打了个手势，于是，体内斗气本已开始涌动的四人只得再度转为沉寂。

在那支老生队伍走后不久，萧炎刚欲起身带人离开，脚步却一顿，偏头将目光投向北面方向。他感觉到，那支队伍忽然在那里停了下来。

"走。"略微迟疑了一下,萧炎便带着四人犹如地鼠一般从茂密丛林中向北面方向穿行而去。

约莫五分钟后,萧炎等人身形猛然顿住,目光透过茂密的枝叶缝隙,望向外面的一处空地。此时,在这片空地上,十道人影正在交错闪掠。每隔一会儿,便有一名年轻人吐血晕厥。仅仅是两三分钟时间,五名明显是新生的年轻人便彻底落败。在他们周围,五名老生懒散地站立着,淡淡的斗气在他们拳头之上伸缩吐现。

望着空地上的场景,薰儿、琥嘉四人都将目光投向了萧炎。显然,他们是在等他下决定。

眼睛微眯,萧炎的灵魂感知力在此刻开启到最大范围。片刻后,眼睛缓缓睁开,旋即微微点头。

"啧啧,今天真是好运气,已经遇见两拨新生了,哈哈,收获不错。"空地上,一名蓝衣青年望着自己晶卡上多出来的三个火能,不由得舔了舔嘴,笑道。

"各位学弟,多谢了哦,以后不服的话,可以到内院找我们,随时恭候你们来挑战。当然,前提是你们有足够的火能,哈哈!"蓝衣青年冲着那五名满脸铁青的新生挥了挥手中的晶卡,笑眯眯地道。

"走吧,寻找下一支队伍。"语罢,蓝衣青年手一挥,他的四名同伴便转身,欲朝另外的方向掠去。

"不用找了,我们在这里。"

就在蓝衣青年五人转身的一刹那,淡淡的笑声忽然在树上响起。蓝衣青年急忙抬头,却见在空地周围的树干上,不知何时出现的三男两女已经将他们包围在了其中。

蓝衣青年一行人都被忽然出现的五名新生惊了一下,略有些回不过神来:这些新生不是应该一个个跟老鼠一样逃窜的吗?怎么这几个家伙竟然还敢光明正大地出现在他们面前?

"哟，好漂亮的姑娘！各位，待会儿下手可得轻点，不然留个坏印象，日后可就没机会了哦。"片刻后，蓝衣青年五人终于回过神来，目光扫过树干上的几人，最后眼睛发亮，视线停在了两名少女身上，顿时戏谑的笑声响了起来。

"那其他三个家伙呢？"一名同伴笑着问道。

闻言，蓝衣青年微微笑了笑，眼中闪过一抹凶气，摊着手有些无奈地道："既然这些新来的如此嚣张，那作为学长的我们，自然是要好好教导一下他们如何在内院中生存吧？所以先让他们见见血吧，让他们认清自己该在内院中持何种生存态度。"

"嘿嘿。"听得他的话，其身旁的四名老生嘿嘿笑了笑，不怀好意地盯着树干上的三个男青年。

"实力勉强在二星大斗师左右，一人一个，不要拖延，速战速决。记住，一个都不能跑掉！"淡淡地望着空地上的五名老生，萧炎偏着头望着薰儿、白山四人，提醒道。

"嗯。"四人点头，身体微震，雄浑斗气猛然暴涌而出，旋即身形一动，便快若闪电地出现在空地之上。

在雄浑的斗气自薰儿等人体内盛涌而出时，空地上的蓝衣青年五人的脸色终于猛地大变。光从气息上来看，这五名新生竟然比他们要强横许多。

"这次踢到铁板了！这些新生怎么这么强？"心中飞快地闪过一个极其不妙的念头，蓝衣青年一挥手，让同伴赶忙先撤退的话语还未喊出，一道黑影便陡然诡异地出现在其面前。蓝衣青年微缩眼瞳，蕴含着强横斗气的拳头没有丝毫迟疑便对着黑影脑袋狠狠挥击而去。

在蓝衣青年出拳的瞬间，黑影身形旋动，尖锐的劲气居然直接导致空气中传出沉闷的声响。黑影的拳头犹如闪电，不论是速度还是力量，都远胜过蓝衣青年。

"这次阴沟里翻船了。"感受着黑影的出拳力量以及速度，蓝衣青年心头猛然

泛起一抹惊骇,一抬视线,瞧见了一张带着些许冷意的清秀脸孔以及一对漆黑如墨的眸子。

第十章
向猎人下手

　　两双拳头各自夹杂着雄浑激荡的斗气，轰然对撞。瞬间，一股劲气涟漪从接触之处波浪一般暴涌而出。顿时，两人立足之处的枯叶便被尽数掀起，漫天飘荡。

　　噗！双拳交接，那名蓝衣青年终于真真切切地感受到了萧炎拳头之上的力量是何等恐怖。在拳头相撞的一刹那，一股麻木感觉从手臂蔓延而上，随后，一股令人色变的劲力暴涌而出，顺着拳头接触点，传进了蓝衣青年体内。一口殷红的鲜血，径直从他口中吐了出来。

　　蓝衣青年急退了几步，脸上涌上一抹凶气，身体一震，淡蓝色的斗气自其体内急速涌出，在其体表形成了一副蓝色的斗气铠甲。斗气铠甲刚刚成形，鬼魅般的黑影再度出现在其面前。一声冷笑传来，蓝衣青年只觉得眼前一花，紧接着，一股剧痛自胸口处蔓延开来，身体猛然倒射了出去，片刻后，重重地砸在树干之上，又喷出一口鲜血。他艰难地低头一看，惊骇地发现，刚刚召唤出来的斗气铠甲，竟然在对方一击之下，彻底崩裂开来。

身体像大虾一般蜷缩着，蓝衣青年还未抬头，便又听得几道沉闷声音在耳边响起，然后，四名同伴也都满脸带血地滚到了他身旁。

捂着胸口，蓝衣青年发现面前忽然出现了一双脚，一个淡淡的声音也响了起来："想继续挨打的话，那就都缩着吧，我不介意再甩几脚。"

听得这话，蓝衣青年浑身一颤，赶忙抬起头来，望着站在面前的黑袍青年及其身后的两男两女，眼中带有几分惊惧地问："你……你们想干什么？"

"我问，你们答。"萧炎居高临下地俯视着这五名脸带惊恐的老生，手掌缓缓握上背后的玄重尺柄，旋即猛然一抽，重尺带着巨大的压迫风声，插在蓝衣青年面前的土地上，宽大的尺身给予了他极大的压迫感。

"你想问什么？"那名蓝衣青年咽了一口唾沫，也缓缓地镇定了下来。反正按照规定，在这个森林中不准出现杀人的事情，否则，那随时随刻关注着森林中动静的长老们会立刻现身，而且违反规定者将会视情节而定惩罚的轻重。因此，他除了有些担心会遭受皮肉之苦外，对自己的性命倒没啥好提心吊胆的。

"这个森林有多大？"萧炎沉吟了一下，先问了一个最简单也极为重要的问题。若是森林面积大的话，那他们就得做好长久作战的准备；若是小的话，或许可以改变策略，直接朝着目的地蛮横地冲撞过去。

"很大。"蓝衣青年的回答让萧炎在心中无奈地叹了一口气。

"有森林的大致路线图吗？"萧炎瞥了蓝衣青年一眼，忽然手一摆，偏头对着薰儿四人道，"你们各自抓一个人到一旁去盘问，然后待会儿我们来对证。若是谁说的答案与其他几人不一样的话，那就不能怪我们心狠了。虽然在这里并不能伤人性命，但是失手打个重伤应该不算违规吧？"

最后一句话，萧炎自然是转身对着蓝衣青年五人说的。

蓝衣青年五人的脸色变得极为难看起来，萧炎的话将他们想说谎的念头彻底打消。

琥嘉四人依言各自拎着一个老生向着一旁行去。吴昊在转身的时候，血袍下忍不住传出一句话："好手段。"

萧炎笑了笑，转身将目光停在面前的蓝衣青年身上，缓缓地道："现在回答吧。"

"有大致的路线图，不过算不得精细。这个地图，还是在参加猎捕赛时在内院中购买的，足足花了我们一天的火能。"蓝衣青年苦笑了一声，乖乖地从纳戒中掏出一张粗糙的纸片，递给了萧炎。

"你们不是对火能看得极重吗？竟然舍得花一天的火能来买这么粗糙的东西？"接过纸片，上面那交错纵横得犹如几个大黑叉的线条，让萧炎嘴角略微抽搐了一下，这也能算作路线图？

"没人舍得，不过这是内院强制卖的，不买不行。"一提起这个，蓝衣青年嘴巴就是一个哆嗦，脸上浮现一抹肉痛，咬牙切齿地道。当初在买这破东西时，他的心都在滴血啊，要不是因为参加猎捕赛能够从新生手中抢到火能，他打死都不会花一天的火能来购买这破路线图，内院的那些家伙简直就是吸血鬼啊。

"参加猎捕赛的老生一共有多少人？"萧炎将路线图收好，皱眉问道。

"也是五十人，五人一组，一共十组。"蓝衣青年眼睛看了一下另外四边的拷问情况，无奈地叹了一口气。他拿不准自己的那些同伴会说实话还是假话，不过想起两者间的概率，他还是选择说实话。

"实力如何？都和你们差不多？"萧炎继续问道。

萧炎的话让蓝衣青年翻了翻白眼，什么叫作"都和你们差不多"？

"有八支队伍和我们相差不多，我们都是去年进入内院的学生。还有两支，则是往届的老生，他们在内院待的时间比我们久，因此实力也比我们更强横，恐怕和你差不多。"蓝衣青年略带怪异地看了萧炎一眼，似是在嘀咕为什么这个新生竟然会这般强。要知道，去年他们那一届新生刚刚进入内院时，就算排在前五名的那几个家伙，也都在这森林中被抢了个遍。虽然他们也反抗过，但是最后因为彼此间的不和，难以形成规模性的反击，因此被老生分别打败。哪像今年这样

诡异，老生反过来被新生抢？

一想起这郁闷事，蓝衣青年就有种骂人的冲动。同样是新生，这之间的待遇差距咋就这么大？

"和我差不多？"闻言，萧炎紧皱起眉头。两支队伍成员的实力都与自己差不多，那就有些麻烦了啊，看来想要轻松闯过火能猎捕赛，还真是有相当的难度的。

"那两支队伍很好辨认，一支队伍全员黑装，另一支队伍全员白装。每年的猎捕赛，都会有两支强力队伍参加，内院中，学员们管这两支最强队伍叫作黑白双煞。最近十年中，似乎还从没听说过有哪支新生队伍能够闯过他们的围追堵截。"蓝衣青年话语中带着些许敬畏。

"黑白双煞？"念叨了一下这名字，萧炎微微点了点头，转头与薰儿几人对视了一眼，然后问出了最重要的问题，"这所谓的火能，在内院中究竟有何用？为什么你们都如此疯狂地抢它？"

"火能是内院之中最重要的东西，这也是为什么新生在进入内院修习后实力会突飞猛进的原因。"这个问题让蓝衣青年迟疑了好一阵，方才在萧炎手掌握上玄重尺柄时，无奈地开口道，"在内院之中，有一座深埋地底的'天焚炼气塔'，在塔里面修炼，能够取得事半功倍的奇效，而且越往塔底下面修炼，修炼速度便越快。当然，费用也昂贵得离谱。"

"而想进入天焚炼气塔，就必须拿火晶卡中的火能充当费用，火能是以天数显示的，你们手中的火晶卡便是够你们在塔中修炼五天的修习费用。五天过后，你们就只能自己去赚取火能了。当然，在每个月的第一天，内院会给每人发七天量的火能，当作……生活费吧。"说到最后一个词语时，蓝衣青年的脸色颇有点儿古怪。

听完蓝衣青年的话，萧炎满脸错愕。没想到这内院的修炼方式如此奇葩，想进入天焚炼气塔修炼，居然还要缴纳费用，而这所谓的费用，则是火晶卡上的火能。

"原来想要修炼就需要火能做费用，难怪这些家伙对我们手中的火能如此垂涎。"萧炎苦笑了一声，瞥了一眼蓝衣青年，轻声道，"那如果把所有火能用光了，该如何获得新的火能？难道只能等下个月内院发？"

"当然不是，在内院中，你有各种各样的方法获得火能，比如扫塔、抄卷轴等等。当然，凭借这些获得的火能有些少。因此，一些有实力的学生便会去猎杀魔兽，用魔核来换取火能；或者找人挑战，只要对方答应，就能够在内院的竞技场中比赛，胜者能够获得从输者手中扣除的火能。总之要获得火能的办法不少，但是都有一个前提，那就是你得有足够的实力，不然的话，不仅赚不到火能，反而会把自己的火能赔个精光。"蓝衣青年摊了摊手，略微迟疑了一下，又道，"还有一个赚取火能的办法，那便是登上内院的'强榜'，顾名思义，这是一个衡量实力的榜单，也是内院最有含金量的榜单。榜单有五十个名额，只要你能够登上，那么就可以每个月获得由内院发的犒赏，犒赏与排行名次挂钩，越往上的，自然便越多。这是最让人舒坦的火能获得方式，因为只要你能把名字挂在上面，那么便能够整日缩在天焚炼气塔中修炼，不用担心火能枯竭。所以所有内院的学生，都在为能进入强榜而奋斗与努力，那竞争简直激烈得让人目瞪口呆，很多人往往都是第一天上榜，第二天就被后来者拼命挑战了下去。"

萧炎微微点头，面上虽然平静，但是心中已经开始被那个神秘的地方勾起了真正的期盼与好奇之心。这种极为奇异的制度，不愧是诞生强者的摇篮。

在外院，学员很难感受到内院的这种残酷的竞争氛围。因此，虽然外院中也不乏一些天赋杰出之辈，但是始终不可能真正与内院学员相比，因为内院的制度，几乎专门是为了培养强者而制定的。

"火能……呵呵，看来的确是一个极其勾动人心的东西，现在连我都被这个火能勾起了心中的欲望。"萧炎轻声笑了笑，转头望向薰儿四人。此时他们也正好望过来，目光交织，都瞧出了各自眼中的火热。显然，这个内院真正让他们心

动了起来,而那个火能也被他们牢牢记在了心中。

在内院,有火能,便象征着修炼速度的加快,也象征着距离强者的路途在缩短。

"火能……真是好东西啊……"心中轻轻呢喃了一声,萧炎嘴角忽然勾起一抹令蓝衣青年心寒的邪笑。

萧炎缓缓低头,笑吟吟地望着蓝衣青年,和声道:"多谢这位学长悉心告知,不过接下来,请将你手中的火晶卡交给我,好吗?"

微张着嘴望着萧炎的笑容,蓝衣青年的脸色大变,斗气猛然涌动,然而他还未有所动静,巨大的黑影便带着压迫风声重重砸下,最后停在了蓝衣青年苍白的脸前。

望着那硕大的尺身,蓝衣青年艰难地咽了一口唾沫,半晌后,脸色灰暗地一屁股坐了下去,手掌哆嗦着将一张淡蓝色的火晶卡从纳戒中拿了出来。

笑眯眯地接过这张淡蓝色的火晶卡,当看见上面那个"二十八"的红色数字时,萧炎脸上的笑容变得浓郁了许多。

萧炎握着一黑一蓝两张卡片,然后重重一搓。光芒闪烁间,漆黑卡片上的数字,由"五"变成了"二十六",而那张淡蓝色卡片上的数字,则缩水变成了"七"。

"从现在开始,这猎捕赛的猎人与猎物的位置可以倒过来了,因为现在的猎物已经开始对猎人感兴趣了。"望着漆黑火晶卡上的数字,萧炎轻声道。

五名浑身瘀青、嘴角带着一丝血迹的新生,目瞪口呆地望着萧炎等人。直到此刻,他们才从突如其来的变故中明白发生了什么事情:这些家伙,竟然在抢夺老生的火能!

这五名先前被蓝衣青年等老生拦路抢劫了的倒霉新生,看了一眼被萧炎几人抢了火能后,竟然还被蛮横打昏的五名内院老生,脸上的表情极为精彩。先前他们也与这些老生交过手,然而才不过几个回合便彻底败在了这些实力强横、战斗经验老辣的老生手中。然而现在那几名刚刚还在耀武扬威的老生，却在萧炎等人的手下，仅仅两三分钟时间便都落得了与自己相同的悲惨结局。这般巨大的落差，让这些新生一脸呆滞。

"不愧是选拔赛前五名的佼佼者，实力竟然如此强横。"作为这届的新生，他们自然认识萧炎等五人，只不过他们没有料到，这五个家伙凑在一起，竟然连内院老生都能战胜。这支队伍，实在是厉害。

"啧啧，真没想到，内院培养强者的方式竟然如此独特，当真是没有枉费我的期待啊。"

琥嘉把玩着手中的火晶卡，瞥了一眼被萧炎捆在树干上打晕过去的五名内院老生，娇声笑道。刚才她从拷问的那个老生手中得到了十八天的火能，因此现在她火晶卡上的数字，已经从"五"变成了"二十三"。

"真可惜，竟然不能将他们的火能都抢走，还必须给他们留七天的保底火能。"有些惋惜地看了手中火晶卡一眼，琥嘉嘟囔道。

"看来内院的那个天焚炼气塔，应该就是内院学生修炼速度能够这般快速的原因了，真令人惊诧。"薰儿轻声笑道。

"的确挺出人意料的。"吴昊缓缓地点了点头，道，"不过相比起来，我对那个所谓的强榜更感兴趣，等进入内院后，我会找机会去挑战他们。"

听闻吴昊声音中隐藏的炽热战意，萧炎无奈地摇了摇头，真是个战斗狂人！

"接下来该怎么办？"白山那总是冷冰冰的脸上，此时也多了一分笑容，原因自然是他从那个倒霉老生手中搜刮到了二十天的火能。

目光从昏迷过去的五名老生脸上扫过，确定他们的确没有反应后，萧炎方才从纳戒中把那张极为粗糙的路线图掏出来，辨认了老半天后，略有些迟疑地指着一处地方道："这个森林的面积的确很大，现在我们的位置，应该是在这里。如果一直沿着这条路走，或许只要一天的时间，就能够走出这片森林。"

"那赶紧吧，别浪费时间了。"闻言，白山急忙催促道。

萧炎看了他一眼,并未有所动作,漆黑火晶卡在指尖急速旋转,漆黑眼睛微微闪烁着。片刻后,萧炎手指一动,将火晶卡准确地夹在手指间,微笑道:"各位,既然你们已经知道了火能在内院中的重要性,那么,你们想多得到一点儿吗?"

"谁不想多得点?我巴不得能弄到够我在那天焚炼气塔中修炼一年时间的火能呢。"琥嘉撇了撇嘴,说道。其他几人也点了点头。从那几名老生口中,他们清楚地明白了火能在内院中是何等重要。

"那么你们愿意为了这火能去冒险吗?"萧炎笑眯眯地道。

"你什么意思?"白山微微皱眉,眉头忽然一挑,惊愕地道,"你难道还想把主意打到别的老生队伍身上去?"

"既然他们能抢我们,那为什么我们不能抢他们?"萧炎淡淡地笑了笑,道,"而且从实力上来说,除了那两支所谓的黑白双煞的队伍之外,其他的队伍,只要不让他们联合攻击我们,任何一支队伍都无法与我们单独抗衡。而这,便是我们的机会!如何?敢试一番吗?"

听得萧炎的话,琥嘉三人都陷入了沉默。薰儿轻笑了一声,依然是站在萧炎身旁,用她的行动表明自己的选择。

沉默持续了片刻,吴昊首先点点头,沉声道:"有冒险才有收获,只要你敢做,那我就不会有半点儿退缩!"

"唉,疯狂的家伙,好吧好吧,谁让我也对那火能垂涎不已呢。"琥嘉摊了摊手,无奈地道。

"好吧,我也没意见。"见所有人都答应了,白山再瞥了一眼手中的火晶卡,咬了咬牙,道,"拼了!"

"好,既然大家都同意,那么就这么决定吧。"一拍手掌,萧炎笑了笑,略微迟疑了一下,沉声道,"不过,在这之前,我们是否应该先说好,如果后面再次成功获得别的队伍的火能,该如何分配呢?我可不想到时候因为分配不均而导致团队破裂。"

闻言，白山几人一怔，旋即点了点头。这个问题若是处理得不好，说不定真的会导致团队破裂。而在这种地方，若是团队破裂了，他们之中的任何一人恐怕都无法仅凭自己的力量顺利走出森林。走出这个森林所需要的，是团队合作，而非个人之勇！

"平均分配吧，若有时谁不能达到平均数，那么在下一次时，优先补给他，如何？"薰儿沉吟了一会儿，开口道。

"我没意见。"琥嘉与吴昊点了点头，紧接着白山点点头。

"既然如此，那就按这种方式分配吧。"见这最现实也最容易导致队伍破裂的问题被解决，萧炎心中松了一口气。他转身看了一眼不远处五名满脸瘀青的新生，手一挥，几个玉瓶丢了过去："这些是疗伤药，能够减轻你们的伤痛。"

手忙脚乱地接过萧炎丢过来的疗伤药，五名新生一愣，心头有股暖流淌过，对着萧炎重重地点了点头，眼中充斥着感激。

雪中送炭，永远都是最容易俘获人心的举动。

萧炎对着琥嘉四人一声招呼，旋即五道身影窜进丛林之中，最后飞快地消失不见。

现在，猎物要开始寻找猎人下手了。

茫茫森林之中，一处巨树顶端，两名老人盘坐其上，身形纹丝不动。轻风吹来，他们身上的衣袍却纹丝不动，看上去甚是奇异。

某一刻，两名闭目的老者忽然缓缓睁开了眼睛，互相对视了一眼，皆从对方脸上看出了一抹惊异与微笑。

"嘿嘿，好，好！今年的新生，比往年有意思多了。"一名灰袍老者率先开口笑道。

"那五个小家伙，应该便是今年选拔赛的前五名吧？实力都不错，潜力也不一般，难怪连内院的老生队伍都能打败。"另外一名身着蓝袍的老人，也微微点

了点头,赞叹道。

"那个领头的小家伙叫萧炎是吧?很好,胆识不错,我喜欢。"灰袍老者抚着胡须笑道。听他们间的谈话,似乎已将萧炎等人的举动尽数收入眼中。

"呵呵,的确很不错。原本他们那支队伍并不和谐,不过这个小家伙却生生地将他们整合在了一起。往年那些排名前五的学生,都是借着一身傲气,谁也不服谁,最后被内院老生的队伍分别打败。这一次,或许这支队伍能够出乎所有人的意料。"蓝袍老人微笑道。

"不过现在也不好下结论啊,今年的黑白双煞可是从竞技场内跑出来的一群家伙,他们的实力可不是普通队伍可比的。萧炎的队伍若是遇见了他们,谁胜谁败,还不好说。"灰袍老者饶有兴趣地道。

"嗯,那些家伙,个个身经百战,战斗经验极其丰富,彼此的配合也默契得很。萧炎的队伍若遇见他们,怕是有得苦战了啊。不过,我很喜欢那种强强对碰的交锋。"蓝袍老人轻笑了一声,声音中竟然有种期盼的意味。

"接下来,总算不是那么无聊喽,等着看好戏吧。"两位老者对视了一眼,皆发出一阵轻笑,旋即再度缓缓闭上眼睛。

茂密森林之中,五道人影缓缓地步行在枯枝败叶上,脚步踩着枯叶,发出细微的沙沙声。这五人胸口都佩戴着一枚绘有塔形图案的徽章。

"我们也太倒霉了吧?从进入森林到现在,竟然连一支新生队伍都没遇见!照这样下去的话,我们连参加猎捕赛的本儿都拿不回来!"五人之中,一名青年忽然忍不住出声抱怨道。

"别吵,继续找吧,新生足有五十人呢,急什么?"领头的一名男子皱了皱眉头,冲那名青年呵斥了一声。

"几位,你们是在找我们吗?"

就在领头的男子呵斥之时,轻笑声忽然在前方不远处响起。那五名内院老生一惊,急忙抬头,错愕地发现,在不远处,三男两女的一支新生队伍正笑眯眯地

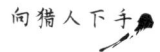

望着这边。

"抓住他们！"脸上的错愕逐渐被狂喜取代，那名领头的男子急喝一声，旋即五人猛然向着不远处的新生队伍包抄而去。

"老规矩，一人一个，火晶卡到手，统一分配。"见老生竟然主动冲上前来，黑袍青年脸上笑意浓郁了许多，偏头对着身后的四人轻笑道。

"嗯。"

"既然明白了，那么上吧，为了我们的火能！"

黑袍青年微微一笑，顿时，五股雄浑斗气在密林中暴涌而起。

茂密的树林间，忽然间斗气暴涌。片刻之后，一道人影猛然擦着地面倒射而出，最后重重地撞在一处从地面凸出来的石头上，脸不禁一阵扭曲，一丝血迹从嘴角溢流而出。

后背传来的剧痛让这个身着黄衣的男子眼中闪过一抹凶戾。然而还不等他有所动作，黑影陡然闪掠而至，巨大的阴影带起撕裂空气的压迫风声，重重地对着他的脑袋怒砸而下。

"不要！"见到阴影扑面而来，上面所蕴含的恐怖劲气终于让黄衣男子眼中闪过一抹惊骇，他失声叫道。

随着黄衣男子叫声的落下，那扑面砸来的阴影也骤然停顿。然而即使阴影停得及时，其所携带的劲风也依然透过空气，让黄衣男子的脸犹如一阵水波般抖动了几下方才恢复正常。

阴影化为巨大的尺子重重地插在黄衣男子面前的土地中。黑袍青年居高临下地俯视着黄衣男子，淡淡的声音让黄衣男子的脸又是一阵抖动："把火晶卡拿出来吧。"

"你……你们是新生，要火晶卡干什么？"咽了一口唾沫，黄衣男子望着林间另外四处的激烈战斗，眼珠转了转，开口问道。

"自然是要火能。"萧炎轻声笑了笑，紧握着玄重尺柄的手掌却微微紧了紧，

微笑着道,"要么你马上交出火晶卡,要么我先动手将你打个半死,然后你自己动手拿出来,你选哪样?"

望着那张微笑的清秀的脸,黄衣男子心头涌上一抹寒意。这个家伙,真可怕!感受到萧炎话语中的冰冷,黄衣男子虽然心中极其不愿,但是也不敢拖延,满脸苦涩地从纳戒中掏出一张淡蓝色火晶卡,递给萧炎。

笑眯眯地接过卡片,萧炎望了一眼上面的数字,"三十二",暗自点头。不错,极其丰硕的收获,没想到这个家伙竟然比上次那个家伙还富有。

握着卡片,萧炎身形猛然一动,右脚不轻不重地踢在黄衣男子的太阳穴处,刚好把持着力度将他踢得昏厥过去而又不至于丧命。

另外四处战圈也陆续进入尾声,片刻后,四道人影重重地擦着地面撞在一起,战斗终于结束。

"五张火晶卡,除去必须保底的七天火能,我们能够统一分配的一共是一百二十五天的火能。每人刚好能够分配到二十五天的火能,都没意见吧?"从白山四人手中接过火晶卡,萧炎略微算了算,然后挥着五张卡片,笑问道。

"嗯。"四人点了点头,由于早已经说好了分配方式,他们自然不可能反对。

萧炎微微一笑,将卡片丢给四人,轻笑道:"各自划取吧,不够的,从另外的火晶卡上划。"

五人一手拿着一张卡片,彼此用力一搓,光芒闪烁间,原本漆黑晶卡之上的红色数字又飙涨了一些。

将火能抢夺过来之后,萧炎把那些淡蓝色火晶卡丢回到那几名内院学生怀中,冲着被捆绑在树干上动弹不得的他们笑了笑,道:"多谢诸位学长奉送火能,来日有空再来报答,现在就先告辞了。"

"赶紧走,我感觉到有其他队伍朝这边来了。"转身,萧炎对着琥嘉四人轻声说了一句,然后飞快地窜进密林之中。

满脸兴奋的四人,紧紧地跟了上去。现在他们忽然发现,跟在萧炎身后,似乎是个挺不错的决定，这才仅仅几小时他们便成功得到了两支内院老生队伍的火能。这般丰硕的收获，实在是让他们兴奋不已。

就在萧炎等人消失了五六分钟后，这处林间的树枝忽然抖动了几下，旋即五道影子闪掠了出来。他们现身之后，看见被绑在树干上，连嘴巴都被堵住的五名内院老生，顿时满脸错愕，不由得面面相觑。其中一人上前小心翼翼地将绳子割断，顿时，五个倒霉的家伙便瘫倒在地上，急促地喘着气。

"竟然被新生反抢了！"顺过气来之后，那名黄衣男子立马蹦了起来，脸色铁青地叫道。

那支刚刚听到打斗动静赶过来的老生队伍，听到黄衣男子的骂声，顿时一怔，旋即满脸古怪地望着黄衣男子等人。

"看个屁，你们遇见那群家伙，肯定也好不到哪里去！今年这届新生，怎么出了这几个厉害人物?！"对方古怪的脸色更是让黄衣男子暴跳如雷，也不顾是对方解救了他们，就破口大骂起来。在这个森林中，他们老生能够抢夺新生，却不准对老生出手。

"放心吧，我们不会像某些家伙那般废物，竟然会被新生反抢了火能。这可是这十年中首次出现的极品事情，以后你们在内院中恐怕也算是出名了。"那支老生队伍的领头人，也被黄衣男子的话搞出了一些火气，他冷笑着讥讽了一下，也懒得再停留，挥了挥手，便带着同伴飞快地窜进密林之中，旋即消失不见。

"等你们遇见就知道哭了，现在嘴硬有啥用！"冲着那支离开的队伍恶狠狠地挥了挥拳头，黄衣男子从怀中掏出淡蓝色的火晶卡，看见上面那刺眼的字数"七"，脸色阴沉得就像暴雨即将来临的天气一样，极为可怕。

萧炎等人在抢了那黄衣男子的队伍三小时之后，天色渐黑，他们终于又遇见了一支落单的内院老生队伍。

然而这一次，他们的打算却彻底落了空，因为这支老生队伍的配合默契程度远远超出了萧炎几人的预料。前两次遇见内院老生队伍时，萧炎五人都是凭借

着出色的单体实力,将对方强行分开,最后各个击破。可这次,他们却遇见了一块颇硬的铁板。

虽然这支老生队伍在刚开始被萧炎五人偷袭时还有些慌乱,但是在极为短暂的时间内,他们便迅速恢复了镇定。五人背靠着背,犹如一个铁桶,任由萧炎五人百般引诱也不分开,而是凭借着彼此默契的配合,合力将攻击化解。这般僵持了半小时后,萧炎终于当机立断带人撤退。这一次,他们的反猎捕无功而返。也正是经过此次的失败,他们方才清楚地认识到,自己这支队伍成员之间的默契程度,与那支内院队伍相比有着何种差距。

在认识到自身的不足之后,萧炎五人也开始试探性地进行磨合。经过一夜不眠不休的练习,五人的默契程度虽然不敢说大涨,但是比起昨日已是进了一大步。他们现在至少已经开始懂得联手,而不像最初那样凭借着自己的力量与对方五人各自纠缠。

不得不说,萧炎五人这一夜的磨合练习,对他们的好处的确不少。因为,在第二天的上午时分,萧炎等人正好又极巧地碰见了昨天那支让他们吃瘪的队伍。双方碰面,先是一怔,紧接着,火爆的战斗便再度爆发!

这一次,萧炎等人不再像昨日那般束手束脚,虽然依然难以突破对方铁桶般的配合,但是至少已经隐隐有了能够反击的趋势。

那支内院队伍也发现了萧炎等人配合上的进步,而且他们还骇然地发现,随着双方纠缠的加剧,萧炎等人的配合也在战斗中磨炼得越加默契。照这样下去,等萧炎队伍的配合再熟练一些,恐怕己方就真的要被搞定了。

然而就在萧炎等人占据上风后不久,萧炎却忽然脸色一变。他感觉到,周围似乎正有两支队伍飞快地向他们这边的战场赶过来,显然是被这边的战斗波动吸引过来的。他当下不敢再延迟,手一挥,厉声道:"快走!"

听得萧炎的喝声,本来已经打出了感觉的白山等人顿时一愣。虽然心中略有些舍不得目前大好的形势,但是因为相信萧炎这两日极为准确的预警,他们也只得强行收手，然后跟着萧炎飞快地窜进密林，消失在那支被萧炎等人拖得浑身大汗淋漓的老生队伍的视线之中。

"浑蛋，这些家伙进步得太快了。等下次见面，我们的配合恐怕就不能对他们造成太大的阻碍了。"目光盯着萧炎等人消失的地方，一名貌似队长的青年忍不住脸色阴沉地低声骂道。

这一次的交战以不分上下的结果结束之后，这支内院老生队伍有些心寒地发现，这支三男两女的新生队伍似乎专门与他们耗上了，只要附近没有别的队伍出现，那么这支隐藏在暗处的新生队伍就会突然发动攻击，将他们打得疲于奔命。

短短一天时间，这支内院老生队伍便被萧炎五人狙击了不下五次，而这五次中，萧炎等人之间的配合也越来越默契。此时这些老生方才发觉，原来这些家伙竟然是把他们当作陪练了。

然而当他们反应过来时，却已经有些晚了。他们再一次被阴魂不散的萧炎五人包围起来，而这一次萧炎五人所展现出来的默契度，终于让他们陷入了绝望之中。仅仅不到十分钟，这支在一天前让萧炎五人束手无策的队伍便彻彻底底地被轰击得七零八落。而作为失败者，老生们手中的火能自然也作为战利品被收缴到了萧炎等人手中。

经过这一战之后，有一支新生队伍正在猎捕内院老生手中火能的消息终于在森林之中传播了开来。一些内院老生队伍开始恐慌了，整个猎捕赛也开始乱起来，好戏似乎要正式登场了。

第十一章
最强新生队

"嘿,听说有支新生队伍在森林里反猎捕那些内院老生了!"

"啊,不会吧?谁这么彪悍,竟然能打过那些老生?"

"哈哈,还能有谁,当然是那支最强的新生队伍喽!"

"萧炎他们那支队伍?"

"厉害!这两天我们新生被那些坏蛋百般欺负,现在也该让他们尝尝被抢的滋味了,好样的!真解气!"

"哈哈,赶紧走,说不定运气好的话,还能在森林中遇见萧炎他们,只要跟在他们后面,就不用担心那些内院老生了!"

森林之中,各种各样的传言开始蔓延。现在,萧炎等人猎捕老生队伍的事几乎已经传遍整个森林。不管是老生队伍还是新生队伍,都被这个震撼性的消息惊得目瞪口呆。

消息传出之后不久,就在有些人依然持怀疑态度时,四支脸色阴沉得可怕的内院老生队伍,却带着满腔郁闷与怒气,一路不管不顾地直接朝着森林尽头走去。即使路上遇见一些新生队伍，他们也依然没有出手，只是阴沉着脸径直离开森林。对于他们的举动，新生或许有些疑惑，可那些老生却极为明了。按照规矩，若是老生队伍在森林中将火能丢失到了十以下，便失去了继续留在森林中参加猎捕赛的资格，届时，他们便必须主动离开。

很显然，这四支队伍便是因为火能的数量到了十以下，只能极其不情愿地离开这让他们备感耻辱的地方。

森林之中，一道道目光目送着那四支队伍离开，气氛开始有些沉闷。许久后，那些目光中充斥的怀疑成分终于逐渐消失，取而代之的是一股凝重以及愤怒。

在这几年中，几乎从未出现过老生被新生反抢夺的事情，而如今在森林中忽然出现，犹如一个巴掌狠狠地扇在那些老生脸上，扇得还是如此响亮。

"不知天高地厚的新生，你们会为自己的嚣张付出代价的。"所有老生将目光从森林尽头收了回来，在心中恶狠狠地说了一句。

森林中，一道道人影忽然闪掠而出。一些自视甚高的老生队伍，已经开始忍不住主动寻找萧炎那支队伍。每一年，新生被老生压制几乎都成了惯例。因此，他们极其不愿被任何新生打破这个自己曾经经历过的"传统"。所以他们现在必须将那支新生队伍的嚣张气焰彻底抹杀。

于是，几支老生队伍开始满林子翻腾。然而经过将近一天的搜索，却没有找到萧炎等人的半丝踪迹。就在他们认为萧炎五人已经因为畏惧而远远地潜逃开去时，这支嚣张的新生队伍却出人意料地再次出现了。

空旷的林间空地，地面覆盖了厚厚一层枯黄的树叶，宛如铺上了一张黄色地毯。在空地之上，五名脸上布满脏乱灰尘的新生，正背靠背围成一个小圆圈，目光中充斥着怒火，望着围攻他们的五名年轻人。那五名年轻人的胸口，都佩戴着一枚塔形徽章。

"将火能交出来，免得挨顿毒打，如何？"一名明显是内院老生的青年，抬了

抬眼睛,问道。他的头发齐及肩膀,一眼看去,有几分阴柔气质。此时,这名长发青年正望着那负隅顽抗的五名新生,淡淡地笑着,笑中含着讽刺。

"交个屁,想要就直接来抢吧,老子就算挨打也要反咬你一口。"那被围困的五名新生性子也极为刚硬,随手抹去嘴角的血迹,旋即吐出一口血水,怒骂道。

"呵呵,好个硬骨头。"长发青年笑眯眯地拍了拍手,轻笑道,"好吧,既然你们不配合,那就只能先把你们打倒,我们再自己动手拿吧!"

"呸,神气什么,你们别以为是老生就能横行无忌,等你们遇见萧炎学长他们,也只能乖乖地把火能交出去。哈哈,谁说我们新生就没有反抗的能力?"一名新生大笑道,笑声中带着不加掩饰的讥讽。

"萧炎?"听得这个名字,长发青年眉梢一挑,脸上的笑容略微淡了一下,冷笑道,"原来你们都把希望寄托在他们身上。不过可惜,这两天,那支队伍已经完全销声匿迹,谁知道他们躲到什么地方去了。等他们再次出现时,下场比你们也不会好到哪里去。所以,奉劝各位不要再做这等白日梦了,乖乖地把火能交出来,免得受皮肉之苦。"

说完,长发青年手一挥,那包围着新生的四名同伴缓缓前踏一步,强横斗气从他们体内升腾而起,斗气涌动间,将地面上的枯黄树叶都掀飞了许多。

"呵呵,这位学长,你是在说我们吗?"就在那支老生队伍准备一举将新生队伍打垮之时,忽然在空旷林间响起一阵轻笑声。

突然传来的声音令空地上涌动的斗气略微一滞,所有目光顺着声音传来的方向望去,最后停留在空地之外的一处树干上。那里,不知何时出现的三男二女五个年轻人,正冲他们微笑。那位领头的黑袍青年背后硕大的漆黑尺子将他们的身份显示了出来。

"萧炎学长!"那五名被围困的新生,略微错愕的目光停在黑袍青年身上之后,一股狂喜之色顿时涌上脸庞,忍不住兴奋地喊了出来。在这个新生只有受欺凌的森林中,萧炎的这支队伍无疑是所有新生心中的救命稻草,因为只有他们真正成功地打败过老生队伍。

"你就是萧炎？想必你们便是那支到处猎捕老生火能的队伍吧？"那名长发青年的脸色微微一变，目光紧紧地盯着萧炎五人，冷笑道。

"很好，没想到你们竟然还有胆子出现。"见萧炎点头，那长发青年缓缓向前走了一步，雄浑斗气自其体内暴涌而出，手掌一挥，四道身影从背后闪掠而来，旋即错落有致地落在了长发青年周围。看似随意的站位，实则颇为巧妙，这个阵形能够让他们随时应付来自四面八方的攻击。

"将火能交出来，或者我们自己动手。"五人阵形形成，长发青年心中信心涨了许多，抬头对萧炎缓缓地说道。

"这话能让我来说吗？"萧炎轻轻一笑，望着长发青年瞬间阴沉的脸，漆黑眸间掠过一抹冷意，身形犹如一道黑色闪电，出现在了长发青年面前两米处，拳头紧握，青色斗气急速涌现，最后在拳头之上凝固成一片青色角质层。随着这能量角质层的出现，萧炎拳头之上的力量陡然暴增。

"狂妄的家伙！"

冷冷地望着只身攻击而来的萧炎，长发青年阴冷一笑。他未开口，身旁的四名同伴便同时闪掠而出，四双拳脚各自携带着撕裂空气的低沉声爆之声，狠狠地对着萧炎同时攻击而去。他们要凭借默契的配合，合四人之力，一击震伤萧炎！

四名实力不比萧炎弱多少的老生同时出手的威力，就算是萧炎也很难硬生生地接下来。然而，他却偏偏对那四人的攻击不管不顾，眼睛紧紧地盯着拳影之后的那名长发青年，拳头之上的青色斗气越加凝实。

就在蕴含着凶悍劲气的拳脚即将抵达萧炎身体时，忽然间半空中有尖锐破风声响起，人影如光一般闪掠而过，旋即众人眼睛一花，只见四道黑影犹如铁塔一般从天而降，极为准确地落在萧炎四周。

早已酝酿完美的攻击轰然而出，在一片低沉的声爆声中，与四名老生重重交轰。能量涟漪从接触点扩散而出，地面上厚实的枯叶地毯唰的一声被席卷而起，

最后化为叶雨,从半空中散落而下。

噗!

四名老生的拳脚被忽然出现的薰儿、白山、吴昊、琥嘉四人所阻。雄浑的劲气让四名老生的身体一阵抖动。片刻后,他们终于抵御不了那急速传来的强横力量,脸色一红,一口鲜血狂喷而出,身体也犹如秋风中的落叶般倒射而回,最后一屁股坐在了枯叶堆中,满脸惊恐。

就在四名老生身体倒射而回的一刹那,一道黑影紧随而至,旋即一个闪掠,犹如鬼魅般地出现在了脸色大变的长发青年面前。黑影冲着他微微一笑,手臂一震,那被包裹在一片青色能量角质层的拳头,快若闪电般地穿过后者交叉在头前的手臂防御,重重地印在其肩膀之处。顿时,劲气喷薄而出。只听得清脆的咔嚓声响,长发青年身体倒射而退,双脚在地面上擦出长长的痕迹,最后终于撞在一处树干上。长发青年一声闷哼,从嘴角溢出一股鲜血。

用手抹去血迹,长发青年低垂的苍白的脸上布满了难以置信之色:不是说这支新生队伍虽然个人实力强横,但是彼此间却毫不配合吗?为什么才短短两天时间,现在他们所展现出来的默契,却已经强到了这般程度?

位于空地中心位置的那五名新生,目瞪口呆地望着仅仅是电光石火间便分出了胜负的两支队伍,再见那站直身子扭动着拳头的黑袍青年及其身旁的薰儿四人,半响,方才深吸了一口凉气。这五人在形成一个整体之后,战斗力竟然强到了这种地步。

望着两张火晶卡彼此交叉而过闪烁起来的光芒,以及漆黑火晶卡上再度飙涨的数目,萧炎微微一笑,现在他火晶卡上的火能,已经足足储存到了"七十四"。这样算来,这些火能已经足够他在天焚炼气塔中修炼两个多月的时间了,这般收获堪称丰硕。

"加上这支队伍,到现在为止栽在我们手中的应该有五支了。"薰儿将自己的火晶卡收好，瞥了一眼被萧炎打昏后照例绑在树干上的五人，笑吟吟地道，"除去那两支所谓的黑白双煞，我们还能再抢三支队伍。"

"不过森林太大，想在其中找到那三支队伍可是有些困难。而一旦暴露了我们的行踪，恐怕那些队伍就会同时赶过来围截我们。虽然经过这两日的训练，我们之间的配合比以前强了许多，但是那也仅仅只能快速应付一支队伍；两支的话，已经是极限；三支，则必败。"琥嘉沉吟道。

萧炎微皱眉头，片刻后，目光扫向空地中那五名尚处于目瞪口呆状态中的新生，心中忽然一动，缓缓地道："现在还有资格继续参加猎捕赛的老生队伍，除去黑白双煞，便只有三支，也就是十五人。而我们新生却没有火能少于十便失去猎捕资格的限制，所以我想，现在还在森林中游荡的新生应该并不少吧？毕竟这森林太大，他们没有路线图，很难在这么短的时间内成功离开。"

"你想干什么？"白山皱着眉头问道。听得萧炎的话，四人都一怔。

"把新生全部聚集起来，然后放出风声，将另外三支老生队伍吸引过来，齐聚所有新生的力量，将三支老生队伍一窝端了，你们认为如何？"萧炎淡淡地道。

"把他们吸引过来？那可是三支老生队伍啊，万一到时候其他新生挡不住他们，那我们岂不是羊入虎口？"听得萧炎这极为大胆的建议，白山的脸色顿时有些难看。光是一支队伍他们便必须经过默契的配合才能战胜，若是三支的话，那败的人肯定就是他们了，他可不想将好不容易方才抢夺而来的火能再送还给别人。

"那也不一定，若是新生人数够多的话，我们就绝对能够占据上风。不要小看其他的新生，他们能够进入选拔赛前五十名，实力自然不弱，只是因为彼此间缺乏配合，才会被老生队伍一击即溃。"萧炎摇了摇头道，"而且我们也不能一直这样耗下去，找机会将他们一网打尽，能节省不少力气，难道你们就不想早点去内院，见识一下天焚炼气塔吗？"萧炎摊了摊手。

"嗯，我们已经在森林中消耗了三四天时间，一直拖下去也不是办法。"吴昊

点点头,声音低沉地道。

"我无所谓,反正大不了将得到的火能再还给他们就是了。"琥嘉撇了撇嘴,望向萧炎,道,"现在你已经是队长了,这些事你决定就好了,别婆婆妈妈的。"

闻言,萧炎无奈地摇了摇头,他本意是征求同伴的意见,到了她口中却成了婆婆妈妈。

"唉,好吧,再听你一次,希望你别搞砸了。"见吴昊、琥嘉都没意见,白山也只得点点头。白山清楚,经过这两天的磨合,萧炎已经在吴昊、琥嘉心中树立了一些威信,而薰儿又一直对他言听计从。因此,在这个团队里,他白山的话基本是可有可无,谁让自己处于支持者少的地位呢?

见再度统一了意见,萧炎这才笑着点点头,略微沉吟了一下,忽然转头将目光投向空地上的五名新生,笑着走过去,手掌一翻,几瓶疗伤药出现在手中,然后递了过去:"你们没事吧?"

"多谢萧炎学长出手,不然的话,今天恐怕又少不了挨一顿痛揍。"一名看似这个队伍领头人的青年,有些激动地接过萧炎递过来的疗伤药,满脸感激地道。

"呵呵,同为新生,互相扶持自然是应该的。"萧炎无所谓地笑了笑,目光盯着他们,忽然道,"你们想不想反抗一下那些家伙?"

闻言,五名新生一愣,明白萧炎口中的"那些家伙"便是那些参加猎捕赛的内院老生,略微迟疑了一下,咬着牙点了点头。这两日来,他们这五名新生没少受那些家伙的窝囊气,可因为实力上的差距,敢怒不敢言。

"既然这样,我想请你们帮个忙。"萧炎微笑着轻声道。

"萧炎学长救了我们一次,有事尽管说。"听得萧炎的话,一名青年急忙拍着胸口,几乎没有任何迟疑便答应了下来,身旁的几名同伴也满脸激动地点了点头。

见这几人答应得这般干脆,萧炎也一怔,或许连他自己都不知道,他带着队伍反猎捕那些老生的举动，在这一届新生心中留下了何等深刻的印象。现在的这些新生，几乎都将萧炎视为心中的偶像，不为其他，只因为他有实力与胆识，能与那些欺负他们的老生对抗。

"呵呵，那便多谢了。这样，我想请你们尽可能地分散开来，在森林中寻找其他新生，然后告诉他们，若是想将损失的火能补全并且信得过我萧炎的话，可以全部聚集到这个地方来。我带着大家和那些嚣张的内院老生狠狠地干一场！"萧炎冲着几人拱了拱手，然后低声道，"不知道几位能否答应？"

"好！我们正好与一些新生保持着联系，他们因为担心被老生抓住，所以都躲了起来。"脸上涌上一抹兴奋之色，五名新生被萧炎的话鼓动得热血沸腾。这么多天一直受老生欺压，如今终于有机会反抗，叫他们如何不兴奋？

"嗯，请几位抓紧时间。另外，若是在途中遇见老生队伍，可以先将火能交给他们，你们损失的火能，我萧炎事后一定设法给你们补偿。"萧炎心中松了一口气，提醒五人道。

闻言，五名新生都点了点头，旋即一拱手，道："萧炎学长就等着我们带其他新生过来吧，只要有你带领，我们就敢跟着你对那些浑蛋展开反击！"说完，五人便迅速分散开来，向密林各处飞速窜去，然后在树叶抖动间消失不见。

"嘿嘿，搞定了，接下来，便等着我们新生大会合。等人聚集起来后，新生的绝地大反击便要开始了！"萧炎站起身来，对着薰儿四人笑眯眯地道。

或许是因为有了能够反抗内院老生的期望，那五名新生的效率高得让萧炎都有些惊愕。仅仅一上午的时间，便有新生陆陆续续、小心翼翼地出现在这片空旷林间周围。当他们看见在林间盘腿休息的萧炎五人之后，方才彻底相信，人影开始闪掠，一道道满身伤痕的身影错落地进入这片空地。而当他们的目光扫到那被萧炎捆在树干上的五名老生之后，心中郁积了两三天的恶气终于消散了一些。

这些从各处会聚而来的新生，都极为自觉地不去打扰闭目修炼的萧炎五人，大家围成一圈，将萧炎五人围在中央。

　　随着时间的推移，越来越多的新生从密林中陆续闪出，走进空地，他们的目光都不由自主地汇聚在空地中央的黑袍青年身上。沉默的目光之中，隐隐有着几分火热的崇拜。

　　某一刻，萧炎紧闭的眼睛终于缓缓睁开，望着盘坐在周围、目光炯炯的众多新生，他的脸上浮现了一抹欣慰的笑容。这数量没有让他失望。

　　"诸位，你们想把这两天所受的怨气送还给那些自以为是的内院老生吗？"萧炎缓缓吐了口气，声音在林间响起。

　　"想！"整齐的低沉怒喝声将林间树叶震得微微发抖。

　　望着那些新生脸上涌动的怒火与怨愤，萧炎微微点头，他要的就是这种由愤怒汇聚而起的怒气！

　　树枝忽然一阵波动，两三道人影闪掠出来，瞬间将场中几十道目光吸引了过去。

　　"萧炎学长，我们已经照你所说的将我们现在的位置暴露给了其他三支老生队伍，现在他们正在朝这边赶过来！"

　　"好。"

　　手掌重重拍在一起，萧炎霍然站起身来，目光环视着周围那些虽然形象狼狈，但是眼中都充斥着怒火的新生，沉声道："各位，隐蔽好身形，我们今天要狠狠给这些趾高气扬的老生一巴掌！"

　　随着萧炎声落，场中四十几名新生顿时极为敏捷地闪进周围的茂密树丛中。仅仅是眨眼时间，原本拥挤的空地便再次变得空荡荡起来。

　　"几位，准备好吧，我们要一锅端了他们！"萧炎冲着薰儿四人微笑道。

　　"嗯！"

　　茂密森林，一处巨树顶端，两名盘坐其上的老者再度睁开双眼，互相对视了一眼，低笑声在半空中缓缓地回荡起来。

　　"嘿嘿，这下热闹了！"

空旷林地之上，萧炎五人闭眼盘腿而坐，整片森林都陷入了寂静之中。然而那略有些压抑的低沉气氛，却显示着这里即将到来一场猛烈的暴风雨。

不知道寂静持续了多久，某一刻，双眼紧闭的萧炎陡然睁开眼睛，视线霍然扫向树林的北方，十几股雄浑气息已经出现在了他灵魂感知力的范围之中。

"来了。"轻吐了一口气，萧炎扭扭身体，体内气旋发出细微的颤抖，一缕缕斗气从中流转而出，犹如洪水一般，在经脉之中奔腾流转。充盈的力量之感，让萧炎在这大战来临之际步入了巅峰状态。

听得萧炎的低低话语，一旁的薰儿四人也睁开了眼睛，淡淡的斗气光芒在体表若隐若现，等待着即将到来的一场大战。

远处的树林猛然波动了一下，旋即十几道影子闪掠而出，脚掌几乎同时重重踏在了空地之上。顿时，强横气息像海浪一样，直接对着盘坐在地的萧炎五人席卷而去。

轰！就在那压迫气息即将临近萧炎五人五米范围时，五股色泽不同的强悍斗气猛然自五人体内暴涌而出，最后化为斗气光幕，缭绕在这半片空地半空，将迎面而来的压迫气息尽数抵御。

"果然有点本事，难怪如此嚣张。"见到气势压迫竟然没有起到半点儿作用，一名面带微笑的青年眼中闪过一抹诧异，淡淡笑道。

萧炎缓缓抬头，目光扫过对面空地上的十几名青年，细细数了一下，刚好十五人。也就是说，除了黑白双煞，参加猎捕赛的最后三支队伍已经全部到达。

"很好。"萧炎轻轻点头，略带一点笑意的声音，在空地上回荡着，"终于全部到齐了。"

"你们的嚣张，可以到此为止了，交出火晶卡吧。"一名发色略有些泛白的青年瞥了萧炎五人一眼，冷冷地道，"不要以为自己有几分实力便想打破规矩。这么多年来，火能猎捕赛的规矩，便是让老生在森林中给你们这些骄傲的新生一些下马威，这对你们以后在内院生活有好处。这个规矩持续了这么多年，没有人能

打破，你们若是想成为第一批破坏规矩的人，恐怕就得有付出代价的心理准备。"

萧炎笑了笑，手握玄重尺柄，旋即黑影一晃，重尺带起一股压迫劲气将地面上的枯叶吹得飘散而起。他瞥了面前的三支队伍一眼，道："别和我说什么迂腐的规矩，既然你们能够抢夺我们手中的火能，那我们为什么不能抢夺你们的？只要有实力，猎物与猎人之间的位置，就可随时调换，而现在的你们，则是我们的猎物。"

"很狂妄，不过这种人我以前见过不少，可他们最后在内院混得都不怎么样。"一名身材高大的青年冷笑道。看他的站位，似乎是一支队伍的领头人。他的皮肤有些诡异的灰白，看上去犹如岩石，而那比常人粗了一圈左右的手臂，也显得极具力量压迫感。显然，这名青年应该属于肉体力量极为强悍的那种类型。

"我承认你们的确挺强，不过为了老生的面子，这一次，我们并不打算公平战斗。"那名脸上总是带着微笑的青年，冲着萧炎耸了耸肩，然后对着先前说话的两名青年笑道，"棱白，修岩，一起动手吧。从他们的气息来看，光凭我的队伍，想短时间内取得胜利，恐怕有些困难。"

"嗯。"被他称为棱白、修岩的两名青年，略微迟疑了一下，便点了点头。就算是落个以多欺少的名声，他们也必须将这些新生的嚣张气焰打压下去，不然的话，这新生反抢老生火晶卡的事一旦传进内院，那么参加这一届火能猎捕赛的老生在内院中还如何能抬得起头啊。

场地中，十五股雄浑气息猛然暴涌而起，气息形成的能量波动直接将地面上的干枯树叶掀得漫天飞舞。

"抱歉，我们其实也没打算公平战斗。"微眯着眼睛望着对面有些刺眼的斗气光芒，萧炎笑了笑，旋即手一挥，一道尖锐的口哨声从嘴中传出，响彻林间。

唰！唰！

萧炎的口哨声刚刚落下，周围茂密的丛林之中几十道人影猛然闪掠而出，形成圆圈，将十五名老生包围其中。各色斗气在新生体表凝聚着。虽然以单人的实力，他们比不上那十几名老生，但是这几十股斗气同时出现，立刻让他们的气势成为场中最强的部分。

在几十道人影出现的一刹那，三名看似队长的青年脸色猛然间变得难看起来。此时此刻，他们终于明白过来。那名脸上一直带着微笑的青年，当下脸色阴沉地道："先前的那些风声，恐怕是你们故意放出来的吧？"

感受着那四十多名新生爆发出的雄浑气势，萧炎心中长长地舒了一口气。有了这些新生的帮忙，他有绝对的信心将这三支队伍彻底吃下。

"好手段，只是没想到你还有这等魄力，竟然能够将所有新生全部召集到一起。"萧炎没有回答，自然便是默认。见状，那名青年的声音中不由得多了一些凝重与惊异。往年的火能猎捕赛中，也不乏新人想将所有力量汇聚到一起来反抗老生，可能够通过选拔赛进入内院的新生，哪个不是在各自的班级属于顶尖的那种，让他们来听从别人指挥，自然是极其不愿。因此，以前的那些火能猎捕赛，很少有哪个人有能力将所有新生都召集到一起。而萧炎，却将这事办到了。

"过奖。"萧炎淡淡地笑了笑，手中重尺缓缓上抬，微笑道，"麻烦将火能交出来吧。我们这些新生同伴，很多都被你们抢过了，所以他们需要将自己的东西拿回来。"

"唉！"那名青年叹息一声，偏头对棱白与修岩道，"今天得有一场苦战了啊，看这情况，我们只能联手了。"

"嗯，我也正想试试这一届选拔赛的前五名究竟能强到哪里去。"身材高大的修岩缓缓紧握拳头，手臂弯曲间，犹如钢铁般的肌肉微微耸动着，释放着巨大的力量。

"擒贼先擒王。这些新生人数虽多，可他们的气势仅仅建立在那个叫萧炎的人身上，打败他，新生队伍自然瓦解。苏笑，我们三人得合作了。"棱白眼中闪烁着些许精芒，一眼就瞧出了新生队伍的致命弱点。

"既然如此，那就以强对强吧，强势撕裂他们的屏障。"

闻言，那名被称为苏笑的青年笑着点点头，手臂轻轻挥下，声音缓缓传出："我与棱白、修岩拦住对面三人，其他人挡住新生队伍以及对面的两位漂亮姑娘。"

听得苏笑的话，其身旁的十二名老生皆点了点头。虽然新生人数众多，但是总体实力差了他们老生一大截，拦住新生应该并不会是太大的问题。

长长地吐了一口气，苏笑缓缓踏前一步。棱白与修岩也同时踏出了脚步，脚掌落地，地面都在此刻微微地抖动了一下。三股几乎达到了六七星大斗师的气势猛然自三人体内暴涌而起，横扫空旷场地。

"一人一个，这是一场硬战，男人出面吧。薰儿，你与琥嘉帮新生抵挡那十二名老生的攻击。"脸色凝重地望着自苏笑三人体内涌出的气势，萧炎偏头对薰儿说道。

"嗯，萧炎哥哥小心。"薰儿轻轻点了点头，与琥嘉缓缓后退，最后身形一闪，掠进了新生队伍中。

"那个大个子，可以交给我。"吴昊目光扫过对面三人，最后停在那皮肤灰白的青年身上，平静地道。他擅长力量与速度，因此挑选对手时，自然优先选择那种偏向力量型的人。

"那头发发白的，便由我来吧。"白山略微迟疑了一下后，目光顿在棱白身上。

"既然如此，这位苏笑学长，便让我来领教吧。"萧炎微微一笑，重尺挥动，压迫风声将附近地面上的枯叶刮得尽数飘开。

"呵，没想到竟然被人逐个挑选了。"见萧炎三人的举动，苏笑笑了笑，手掌缓缓举起，旋即猛然落下，笑声中多了一抹肃杀，"速战速决！记住，不要有半点儿轻视，这三个家伙都很强！"

"嗯。"棱白与修岩脸色凝重地点了点头，三人身形几乎是在同一刻如奔雷般动了起来。三道人影化为闪电，对着萧炎三人暴冲而去。

在苏笑三人霍然而动的一刹那，萧炎三人也唰的一声消失在原地。再次出现时，六道人影已至空地中央。强者对战，强势来袭！

第十二章
大战起

嘭！空旷的林间空地之上，六道人影如闪电般撕破空间的阻碍，瞬息之间便在空地中央相撞。顿时，斗气如火山喷涌般弥漫半空。斗气彼此对撞，形成强烈的斗气罡风，将地面之上的枯叶尽数震成粉尘。

萧炎的对手是那名叫苏笑的青年，他的体形或许是三个队长之中最纤弱的。然而从先前的那番调配中，萧炎能够知道，这个家伙应该比另外两人要强上一些。不然的话，以棱白和修岩所表现出的傲气来看，他们根本不会过多理会苏笑的话语。然而刚才苏笑的种种建议，两人皆没有反对，俨然是以苏笑为首。

刺！巨大的玄重尺撕裂了空气，犹如泰山压顶，带着一团漆黑阴影以及极具压迫气息的劲风，直直对着面前的苏笑重重砸下。

巨尺在离苏笑头顶仅仅半尺时，苏笑犹如被轻风吹拂而起的叶子，身体轻飘飘地后退了一步，而巨尺带着劲气贴着苏笑面门半寸处擦了过去，其上所蕴含的劲风将苏笑的头发吹拂得尽数向后飘扬。

"很强的力量。"避开萧炎的重尺攻击，苏笑轻笑了一声，旋即脚尖一点地

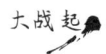

面,身体犹如没有重量猛然前冲,瞬间便与萧炎只有咫尺之遥。只见两把约莫两寸的漆黑匕首从袍袖中滑进苏笑的手掌。手臂如风轮般舞动,漆黑的匕首无声无息地带起道道残影,以及缭绕在匕首尖的淡淡风旋,径直对着萧炎身体一阵猛刺。

苏笑挥舞两把匕首的攻击速度快得有些惊人。在攻击速度这一项上,萧炎自认达不到他那般速度。虽然达不到,防御却并不困难。玄重尺虽然体积大、分量重,但同样有着难以掩饰的优势。

重尺仅仅一退,便宛如盾牌出现在萧炎面前,而苏笑那连绵不绝的匕首狂攻,尽数落在了尺身之上。当下一连串的叮当声响与火花溅射,仅仅几个呼吸的时间,苏笑便近乎疯狂地挥动了二三十次匕首。然而这般迅猛如奔雷的匕首攻势,却被萧炎那固若金汤的重尺全部抵御。

从缭绕在苏笑周身的淡淡风旋来看,他所修炼的斗气应该属于灵动敏捷的风属性一类,因此,他的速度在敏捷这点上很是让人惊叹。见到自己一轮猛攻毫无成效之后,他并未就此退去,反而借助那如飘叶般的身法,不断地在萧炎周身闪掠,手中匕首时不时地划起森冷弧度,对着萧炎偶尔露出的空隙暴刺而去。他心中清楚,萧炎手中的尺子极具杀伤力,若是让对方拉开距离来施展威力的话,对自己将会是极大的威胁。因此,他不能给萧炎施展重尺的任何机会。

要打,那就必须压得对方毫无反击之力。在内院中与人战斗时,苏笑凭借着自己引以为傲的身法及攻击速度,不知道让多少挑战他的人在未能彻底施展自身实力之前,便被打压得完全落入下风。

"六星大斗师的实力,内院的学生,果然实力极强!"萧炎手中的重尺几乎像一面盾牌,围绕着身体四周闪掠。身体偶尔细微地移动着,萧炎用眼角余光不断地扫过苏笑周身。虽然苏笑的攻击速度以及身法有些出乎他的意料,但是对于把灵魂感知力当眼睛的萧炎来说,不管苏笑在何时出手,都会被他第一时间收入心中,然后采取最快捷的防御反击措施。因此,虽然从场面上看,似乎是苏笑处于

猛攻之中，但是他实际对萧炎并未造成半点儿威胁。

而从先前那番对战中，萧炎已经大致摸清了苏笑的实力，心中不免有些惊叹。苏笑的年龄，或许也就二十五岁左右。虽然这种修炼速度与萧炎自己相比依然有些差距，但是这等年龄便有此实力，已经颇为了不起了。想当初，萧炎在加玛帝国时所遇见的那些大斗师强者，除了纳兰嫣然等属于特殊情况之外，大多数都已是中年，其中还包括萧炎的父亲萧战。由此可见，以苏笑的这般成就，放在加玛帝国任何一处，恐怕都会被人称为天才。然而这种级别的天才，在内院之中却并不算得稀奇。

"不愧是迦南学院的核心所在啊，这内院真是越来越让人好奇了。"萧炎心中喃喃了一声，手臂振动，巨尺猛然向后挥动，将两把闪电般刺来的匕首弹射而回。

在萧炎这边展开激战之时，其他地方也进入了让人热血沸腾的战斗之中。一时间，原本僻静的空旷林间嘶吼声、刀剑碰撞声、斗气爆炸声接连不断地响起，犹如放鞭炮，极为热闹。

面对着那位实力与自己相仿的棱白，白山也不敢有丝毫怠慢。手中银色长枪犹如一条雷电巨蟒，猛然甩动间，划破空气，带起刺刺声响，声势颇为骇人。

对于白山所展现出的这般实力，棱白感到有些意外。他脸色逐渐凝重，手中一柄寒光闪闪的鬼头大刀力劈、上撩，刀身之上寒气凌厉，偶尔刀锋划过白山衣袍，便会让其皮肤上泛起一些小红点。

与萧炎、白山两人的战局相比，吴昊那一边最让人心惊肉跳。那位叫修岩的青年并未使用武器，只不过在战斗时他浑身上下都缭绕着一股灰白斗气。而在这股斗气的覆盖下，他那本就灰白的皮肤更是变得犹如一块块山岩，给人一种极为刺眼的刚硬力量之感。他双拳挥动时，硕大的拳头就如同飞来的岩石，若是胆小之人恐怕根本不敢与之硬拼。

修岩的攻击完全属于那种没有半点儿花式的纯力量型。如果换作其他人来与之对战的话，或许会采取闪避的方式，而吴昊却不同。从吴昊所使用的那几乎与萧炎重尺相仿的血色重剑来看，他的力量同样颇为恐怖。面对着修岩的刚硬攻势，他自始至终未有半步退缩，血色斗气源源不断地从其体内盛涌而出，旋即重拳挥动，带起低沉的声爆之声，不断地与修岩正面硬轰。

而吴昊这般不闪不避的姿态，却让修岩越打越舒畅。在内院中，很少有人和他这般痛快地战斗，当下忍不住心中畅快，仰天大笑。但笑归笑，他拳头抡砸的力道并未因此有半分减弱，反而攻势越加凌厉。呼呼拳风震得人耳膜发疼，周身半米之内，凡是飘飞的枯叶粘上其拳头，瞬间便会被震成一团粉末。

空旷的空地上，三处战圈不断地迸发出剧烈的能量炸响声，六道人影如胶似漆地黏附着。劲气如刀，偶尔泄露间便会将一旁的树木拦腰劈成两段。

在这三处战场之外，最热闹的自然要数那群新生与十二名老生间的乱斗，五颜六色的斗气将战场衬托得五彩斑斓，极为绚丽。

这处混乱的战圈中，虽然新生人数占多，但是吃亏在没有默契的配合。而反观那十二名内院老生，不仅单人实力远胜新生，而且配合默契程度也远非新人可比。因此，在战斗刚开始不久，便时不时地有新生从战圈中被击飞而出。但新生的这种劣势，在薰儿与琥嘉加入之后却逐渐地被扭转了过来。因为有了主心骨，新生的攻击也渐成规模。最后薰儿与琥嘉各自带着新生，犹如两把尖刀，生生地撕裂了十二名老生间的铁桶防御，将紧紧抱在一起的十二人团队分裂开来，逐步蚕食。

不得不说，薰儿与琥嘉所起的作用极其重要，在将对方的防御阵势撕裂开后，那些老生终于有些慌乱了。仅仅七八分钟时间，便有两三名老生被同时打到身体上的十几只拳脚重重轰出战圈，然后吐血倒地。

整片战场的战斗都在此刻逐渐进入白热化，战斗的惨烈程度让人目瞪口呆。除了没有闹出人命之外，不少人都因为打红眼而将对手击成了重伤。其中，既有新生，也不乏老生。

总之，今年的这届火能猎捕赛，恐怕将会轰动整个内院，因为这是近十年来首次出现新生将参加猎捕赛的老生队伍逼到这个地步的情况。

在场中战斗进入白热化阶段时，萧炎那处战圈终于开始有了变故。

经过十几分钟的交手，萧炎彻底摸清了苏笑的攻击模式，而接下来苏笑这番如狂风暴雨般的攻势也该终结了。

手掌紧握重尺，萧炎一声低喝，身体像陀螺一样急速旋转而起，巨大的黑影带起恐怖劲风，将周围两米范围全部笼罩。

叮！萧炎突如其来的撤防变攻，有些出乎苏笑的意料。他身形急退，手中一把匕首极为巧妙地点在尺身之上，微微借力，身体便跃上了半空。

见苏笑跃上半空，萧炎嘴角勾起一抹冷笑，将手中重尺猛然插地，双手快速结动着印结。片刻之后，脑袋微微后仰，嘴巴一鼓，旋即陡然张开，顿时，一道蕴含着奇异声波的虎啸声从萧炎嘴中暴吼而出。

吼声刚从萧炎嘴中传出，与他正面相对的苏笑便猛地感觉到一股炸雷在脑海中轰隆隆地响起。一瞬间，苏笑的脑子几乎处于一种浑浑噩噩的昏厥状态中。

狮虎碎金吟！萧炎在进入内院之前加班加点修炼而成的声波斗技，如今首次施展，便取得了喜人功效。虽然苏笑的浑浑噩噩仅仅只持续了瞬息时间，但是强者对战，这一瞬便胜负已分。

在脑中的浑浑噩噩犹如闪电般消逝时，恢复清醒的苏笑心中顿时咯噔了一下，他清楚在这种时刻出现失神，将会付出何等惨痛的代价。

他的预料并未出错，这等破绽，以萧炎的眼力怎可能轻易放弃。因此，就在苏笑恢复清醒的那一霎，萧炎脚掌一踏地面，清脆的能量爆炸声在脚底响起，能量冲击波直接将地面震出了一个半寸深的坑洞。萧炎借助这股强猛的弹射之力，身形犹如鬼魅，瞬间便出现在了苏笑的头顶之上，紧握的拳头没有任何花哨，就这般带着雄浑的斗气与力量，狠狠地对着其脑袋砸了过去。

并不大的拳头此时犹如巨人之拳，其上所蕴含的劲气直接撕裂了空气。尖锐的破风声以及低沉的声爆声汇聚在一起,如同在人心中炸响一般,竟然令人对这股恐怖力量心生畏惧而不敢出手防御。

面对着萧炎这雷霆一般的迅猛攻击,仓促之下,苏笑只来得及急速运转体内斗气,在光芒大盛间,一副淡青色的斗气铠甲凝现在其身体之上,旋即脑袋硬生生地向后一扬,强行避开了萧炎对要害部位的攻击。

被淡青色斗气覆盖的拳头,擦着苏笑的面门飞掠而下,最后重重地捶在其胸口处。斗气略一沉寂,最后在萧炎内心低沉的喝声中,犹如火山喷发一般释放出了极其强横的力量。

"八极崩!"

伴随着低沉的喝声,令苏笑脸色大变的恐怖劲气如洪水泄洪般尽数砸在了苏笑的坚固铠甲之上。顿时,一股青色能量涟漪自两者接触之点呈圆形汹涌地扩散而出。一旁茂密的树林,在能量涟漪的席卷之下,大多数树木都被拦腰截断,翠绿的树叶犹如一片叶雨哗哗地将这片空旷林地全部覆盖。

随着能量涟漪的扩散,清脆的咔嚓声忽然在半空中刺耳地响起。在苏笑那布满惊骇的眼瞳中,能够看见他身上坚固的斗气铠甲上正在迅速地蔓延出一道道裂缝,瞬息间裂缝便布满整副铠甲。最后,斗气铠甲终于不堪重负,咔嚓一声,迸碎成了漫天光点,从苏笑身上脱离而下,悄然化成一片虚无。

最后的防御被破,萧炎这一拳尚未被完全化解的劲力,则结结实实地落在了苏笑的身体之上。在这股依然强猛的劲气攻击下,苏笑的脸骤然涌上一片红润,旋即一抹血迹从嘴角溢流而下。片刻后,终于抵御不住劲气的扩散,一口殷红鲜血狂喷了出来,苏笑的身体也犹如失去了翅膀的鸟儿,无力地对着地面砸落而下。

苏笑嘴中喷出的鲜血在离萧炎身体还有一尺时,便已被高温蒸发成虚无。萧炎脚尖在虚空一点,身体凌空翻滚着,单膝落在了玄重尺旁。而在他落地之后,背后方才响起重物落地的声响,微微回头,只见苏笑脸色苍白地倒在了枯叶堆之

中,眼瞳之中依旧残留着一抹骇然。

一名实力在五六星左右的大斗师,在萧炎那出人意料的狮虎碎金吟声波斗技面前,露出了致命的破绽,最后被萧炎一招雷霆攻击彻底打败。

甩了甩略有些麻木的拳头,萧炎手掌再度紧握玄重尺柄,目光中带着些许冰寒扫过其他几处依然极其混乱的战局,冰冷的喝声猛然传出:"苏笑已经落败,你们还想继续?"

突如其来的喝声如炸雷般在众人耳边响起,混乱的战场顿时安静下来,各种刀剑碰触的声响也在此时戛然而止。所有目光都随着声音移动,最后停留在手握重尺的萧炎以及躺在地面上动弹不得的苏笑身上。

"苏笑竟然败了?!"

正与白山、吴昊对战的棱白与修岩两人,脸色骤然一变。要知道,在他们三人之中,论实力的话,苏笑可是排在首位。可无论如何都没想到,这次的战斗,竟然会是苏笑最先落败,而且还败得如此迅速、干脆。

"这个家伙强到了如此地步?"目光急速地从苏笑身上转回到那手握重尺的萧炎身上,棱白与修岩两人眼中都涌现了一抹震惊。现在的他们方才有些明白,为什么这个看似年龄比在场大多数人都要小上一些的青年,竟然有魄力将所有新生都召集在一起。此等实力,别说是新生了,就连内院中相当一部分老生恐怕都不是他的对手。

"队长?! 浑蛋,你下手竟然这般狠辣! 兄弟们,和他们拼了,若是被一群新生打败了,我们以后还怎么在内院立足?"气氛安静的场中,忽然响起愤怒的喊声,旋即三道被斗气覆盖的人影猛然穿行出混乱的战场,对着萧炎暴射而去。

突如其来的喝声打破了场中的平静,也让那些老生眼中涌上了些许凶气。在内院之中,名声颇为重要,他们可不想落个狼狈失败的名声。不然的话,还真如刚才那人所说,日后将如何在内院立足?

强横斗气再度从还在战斗的老生体内涌出,然后凶悍地朝着同样损失惨重的新生队伍扑去。下手间,已然多了一分狠厉。

好不容易借助打败苏笑之威镇住了那些老生,萧炎没想到却在这关头被人打扰,当下心中一怒,冷冷地望着暴冲而来的三道身影,手掌陡然松开玄重尺,脚掌一踏地面,身体不退反进,一个弹射,便主动冲进了三人的包围圈之中,铺天盖地的无形劲气从掌心暴涌而出,将三人的阵形冲击得七零八落。

"白山、吴昊,速战速决!不要再留手了!"

青色斗气将整个身体都包裹了进去,萧炎沉声喝道,旋即身形一闪,便犹如鬼魅般出现在一名内院老生身后,重掌闪电般地拍在后者肩膀之上。强猛的劲气直接将后者推得一个跟跄,那老生犹如滚葫芦一般,在地上滚出了老远,才一头撞在树干上,昏迷了过去。

此时的萧炎,无疑已经将正常实力发挥到了巅峰状态。脱离了玄重尺的束缚,他身形速度快得很,另外两名内院老生只能凭借空气中的振动才能分辨出萧炎的方位。不过他们明显不太擅长这种听风辨位的本事,因此,仅仅是几分钟时间,两人便挨了几记重拳。苦苦坚持了四五分钟后,两人终于软绵绵地瘫倒在地上,暂时失去了知觉。

三人的实力,也就是初入大斗师级别。这实力对于普通新生来说,算是佼佼者了,可对于萧炎这等战斗经验极其丰富的六星大斗师来说,要解决他们,并非太困难。而他们三人能够凭借相互配合,足足和萧炎对抗了将近十分钟,也可谓极其不凡了。

毕竟,虽然萧炎表面上的实力是六星大斗师,但是由于长年背负极重的玄重尺,速度、力量,甚至耐力,都远远超出普通的六星大斗师。甚至,萧炎在脱离了玄重尺之后,就算不施展身法斗技,他在速度上恐怕也能与七星甚至八星大斗师相媲美。

当然,萧炎并未具备那种战斗时起闪掠躲避功效的身法斗技,那许久前得到的身法斗技直来直去倒是极具冲击力,可与人进行近身战斗时,却毫无用处。而

那地阶身法斗技雷动三千,尚未来得及修炼。因此,和人战斗,萧炎大都是凭借着本身的敏捷来周旋。即使是如此,萧炎要打败三名初入大斗师级别的老生,也依然不用费太大的劲。

在萧炎与那三名内院老生纠缠的十来分钟时间内,另外三处战圈的战斗也进入了尾声。

白山与棱白间的实力倒是相差无几,不过白山所修习的功法与斗技明显都要比棱白的等级高上许多。因此,虽然战斗刚开始时双方打得难分上下,但是一旦战斗持久,功法高级的好处就逐渐显露了出来。在棱白斗气开始减弱时,白山却依然斗气充盈。纠缠了十来分钟后,白山终于施展出当初与萧炎战斗时威力强横的攻击斗技,将棱白震得脸色苍白地退了回去。

在棱白退缩的瞬间,银色长枪如闪电般划破空气,最后刺的一声,在其喉咙前停了下来,顿时,棱白便全身僵硬地举起了手。

见棱白选择认输,白山喉头使劲滚动了一下,急促的呼吸将其胸口带动得急速起伏着。脸上滴落而下的汗珠,显示着这场战斗他赢得也并不轻松。

第十三章
鹬蚌相争

　　白山将长枪停留在棱白面前没有收回，见对方的脸变得有些僵硬，白山的嘴角勾起一抹得意。他微微偏头，将目光扫向萧炎，见萧炎身旁不远处倒下的苏笑以及三名内院老生，嘴角的得意不由得逐渐淡去，些许冷意与妒意忍不住从眼中一闪而过。性子高傲的他，极其不喜欢这种被人稳压一头的感觉。以前在外院，他是当之无愧的风云人物，受所有学员的尊崇瞩目，而这种待遇，在萧炎出现后便悄然消失，这使得心胸并不宽阔的他对萧炎没有丝毫的好感。

　　虽然一路而来，他跟随着萧炎获得了不少好处，但是他心中坚持认为，这仅仅是双方各取所需而已。萧炎无非想借助他的力量，从其他内院老生中得到火能，满足自己的欲望罢了。在白山心中，他从未真正将萧炎当作过什么队长。他认为，自始至终这只不过是一场互利双赢的交易而已。

　　"可交易的最大赢家，还是他。"眼神扫过新生，白山从那些新生眼中看出了他们对萧炎的敬意与崇拜。显然，萧炎敢与老生队伍对着干的魄力，成功地获得了他们的支持。

"这些浑蛋,全然忘记了若没有我们,单靠萧炎一人,能办成这些事吗?"狠狠地咬了咬牙,白山那压抑已久的怒意忍不住从心中喷了出来。随着心中越加愤怒,白山目光骤然变冷,长枪紧握,脚步向前一错,长枪横砸,重重地抡砸在已经放弃战斗,并且毫无防御的棱白胸口之上。顿时,棱白脸色一红,喷出一口鲜血,急退了几步,最后一屁股坐在地上。他猛然抬头,眼中充斥着暴怒。

"看什么?不服?"见棱白眼中满是暴怒,白山冷笑了一声,又朝前踏了一步,刚欲再发泄一下心中的怒气,面前黑影忽然闪过,萧炎低沉的声音响了起来:"他已经认输了,你又何必再出手?打伤一个无防御的人,很光荣?"

"哼。"萧炎的阻拦让白山握着长枪的手掌略微抖了抖。白山深吸一口气,隐藏下心中的怒火,哼了一声,手持长枪,转身冲进了新生与老生的战圈之中。手中长枪带起刺刺声响,犹如银色巨蟒,威风凛凛。

微皱眉头望着白山离去,萧炎瞥了一眼战斗同样进入尾声的吴昊那边,见吴昊已经胜券在握,方才转过头,望着脸色暴怒的棱白,手掌一挥,将一瓶疗伤药丢了过去。

接过药瓶,棱白一怔,脸上的怒火逐渐淡去。他撕开衣服,将冰凉的药液倾倒在鲜血淋漓的伤口上,这才缓缓松了一口气。手指弹了一下纳戒,旋即一缕蓝光对着萧炎射去。

萧炎抓过蓝光一看,却是一张淡蓝色的火晶卡。火晶卡上的数字,竟然达到了"八十六",这可是萧炎这段时间见到的数目最多的一张火晶卡了。

握着火晶卡,萧炎并未做圣人般交还回去,因为这是他们团队的战利品,不是他一个人的。因此,他只是对着棱白抱了抱拳,当作感谢。

"你那个同伴不怎么样!告诉他,今天的这一枪,我会还回去的!"仰头靠在树干上,棱白淡淡地道。

"抱歉了。"萧炎叹了一口气,这事,白山的确有些过了。若说是在战斗中将棱白打成这样,没有人会说什么。可他却在对方已经认输,并且撤掉了所有防御

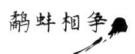

后还下重手，确实有些不讲规矩。

"你们虽然借助新生之力打败了我们三支队伍，但是你们不可能满载而归地到达内院的。"棱白目光停在吴昊与修岩的战圈中，他们两人在一记硬碰硬的对轰中，修岩已经现出了颓势。

"我知道，还有两支所谓的黑白双煞。"萧炎耸了耸肩，道。

"看来你知道得不少。"听得萧炎的话，棱白一挑眉头，略有些诧异。

"先前我所说的并不是大话。因为很多新生初来内院时都傲气十足，所以内院专门设置这个猎捕赛，其目的便是让老生在森林中将新生的锐气挫去。所以想强行闯出森林，谈何容易？"棱白告诫道。

"我只是不想让我们被抢得一点儿不剩地进入内院。而且你们老生那个所谓的磨去新生锐气的手段，不得不说，很容易让人反感。或许是因为老生以前也受过这种待遇，所以如今想返送给新生吧。只不过，这种一届传一届的风气实在不厚道。就算这次我们不反抗，恐怕日后也会另有新生反抗的。"萧炎缓缓地说道，望向那终于一掌将修岩震得连退十几步的吴昊，知道那里的战局已分胜负。

棱白沉默。他也清楚，现在那些老生参加火能猎捕赛，不仅是打着抢夺火能的主意，更有可能是为了抚平心中原有的创伤。

"好了，战局算是到此为止了。"轻吐了一口气，萧炎将视线投向那处最混乱的战圈。由于有薰儿、琥嘉、白山三人加入，那几名苦苦坚持的内院老生终于守不住，在拼着一股悍气打伤几名新生之后，便被彻底地制服了。

"唉，损失惨重啊。这些老生的实力的确强横。内院，果然是一磨炼人的好去处。"目光扫了一下空旷的场地，萧炎无奈地摇了摇头。在打败了十二名配合默契的老生之后，原本四十多名的新生，现在还能站起来的只有不到十五人，其他人大多因为受伤而暂时失去战斗力，躺在地上猛喘粗气。

在最后一名老生倒地之时，空地上顿时响起了一阵夹杂着痛楚呻吟的欢呼。那十几名还能坚持站着的新生皆忍不住心中的激荡，发出痛快的笑声。一时间，

原本气氛紧绷的场地弥漫上了喜悦的气氛。

"呵呵,各位,先看看同伴吧,将这些疗伤药给他们敷上。其他人,收缴一下老生手中的火晶卡,既然取得了胜利,那我们自然要开始分赃了。"望着满脸兴奋的新生们,萧炎微微一笑,缓步上前,从纳戒中取出大堆的疗伤药品,放在一处石头上,对着众人笑道。

"是!"经过这场翻身仗之后,众人此时皆对萧炎唯命是从。因此,听得他的话,众人无不齐声应喝,依言而行。一时间,空地上再次变得忙碌起来。

"没事吧?"望着向自己走过来的薰儿、琥嘉、吴昊三人,萧炎笑了笑,问道。

三人点了点头,薰儿与琥嘉倒还好,吴昊却略有些气喘。刚才与修岩那种硬碰硬的战斗,显然极其消耗斗气与体力。

萧炎手指在纳戒上轻弹,一个小玉瓶浮现而出,他从里面倒出三枚浑圆的回气丹,递给吴昊三人:"这能让你们快速恢复斗气,吃下去吧。"

薰儿含笑接过丹药,没有半点儿迟疑,径直丢进了嘴中。

琥嘉与吴昊略微顿了一下,然后也接过来,低声说了句"多谢"。

笑了笑,萧炎抬头望着忙碌的空地,不由得长长地松了一口气:终于彻底解决了这三支队伍啊!接下来,只要让他们休养一天时间,就可以冲击那所谓的黑白双煞了。

"啧啧,果然有些本事,竟然真的将那三支老生队伍一口吃了下去。"茫茫林海,一处秋冠顶端,两位老人缓缓睁开眼睛,皆摇着头,略有些惊叹地笑道。

"那个叫萧炎的小家伙,看上去实力不错,竟然能将苏笑都这般快速击败。虽说有声波斗技相助的缘故,可他那没有丝毫拖泥带水的攻击方法以及毒辣眼力,即便是内院的一些老生,也未曾具备啊!"一位老人赞叹道。

"呵呵,是啊,或许等猎捕赛结束后,我们应该让琥乾老家伙送一些关于这个小家伙的情报过来。我看,以他的潜力,经过内院修炼后,或许能够挤进强榜前十。"另一位老人点了点头，笑道。

"嗯。"先前说话的老人伸了一个懒腰，道，"不过这些新生接下来的好运就要到头了哦。今年这届黑白双煞，可是经常在竞技场赚火能的一些彪悍家伙，咦？"

话音未落，老人脸色忽然微微一变，偏过头与另外一位老者对视了一眼，惊诧地道："这五股气息？好家伙，没想到鹬蚌相争，后面还跟着个捡便宜的渔翁，不愧是混迹在竞技场的家伙，手段狡诈啊。"

空旷的林间，萧炎笑眯眯地望着手中十五张淡蓝色的火晶卡，心中长长地吐了一口气，这可是大收获啊。

抬起目光，萧炎从众名眼光火热的新生脸上扫过，笑眯眯地道："接下来，我们就可以开始分赃了。"

就在萧炎的话音刚刚落下，一阵陌生的淡淡笑声却忽然从密林间毫无预兆地传出，随后在半空缓缓回荡，让所有人身体都不禁僵硬起来。

"啧，今年的新生果然不一般，竟然能够将其他八支老生队伍打败。不过这样也好，你们到手的火能，我们就一并收了吧。"

布满笑意的脸骤然凝顿，萧炎眼睛中掠过些许冷意，缓缓抬起头来，将目光投向了一处密林。那里，树叶一阵抖动，旋即五道身形带着满身的凶悍气息，如同五头人形魔兽，闪掠出现在了树干之上，居高临下地俯视着场中众人。

望着出现在树干之上的五道人影，空地上所有人的脸色都变了。

树干上的五人都着一身漆黑的劲装，远远看去，就如同五道墨黑般的影子。在五人出现的那一霎，凶悍气息便自他们体内毫不掩饰地渗透而出。一股让萧炎等人微微色变的压迫气势笼罩着整片空地，让人有种犹如被野兽盯住了的不舒服感觉。

"沙铁？你们竟然也跟过来了！"在五道人影出现之后，那背靠着树干恢复气息的棱白脸色微变。特别是在他的目光扫过五人中央那身材高大如猩猩般的男子

之后，更是忍不住失声叫了出来。

"在路上撞见几个新生，然后便得到了消息。"五道人影之中，那位身材高大得颇具压迫力的男子淡淡地说了一句，随后眼睛瞥着受伤的苏笑三人，笑道，"啧啧，没想到连你们三人都败在了这些新生手中，真不知道你们平日是如何在内院修行的。"

沙铁的话让棱白三人的脸略有些泛红。片刻后，棱白冷哼了一声，道："今年这届新生远非以前那些新生可比，落败有何稀奇？"

"算了，不和你废话，接下来的事，我来解决。不过不要妄想事后我会将火能还给你们。是你们自己没本事保住火能，怪不得别人。"挥了挥手，沙铁目光停留在场中手持重尺的萧炎身上，眼中闪过一抹诧异，道，"你就是萧炎？这般年纪便能够打败苏笑等人，难怪可以将所有新生都聚集起来。"

沙铁的声音中气十足，说话间，直接将一些新生震得不由自主地揉着耳朵。

"你们应该便是那所谓黑白双煞中的黑煞吧？"萧炎目光与沙铁对视，沉声问道。说话时，他的视线缓缓从五道黑影身上扫过，心却逐渐地下沉了许多。他发现，这五人之中，基本上每一个人都有着与棱白相当的实力。那位叫沙铁的壮硕男子则更是恐怖，若是感应没有出错的话，这个家伙恐怕是一个位于大斗师巅峰的强者。

"你可以叫我们黑煞队，我是队长，沙铁。"沙铁咧嘴一笑，白森森的牙齿透着一抹野兽般的森冷，他直盯着萧炎，道，"先告诉你们一个好消息吧。这几天森林中所发生的新生反抢老生的事情，已经传进了内院之中。现在你萧炎还未进入内院，便在里面拥有不小的名声了。此时的森林外面，已经不知道跑来了多少内院学生等着你们出去。如果你们真能带着充盈的火能走出这座森林，那么你们这届新生在内院中就算是出名了。"

萧炎保持沉默，并未接他这话茬。

"当然，作为这届火能猎捕赛的最后两支队伍，我们的任务便是将所有出现的刺头新生全部打倒。所以，若你们想安稳地走出去，可以，交出火晶卡，我保证不动手，如何？"沙铁冲着萧炎笑道。

"没有其他的选择？"萧炎缓缓吐了一口气，淡淡地道。

"没有，这是唯一的。"沙铁笑着摇了摇头，目光在下方新生中扫了一圈，道，"若是你们现在还能聚集四十名战斗力齐全的新生，光凭我一支黑煞队倒还真难以吃下。不过可惜，经过苏笑他们先前的消耗，你们这新生队伍已经基本再难有什么威胁力。只要打败你们几个，那么这届火能猎捕赛便可以画上句号了。"

萧炎眼睛微眯，握着玄重尺的手掌缓缓用力起来。而一旁，薰儿、琥嘉、吴昊三人也前行了一步，紧跟在萧炎身后。场中那零星站立的十来名气息略有些虚弱的新生，在迟疑了一会儿后，都咬了咬牙，拥向了萧炎。这种时刻，容不得他们退缩。毕竟，他们可不认为，若是萧炎几人败了，这个一看就不是善类的沙铁会放过自己等人手中的火能。

既然躲避不过，那么就拼吧！

"怎么？打算拼死反击了？"沙铁一挑眉头，粗犷的脸上涌上些许森冷笑意，"看来你们对自己的实力还是抱有几分期盼的，嘿嘿，也好。在这个鬼森林里，我们也有近三天没动过手了，骨头都有些发痒了。"

"等等！"

就在沙铁扭动着拳头之时，忽然响起一道喊声，沙铁微微一皱眉头，目光顺着声音望去，一位一身白衣的英俊青年让他略有些眼熟。

"沙铁大哥，不知还记得我吗？上次你与我堂哥白风放假时从内院出来，我们可还见过的。"白山手持长枪，对着沙铁拱了拱手，含笑道。

"白风？你……是白山？"听得"白风"这名字，沙铁一怔，眼中掠过一抹忌惮，旋即目光停留在白山脸上，略有些恍然地道。

"呵呵，正是。"见沙铁终于记起自己的名字，白山松了一口气，笑着回道。

"你也是这届的新生?"瞥了一眼白山,沙铁似乎明白过来,若有深意地道。

"嗯。"白山讪笑着点了点头,眼珠转了转,"沙铁大哥,不知道能否看在我堂哥的面上……"

"看在白风的面子上,你自然是可以离开,我与他有着几分交情,当然不会对你动手。"白山的话还未说完,沙铁便一挥手,笑着说道。

"呃。"被沙铁打断话语,白山略微一滞,再听得他后面的话,不由得有些迟疑,眼角余光对着萧炎等人瞟了过去,刚想再说点什么,却瞥见沙铁眉宇间带有些许冷意,当下心中一凛。

"白山,凡事顾着自己就好,我是黑煞队的队长,还要向我的同伴负责,能够让你离去,已经算是很对得起白风了,你可要收敛一点儿啊。"沙铁话语中的警戒之意甚浓。

闻言,白山的脸色微变,旋即迅速恢复正常,他点了点头。

"好了,你速速离开此地吧,其他的事,不用多管。"对着白山挥了挥手,沙铁道。

听了他这话,白山略有些迟疑。

"白山,你想临阵脱逃?"一直冷眼旁观的琥嘉见白山迟疑,顿时柳眉倒竖,冷声喝道。

"我不与你们共同抗敌,便是临阵脱逃?你还真以为我们是一个团队了?这只不过是一场各取所需的交易而已。而且这个交易的最大赢家,还是萧炎。我们几人拼死累活,而好东西全被他一人占了。"听得琥嘉的冷喝,白山顿时大怒,再也忍不住心中的不甘与妒忌,怒声喝道。

"你!"被白山一顿反驳,琥嘉也大怒,"没有萧炎指挥,你能走到这里来?凭你一个人,随便遇到一支老生队伍就能打败你,哪里还能像现在这样得到那近百的火能?"

"不用说了,既然他想走,那就走吧。这个队伍本来就是临时组成的,没有什么约束力，来去自由。没有了他，我们不见得就会落败。"萧炎拉住琥嘉，淡淡地道。萧炎早就知道白山对自己极其不服，把白山强行留在队伍中，迟早是个祸害。如今白山主动离开，倒省去了萧炎要对他时刻保持戒备的麻烦。

"哼！"哼了一声，琥嘉冷冷地看了白山一眼，心中忍不住对他有些厌恶，以前怎么就没看出这个家伙竟然是这种人？她最鄙视的，便是那种在强敌临近之前因为畏忌而抛弃同伴的人。与白山比起来，琥嘉忽然觉得萧炎顺眼了许多，至少萧炎不会在危急关头抛弃同伴。

吴昊微微抬头，望向白山的目光略微噙着些许不屑。

"好，你们就跟着他吧，小爷可不奉陪了。"感受到那些从新生眼中同样浮现出的不屑，白山的脸微微抽搐了一下。他恨恨地瞪了萧炎一眼，然后身体一跃，便闪上树枝，窜进林间消失不见了。

见白山消失在树林中，萧炎抬起头，淡淡的目光直视着沙铁。虽然白山的离去让他们战力大损，但是想要他就此便将火能交出来，却不太可能。

"我先前就说过，你那个同伴不太行。"一旁，棱白带着一些不屑的声音缓缓响起。

萧炎耸了耸肩，没有对此发表什么看法。

"认输吧，沙铁他们这支队伍不是我们可比的，而且现在你的同伴也离开了，你们本就不高的胜算更是大打折扣。"棱白叹息道。

萧炎虽然知道棱白说的是实情，但是并未有所退缩。他笑了笑，目光仍然直视着沙铁。半晌，平淡的声音让场中的新生因为强敌来临而有些冰凉的心再度充满了火热与战意。

"我既然聚集了他们，那么自然是要带着他们成功地闯出去的。无论对手多强，我萧炎都不会有半点儿退缩，所以，开战吧！"

第十四章
战黑煞队

萧炎平淡的声音,在空旷的林中微微荡漾,却让那些站在其身后的新生热血沸腾,战意澎湃在胸间。不管成败,只要拼过,至少问心无愧。他们手中的火能并不多,就算被抢了也没什么,更何况这猎捕赛又死不了人,大不了被痛打一顿,没啥太大的损失。

心中这般想着,那十五名实力虚弱的新生抬起头来,恶狠狠地盯着树干上的沙铁五人,心中再没有丝毫的惧怕。

"嘿嘿,有骨气!既然如此,那就让我黑煞队来试试,你们这一届惊动了全内院的新生,究竟有何了不得之处!"望着那面对强队竟然未有丝毫胆怯,反而将新生的斗志再次调动了起来的萧炎,沙铁眼中掠过一抹惊诧,微微点了点头。虽然萧炎的反抗会给他带来一点儿麻烦,但是常年混迹在内院竞技场的他,对于这种刚硬的骨气,却打心底里佩服。至少,先前白山那番抛弃同伴独自离去的举动颇让他不齿。

沙铁的话语刚落下,五股雄浑气势自五名黑煞队员体内暴涌而出,最后弥漫在这一片空地之上，强烈的威压让刚刚还满心战意的新生们的心略微沉了一下。

感受着从半空弥漫而下的气势，萧炎深吐了一口气，偏头对着众人沉声交代道："你们小心了，那个沙铁，我来应付。"

"萧炎哥哥，那个沙铁恐怕都已经一只脚进入斗灵级别了。正常比试，你取胜的概率或许并不大。可若要像在选拔赛时那样强行提升实力，对身体的摧残实在是太大了。"柳眉微蹙，薰儿担心地道。她非常清楚，当日萧炎将实力提升到足以和斗灵强者抗衡的地步，身体受到了何种创伤。若非那日正好侥幸提升了等级，恐怕至少得等半个月，萧炎方才能够恢复到巅峰状态。

"呵呵，没事，我尽量不强行提升力量，凭借其他的东西倒也能与他相战。"萧炎摆了摆手。他也清楚，天火三玄变虽然能够让他将实力短时间提升到与斗灵强者抗衡的地步，但是异火在霎时间所爆发出来的狂暴能量将对自己身体造成不小的摧残。因此，他自然不会轻易动用它。再者，就算不使用天火三玄变，他自信也不会几个回合就败在沙铁手中。

"那你小心。"见萧炎坚持，薰儿只得点了点头，看向树干上的五人，轻声道，"琥嘉与吴昊经过先前的战斗，已经有些虚弱了，他们现在恐怕只能勉强应付一人，而且胜负还不好说，我也能挡住一人，可对方还剩一人。"

听得薰儿的话，琥嘉两人都无奈地点了点头，毕竟她这话说得属实。

"我倒是要好些，可吴昊经过先前与修岩的那般硬打，现在斗气恐怕已经所剩无几了。虽然有萧炎的丹药相助，但是短时间内定然是不可能完全恢复的。而且，这次的几个对手都不比修岩弱。"琥嘉叹了一口气，道。

"你们不用太过担心，至少十分钟内他打败不了我。"吴昊低沉地说道，"对方最后一人，看来只能先让其他新生挡一下了。"

"放心吧，虽然现在我们斗气所剩无几，但是毕竟人还多着呢，短时间内那家伙也搞不定我们。只要萧炎学长你们之中有一人能够解决掉对手，那么这场战斗，我们就能够反占上风了。"听得薰儿等人的谈话，一名新生笑了笑，率先开

口道。

"是啊，我们能暂时阻拦一人。不过最后战斗胜负的关键，还是在萧炎学长你们手中。以我们现在的状态，恐怕还真难以打败一名五六星的大斗师。毕竟，我们实力仅仅是在二三星斗师而已。"其他一些新生也笑着附和。

"嗯。"萧炎微微点了点头，笑道，"既然如此，便拜托诸位了。只要你们能将对方多余的一人拦住，我们就会尽快打败对手，腾出手来助你们。"

"是！"空地上十五名新生齐声应喝，十五股二三星斗师的气势从他们体内弥漫而出，倒也是一股颇为可观的势力。

"加油！萧炎学长，打败他们！"在空地两旁，不少失去了战斗力的新生也艰难地支撑起身体，大声喊着，为萧炎等人助威。

见己方士气高涨，萧炎脸上扬起一抹笑容，手掌紧握着玄重尺，与薰儿三人交换了眼神，旋即四人身形猛然向四个方向冲去。

"萧炎我来对付，其他一人一个。多出的人，解决掉那些新生，然后速速转换目标。"沙铁一挥手，沉声喝道。

"是！"四道低沉声音整齐响起。随着音落，五道身影皆轻点树干，旋即化为黑影，犹如黑夜中捕食猎物的蝙蝠闪掠而下，两个呼吸间便各自出现在了分开而退的萧炎四人面前。另外一人则犹如陨石径直砸向了十五名新生队伍之中，凶悍斗气顿时暴涌而出。

脚掌重重地擦在地面上，将前冲的身体停了下来，萧炎微眯着眼睛望着出现在面前的沙铁。对方那高壮得有些另类的身材隐隐透出的压迫气息，令萧炎紧皱起眉头。这个家伙的确是个劲敌啊！

"战斗要开始了，我不会出于任何原因而对你抱有轻视心理。因为存在这种心理的人，一般在内院竞技场都是赚不到什么火能的，所以能够在竞技场混得不错的人，基本上都懂得狮子搏兔的道理。"微微扭扭脖子，一股偏暗金色的斗气缓缓自沙铁体内渗透而出，竟然将其渲染得犹如一尊金属所铸的金刚，极具视觉压力。

"金系斗气？这家伙竟然修炼的是这般属性的斗气。"见沙铁体表的暗金斗气，萧炎一挑眉头，这种斗气颇为少见，不过攻击力与防御力却极为强横。若非修炼这种斗气的人身手不够敏捷，恐怕还真是一类让人极为头疼的对手。

沙铁并未手持任何武器，很明显，他属于偏好近身肉搏战的强者。

分辨出对方的攻击模式，萧炎脸色略微缓和了一点儿。正好他也属于这一类型。如此对战起来，倒是能将自己所擅长的战斗模式发挥到极致。

将手中玄重尺重重地插在地上，感受着重尺离手后体内奔腾涌动的雄浑斗气，萧炎缓缓地吐了一口气，青色斗气自体内升腾而出。偶尔，斗气翻腾间会闪出淡淡火苗。不过火苗一闪即逝，因此在青色斗气的掩盖下，倒是极难发现。

"六星大斗师？难怪能打败苏笑，这种实力，已经比得上那些进入内院一年左右的老生了。"感受着自萧炎体内涌出的气势，沙铁恍然大悟，旋即说道。

"不过光凭这等级，便想将我击败，恐怕难度不小哦。"冲着萧炎咧嘴一笑，沙铁双拳轻轻碰撞着，竟然发出清脆的金铁相击的声响。

"试试不就知道了？"萧炎淡淡地笑了笑，脚掌缓缓地擦在地面上，身体略微俯下，犹如上弦的弓箭，陡然绷紧了。脚后跟一落地，青色斗气在脚掌处暴涌而出。随着一道清脆的能量爆炸声响起，萧炎的身形化为一道模糊黑影，转瞬间逼近了沙铁。

见萧炎竟然采取近身肉搏的方式，沙铁脸上涌上一抹冷笑，硕大的拳头紧紧握起，手肘一拐，暗金色的斗气急速凝聚，最后狠狠地对着已经闪电般出现在身旁的黑影砸了下去。沙铁肘尖所蕴含的劲风直接撕裂了空气，一股无形劲气在离地面尚有好几尺时，便将之震出了一个两寸深的坑痕。

感受着自头顶传来的尖锐破风声，萧炎的脸色不变，手臂陡然上升，拳头之上，青色的能量角质层急速蔓延，最后与沙铁的肘尖硬生生地撞在了一起。

嘭！低沉的闷响声在两者对撞处响起。拳头上涌来的强猛劲气将萧炎的身体

压得低了一分，萧炎的脸色却依然保持着淡漠，左手闪电般地探出，在离沙铁胸膛一尺时陡然停住。旋即，无形劲气铺天盖地般暴涌而出。

"吹火掌！"

这是萧炎几年之前便习会的斗技，以他如今的实力，施展吹火掌所涌出的劲气已经足以震伤大斗师强者，再不似以前那般只能将人吹得东倒西歪。

无形劲气在沙铁胸口处爆炸开来，沙铁身体顿时晃动了几下，在那股劲气的推动之下，他竟然向后连退了两步。

"稀奇古怪的斗技层出不穷，萧炎，你还真越来越让我期待了。不过这些旁门左道，对于我并无太大的实际作用，所以拿出你的真本事来吧。"手掌拍了拍胸口，一阵锵锵的声音传出，沙铁冷喝道。

望着若无其事的沙铁，萧炎缓缓吐了一口气，脸色逐渐凝重。双掌微旋，片刻之后，清逸的青色火焰扑腾了出来。

就在青色火焰从萧炎掌心冒腾而出的一刹那，茫茫林海之上，那两位像看戏一样的老人陡然睁开眼睛，震惊地失声道："异火？"

眼睛死死地盯着青色火焰，在这东西出来的一刹那，沙铁明显感觉到林间的温度陡然升高了许多，当下脸上多了一抹凝重，有些惊诧地望着萧炎，道："你是炼药师？"

在斗气大陆上，能够召唤出实质火焰，仅有两种可能。一种是炼药师，从各种各样的火系魔兽体内或者天地间取得火种，然后炼为己用。另外一种，便是修炼火属性斗气的强者。只不过光靠斗气凝化成实质性的火焰，那可至少要斗王级别方才能够勉强办到。当然事无绝对，也有一些修炼火属性斗气却并非炼药师的人，能够好运地将一些奇异火焰纳为己用。不过同样，这对实力的等级要求颇为苛刻。看现在的萧炎，明显达不到后一种情况的要求，因此，沙铁毫不犹豫选择了第一种可能。

对于沙铁的惊诧问话，萧炎并未回答。青色火焰从他手掌处向上蔓延，然后飞快地将两条手臂都包裹在了其中。萧炎微微抬头，漆黑的眸子中时不时地掠过青色火焰。

轰！脚掌再度轰然踏地，只听得一道清脆闷响，萧炎身形化为一道淡青色影子，携带着炽热高温，径直对着沙铁暴冲而去。

迎面扑来的高温，让沙铁紧皱眉头。虽然他并不知道萧炎所召唤出来的青色火焰究竟属于什么类型，但是从周围逐渐变得高起来的温度便可以模糊地猜到，这火焰的威力定然不弱。

身体如铁塔一般矗立在原地，沙铁没有选择躲避。金系斗气赋予了他强大的攻击力与防御力，却剥夺了他的敏捷。他知道，就算自己想闪避，也绝对避不开萧炎的攻击。既然如此，那又何必徒劳，反而会将自己的破绽暴露出来。

随着炽热气息越加接近，沙铁嘴中发出一道厉喝声，暗金色的斗气猛然自其体内暴涌而出。金光暴射间，一副暗金斗气铠甲迅速涌现，将沙铁全身上下所有部位都严密地包裹在其中，一眼看去，沙铁犹如一个金属所铸的金人。

待斗气铠甲出现之后，那炽热的气息方才削减了一些。沙铁那如金属般的巨拳没有半点儿花哨，也没有任何招式地直接轰击而出。

沙铁的拳头虽然并未有招式变化，但是其所蕴含的恐怖力量却直接将萧炎周身的空间尽数包裹在其中。此时，绝对的力量囊括了一切。

紧绷着脸，萧炎气旋之内的斗晶不断颤抖着。一波波强横的斗气被喷吐而出，最后飞快地流转在经脉中，给萧炎提供充盈的战斗力。

拳头之上，青色火焰急速缭绕着，最后猛然击出，与沙铁的拳头不偏不倚地重重撞在了一起。顿时，一股劲气涟漪从两人接触处蔓延开来，将临近两人的几棵大树震开了几道裂缝。

拳头上传过来的凶悍劲气，令萧炎急退了两步。反观沙铁，却仅仅是身体颤抖了几下。看来，在纯粹的力量比拼上，萧炎比沙铁依然要差上一些。

当然，沙铁同样不太好受。萧炎拳头之上的青色火焰让他吃足了苦头，先前

的对碰，若非有自身的斗气铠甲保护，恐怕他的拳头会被熏烤得肿上好几圈。饶是如此，现在沙铁的拳头依然隐隐有灼痛的感觉。

目光隐晦地扫过萧炎手中的青色火焰，沙铁心中掠过些许震惊。炼药师的火焰，他以前并非没有见过，甚至在竞技场上还与一些炼药系的学生战斗过。可那些学生召唤出的火焰，基本上不可能穿透斗气铠甲进而给他造成半点伤害。而如今萧炎手中那奇异的青色火焰却有着这般恐怖奇效，这不得不让沙铁心生一抹凝重。

在沙铁心中的念头飞速转动时，萧炎却再度飞身扑上。只不过现在他放弃了硬碰硬，而是开始借助自己的敏捷之利，不断飞速地在沙铁周身闪掠，双拳时不时地带起青色火焰轰击而出，响起锵锵的金铁相碰声。

对于萧炎那连绵不断的攻击，沙铁并未有太多的应对招式，只能是能避则避，不能避便硬扛下。偶尔间他也会重拳挥动，其上越加沉重的力量之感，令萧炎不得不抽身躲避。

在萧炎与沙铁的战斗愈加火爆之时，其他几处的战斗也逐步进入白热化阶段。

或许是先前已经战斗了一番的缘故，琥嘉与吴昊在战斗进行了七分钟后，弥漫体表的斗气终于开始黯淡下来。琥嘉稍好一些，吴昊却因为斗气的减弱，而导致力量、速度、闪避等都大幅度下降，从而被那名黑煞队成员完全压在了下风。

若不是吴昊的攻击杀伐气息太重，那名黑煞队成员担心受重创的话，恐怕吴昊的战斗还会更加艰难。

与这边两人略占下风的情况相比，薰儿倒是显得比较轻松。双掌间金光暴射，身形飘逸如一缕轻烟，攻击速度也快得带出了道道残影。或许因为她也清楚吴昊与琥嘉支持不了多久，她没有丝毫保存实力的想法，偶尔间施展出的强横斗技便会将对手逼到绝境。若非因为战斗经验尚比较丰富，恐怕这名倒霉的黑煞队成员将会是第一个落败的人。

在这三处战圈之外，还有一处最混乱的战圈，那便是十五名新生与一名黑煞队成员的战斗。虽然新生人数多，但是因为刚刚与苏笑三支队伍打斗过，十五人都或多或少受了伤，如今再遇见一名实力足足在五星大斗师左右的强者，他们自然不可能取得胜利。

因此，才仅仅不到十分钟时间，十五名新生中便有五人被那名黑煞队成员震伤，进而退出了战圈。其余十人，也只能凭借着配合勉强苦苦支撑着。不过他们之间的配合明显谈不上默契，因此，每隔两三分钟就会有人被对手寻出破绽，然后被击伤，从而暂时失去战斗力。

整片空地之上，五处战圈中，琥嘉、吴昊以及新生都渐入下风。萧炎凭借着异火，倒是还能与沙铁抗衡一会儿，不过想取胜，若没有决定性的一击，显然也不可能。所以，五处战圈，只有薰儿那一处是完全处于上风的。

现在的战场，便要看究竟哪一方能够有人最先腾出手来。只要能够有一人哪怕提前半分钟击败对手，那么这场战斗，胜利指针或许就会迅速偏向那一边。

场中所有人包括那些没有参战的新生都明白这一点，因此，他们的目光都紧紧地盯着吴昊与薰儿这两处战圈，因为这里将会是最先决定胜败的两处战圈。

弥漫周身的血色斗气越加黯淡了一些，显然，吴昊的斗气已经到了快要油尽灯枯的地步。先前与修岩的战斗，已经几乎耗尽了他的气力，现在又是这般高负荷的战斗，就算是刚才服用了萧炎的一枚回气丹，他也已经开始有些支撑不住了。

吴昊手中血色重剑狠狠向着对手劈去，不过这般力度却直接被对手轻松避开，且对手身形一晃就出现在吴昊左侧，手刀带起尖锐劲气劈在了吴昊手腕之处。顿时，血色重剑脱手而出，那名黑煞队成员得意地冷笑了一声，双掌斗气缭绕，旋即重重地对着吴昊的胸膛袭了过去。看这架势，若是被击中的话，吴昊恐怕就得率先落败了。

在众人焦急的注视下，对手的拳头与吴昊的距离越来越近。然而，就在拳头

即将轰上吴昊身体时，脸色略有些灰暗的吴昊却陡然一睁眼睛，两道血自其鼻中流出，一股浓郁的杀伐气息从其体内暴涌而出，低沉的吼声在其喉咙间响起，双掌上原本黯淡的血色斗气再度变得殷红起来。吴昊手掌紧握，怒轰而出。

"嘭！"双拳交轰，沉闷的声响在空地上回荡。吴昊肩膀一阵剧颤，而那名黑煞队成员一声闷哼，一缕血迹从嘴角溢流而下，双脚擦着地面连退了好几步后，方才将身形稳住，他抬起头来，惊怒交加地望着脸色苍白了许多的吴昊。显然，吴昊刚才应该是施展了某种透支力量的秘法，才会在这一瞬间爆发出这等力量。

不过看吴昊的脸色，现在的他根本不可能再次动用这种秘法。

"哼！"那名黑煞队成员也瞧出了吴昊已是强弩之末，当下冷哼一声，强行压抑住体内伤势，身体化为一道黑影，再度对着吴昊暴射而去。

轰！就在他离吴昊仅有不到五米时，一道黑影忽然冲过来，那名黑煞队成员一惊，前冲身影一顿，旋即急忙退后了两步。

黑影重重地砸落在地面上。那名黑煞队成员眼睛一瞟，脸色却变了，原来这黑影竟然是先前与薰儿对战之人。

心中掠过一抹骇然，他急忙抬头看，只见在吴昊身旁，一名青衣少女正淡漠而立，掌心间缭绕的金光刺得他眼睛略有些生疼。

"糟了!"

第十五章
扭转局面

"噢!"

忽然出现在吴昊身旁的青衣少女,顿时让周围那些受伤的新生脸色狂喜地大声欢呼起来。薰儿在关键时刻击败对手,并且抽出手来援助吴昊,无疑将会在对战中给萧炎一方加上足以左右胜负的重磅筹码。

"没事吧?"目光紧盯着对面那名脸色难看的黑煞队成员,薰儿询问吴昊。

"还好。"吴昊的身体晃了晃,他脸色苍白地咬紧牙关道。

"他交给我来对付,你先休息一下。"薰儿怎能瞧不出此时吴昊正勉强支撑着身体,她轻声嘱咐了一句,掌心中金光越加强盛与刺眼。

"不用,他也被我刚才那一掌震得受了不轻的伤。你我联手,用最快的速度打败他,不然琥嘉与其他新生那边都支撑不了多久。"吴昊深吸了一口气,苍白的脸涌上一抹红润。话音刚落,他便不容薰儿开口,迅速调动起体内为数不多的斗气,对着那名黑煞队成员恶狠狠地冲了过去。

"哎。"见吴昊竟然还敢率先进攻,薰儿急忙喊了一声,身形闪动,一个呼吸

间便超过了吴昊,金光猛然自双掌之间暴涌,旋即一道极长的金色能量长鞭迅速延伸而出,最后鞭身一振,清脆的噼啪声响在空气中传播开来。

金色能量长鞭之上,似乎还隐隐地覆盖着一层若隐若现的金色火焰。长鞭甩动,速度快若闪电,那名黑煞队成员只觉得面前金光一闪,炽热劲风便从头顶降临下来,当下脸色一变,身体猛然向后狠狠地滚了一圈。

金色长鞭夹杂着炽热劲风从面前不远处落在了地面上,顿时,原本略有些湿润的土地立刻以肉眼可见的速度变得干枯。瞬间,一道半米长、被高温炙烤得坚硬如石的痕迹出现在了地面上。

瞟了一眼地面,那名黑煞队成员不禁嘴角微微抽搐,使劲地咽了一口唾沫。然而还未等他站起身,一道血影猛然自一旁闪掠而来,趁他反应不及一脚重重地踹在他的胸膛之上。

"哼!"被一脚踹中,这名黑煞队成员脸上涌上一抹红润,强行压抑住涌到喉头的鲜血,喉咙间传出一声闷哼。经过这连番不停的打击,他眼中也掠过些许戾气,使劲提气,肚子向后一阵凹陷,旋即一口气暴吐而出。

随着一口气吐出,其身体之上所凝聚的斗气犹如能量涟漪般猛然自胸膛处暴涌出去,最后撞上了吴昊的脚掌。顿时,本就是强弩之末的吴昊,便在这股斗气冲击波下喷出一口鲜血,身体倒飞几米之后,软绵绵地倒在了枯叶之中。

嘭!刚刚震伤吴昊,这名黑煞队成员尚未来得及高兴,轻盈的青色倩影便如鬼魅般闪掠至面前。那张淡雅精致的俏脸此时噙着些许寒意,右掌之上金光大盛,在离黑煞队成员还有半尺时,一道金光手印自其掌心中暴射而出,最后重重地砸在他的胸口之处。

噗!结结实实地受了薰儿一记重轰,那名黑煞队成员终于再也支撑不住,嘴中喷出一口鲜血,双脚擦着地面,不断地后退着,最后重重地撞在一株粗大的树干上。那从后背透出的劲气,竟然将粗大的树干震出了几道裂缝。

这处的战圈,从吴昊的突然攻击,到最后黑煞队成员的落败,几乎发生在不到一分钟的时间内。很多新生只能看到吴昊冲出，然后被对方反震而退，最后便是薰儿那极具杀伤力的一掌。

不管他们是否看清了战斗过程，那名黑煞队成员的落败却是真真实实的。因此，在确定那名黑煞队成员已经没有再战之力后，狂喜的欢呼声再度在空旷地上响了起来。很多无力参加战斗的新生，都激动得脸色通红。随着黑煞队两人的接连落败，萧炎他们胜利的概率得以大大提高。

现在，对方五人已落败两人。而反观萧炎这边，却只有吴昊一个人失去了战斗力。这般看来，凭借薰儿出色的战斗力，萧炎等人已经将极为不利的局面扭转到了能够和黑煞队旗鼓相当的地步！

这让那些新生终于看到了胜利的希望。

在空地的一旁，苏笑、棱白、修岩一堆人背靠着树干，望着那变幻莫测的战圈，特别是当见薰儿竟然一人打败了两名实力与他们相差不多的黑煞队成员时，皆一脸惊诧。直到现在，他们才对这个漂亮得让人难以移开眼睛的少女投去凝重的目光。

"萧炎这支队伍，真的很强。先前若是那两个叫作薰儿与琥嘉的女孩子围攻我们的话，我们将会败得更快。"苏笑苦笑了一声，叹息道。

一旁，棱白与修岩也苦笑着点了点头。这两个看似柔弱的女孩子，竟然也拥有这般强横实力。一支实力在五星大斗师左右的队伍，一想起这个，棱白就忍不住有种翻白眼的冲动。这样的阵容放在内院之中，也能算得上是实力中等左右的团队了。

"若是那个白山不临阵脱逃的话，他们与黑煞队的火并，谁胜谁负，恐怕还真不好说。"修岩紧了紧拳头，沉声道。在说起白山这个名字时，他脸上的不屑未加丝毫掩饰。他的性子和他所修炼的斗气相同，都属于直来直去的那种，因此，他对白山毫不掩饰自己的厌恶。

"那个白山离开所造成的颓势，现在已经被那名叫薰儿的女孩子拉平了。现

在只要她能够与那所剩不多的几名新生联手将另外一名黑煞队成员打败，那么，他们就能够将颓势彻底扭转了。"苏笑缓缓地道。他顿了一下，目光扫向正与沙铁战得如火如荼竟然还未显败象的萧炎，眼中闪过一抹惊叹，轻声道："当然，这个前提是，萧炎能够在她将其他黑煞队成员打败前将沙铁死死拖住，不然的话……"

"嗯。"棱白与修岩微微点了点头。现在场中的局面看似已经开始偏向新生，可一旦萧炎那里出了问题，那么这好不容易扭转的局面，就将会毫无悬念地再度逆转。

现在薰儿看似成了场中重要的一环，实则萧炎那里才起着决定性的作用。

萧炎败，那么新生彻底没了希望；萧炎若是能顺利地将沙铁拖到薰儿将其他黑煞队成员打败的话，那这一次，恐怕萧炎等人将会创造这么多年以来火能猎捕赛的奇迹。

以往，没有哪一届的新生能够将那称为黑白双煞的两支队伍击败。而此时，萧炎等人却正在逐步地创造着这个尚未出现的奇迹。

见己方两名队员落败，沙铁当下脸色变得有些难看了。沙铁下手时，攻击也越来越凌厉，呼呼拳风划过空气，居然直接令空气发出了低沉的气爆之声。

然而虽然沙铁的攻击越来越强，萧炎却紧紧地抿着嘴唇，在那重重拳影之下，身形犹如惊涛骇浪之中的一叶小舟，无论海浪如何暴虐，都始终在险之又险的境况中保持着小船不会倾覆。

此时的萧炎，无疑已经将本身实力发挥到了极致。而且他也清楚，自己现在的任务并不是击败沙铁，而是拖住他。

场中越加激烈的战况，将所有人的目光都吸引得不敢有丝毫移动。人们生怕错过一分神，便漏了足以左右战局的关键之处。

望着场中飞掠闪跃的人影，所有人都暗自捏了一把汗。这场争斗，实在是太过于胶着了。

时间如流水，悄然从指尖流过。就在薰儿与吴昊联手击败了一名黑煞队成员五分钟左右后，那处尚有三名新生的战圈中，那名咬牙坚持的黑煞队成员终于在一名新生拼着受重伤的冲击下，被薰儿逮住了破绽。于是，金光暴涌间，只听得一声闷响，黑影在半空中画出抛物线，重重地砸落在地上，从他嘴中喷出的鲜血将枯叶渲染得一片殷红。

"走！"一掌再度击败对手，薰儿那光洁的额头上也渗出了些许汗珠。没有丝毫的休息，她对着身旁仅剩的三名新生低喝了一声，旋即马不停蹄地对着琥嘉的战圈冲撞而去。

又是五分钟时间过去，在周围新生的欢呼声中，除去沙铁之外，最后一名黑煞队成员也被薰儿、琥嘉以及三名新生联手打得彻底失去了战斗力！

至此，场中的局势，胜利几乎是成一面倒地偏向了萧炎一方。

一片狼藉的空地上，琥嘉与三名新生望着那除了沙铁之外败退的最后一名黑煞队成员，不由得长长地松了一口气，旋即双腿一软，一屁股坐在了地上，急促的呼吸声犹如拉风箱一般不断地响起。

在空地周围，那些紧绷着神经的新生终于忍不住心中的兴奋与狂喜，顾不得身上的伤势，跳起身来，狂声呼叫着。一时间，种种鬼哭狼嚎的声音响彻半空。

薰儿纤手抹去额头上的汗水，身体之上绽放而出的金光也略微黯淡了一些。这番三轮援救，实在太难为她了。若是所修习功法等级低的话，恐怕她也会和吴昊一样因为斗气过度消耗而战斗力大减。

一手扶着树干，薰儿趁着短暂的喘息空当，将目光扫向萧炎的那处战圈。在见萧炎即使被对方逼到险境，也依然没有显出败象后，她松了一口气，脸上也扬起一抹令苏笑等人感到惊艳的笑容。

"这场争斗，萧炎他们已经开始占据上风了。"从薰儿那昙花一现的惊艳笑容中回过神来，苏笑叹了一口气，脸上的表情颇为精彩。

这么多届没有出什么大乱子的火能猎捕赛，没想到会在今年他们这一批人参

加时，出现这等令人目瞪口呆的变故，这实在是令苏笑无语。他原本可是打算从新生手里弄点火能进入天焚炼气塔中多多修炼一段时间呢，结果现在不仅没弄到，反而还把自己原有的火能赔了进去，这可当真是赔了夫人又折兵啊。

棱白与修岩对视了一眼，皆心有戚戚焉地苦笑了一声。遇到这种情况，他们的确是倒霉透顶了。

"这些家伙，以后进入内院，只要潜心在天焚炼气塔中修炼一段时间，恐怕就能够挤进强榜之中。"苏笑动动身体，让自己舒服地靠在树干上，目光转向那与沙铁战得火热的萧炎身上，话语中有着难以掩饰的惊叹。

虽然苏笑已经很是高看萧炎，却依然没有想到，萧炎竟然能够凭借一个人的力量在沙铁手中坚持这么久。要知道，沙铁可是经常混迹在内院竞技场中的战斗老手啊，战斗经验堪称老辣。平日一些战斗经验较少的初级斗灵强者，都难以将他击败，由此可见他的战斗经验是何等丰富。

然而，就是这么一个不仅实力高出萧炎几星，而且战斗经验也如此老辣的人，却久久拿不下萧炎。这一幕，让苏笑等人对萧炎的实力和顽强感到咋舌。

他们并不知道，若非萧炎手中的青色火焰让沙铁吃尽苦头的话，恐怕光凭本身的等级实力，萧炎还真难以在沙铁手中支撑这么久而不露败象。

听得苏笑的话，棱白与修岩默默地点了点头。迄今为止，萧炎所表现出来的种种，都远超他们的预料。如此年龄便达到了六星大斗师级别，这等修炼天赋实在令人叹为观止，说他日后能够进入内院强榜，两人没有任何怀疑。

薰儿与琥嘉在休息了将近三分钟后，再度站了起来，互相对视了一眼，微微点头，金、绿两色斗气从两人体内再度涌出，最后身形一动，便呈左右包抄状，将萧炎与沙铁的战圈包围了起来，掌心间斗气伸缩吐现，随时准备寻找破绽对沙铁进行重击。

另外三名新生则因为斗气的枯竭，只得干看着薰儿两人的举动。现在的他们，已经再提不出半点儿气力前去施加援手。当然，现在的这种战局，以他们的实力也的确插不上手。

嘭！被青色火焰包裹的拳头，再度重重与沙铁那被暗金色斗气铠甲包裹的拳头撞在了一起，清脆的锵锵声响猛然响起。

感受着从拳头接触处涌过来的强猛劲力，萧炎肩膀一阵急速颤动，肌肉都在此刻犹如水波一般波动了几下。他深吸了一口气，漆黑眼瞳之中，青色火焰陡然涌现，一道低沉的喝声自萧炎喉咙间传出，体内气旋之中的斗晶急速地颤抖着，一缕缕青色火焰从纳灵空间急速涌出，最后顺着经脉穿行到了萧炎手臂之上。

随着萧炎的喝声落下，只见其手臂之上青色火焰猛然大涨，最后化为一大团火焰，顺着拳头交接处，霎时间便蹿到了沙铁斗气铠甲之上。顿时，刺耳的吱吱声不断从沙铁的斗气铠甲上传出。

随着这团青色火焰的涌出，萧炎的脸却忽然黯淡了一些。如此大规模地调动异火进行攻击，不仅自身斗气消耗极大，而且对于灵魂力量来说，也是一种极大的负荷。

忽然黏附上身体的青色火焰，让整张脸都隐藏在斗气铠甲下的沙铁脸色大变。极高的温度不断地从铠甲外渗透而进，甚至将他的皮肤烫得一片火红。

"该死的！这究竟是什么火？"

心中响起一声愤怒的低吼，沙铁现在极其窝火。先前的战斗，每次在他即将轰到萧炎身体时，那青色火焰便会主动地扑迎而上，将自己逼迫得只能收手。因此，这交锋虽然已持续了十几分钟时间，但是他竟然没有丝毫斩获，反而被萧炎牵制得动弹不得。刚才他好不容易找到机会硬轰了一拳，却正好被那该死的诡异火焰粘了上来，这般窝囊战斗，他岂能不怒？

不过虽然心中愤怒，沙铁的身体却在急速后退着。凡是被他碰撞到的东西，都会被青色火焰在一瞬间焚烧成灰烬。

此时的沙铁，在众人眼中就如同忽然变成了一个青色的火人，不断地胡乱退避着。

沙铁身体上那层犹如龟壳的坚硬铠甲，甚至开始在那青色火焰的焚烧中逐渐淡化。而就在斗气铠甲开始变得若隐若现时，离开了萧炎操控的青色火焰，终于咻的一声，极其突兀地消失了。

忽然消失的青色火焰，让大汗淋漓的沙铁松了一口气。若是这火焰再持续久一点儿的话，铠甲一破，他可不敢说凭自己的肉体还能够抵御多久。

沙铁咬牙抬起头，望向萧炎，见对方的脸色有些黯淡，不由得冷笑一声，然而冷笑声刚到嘴边，脸色却陡然僵硬了。

只见那原本脸色黯淡的萧炎，手一挥，一个玉瓶就出现在其手中。他飞快地倒出三枚浑圆丹药，吞进肚中。旋即，初期的药力迅速挥发，萧炎脸上的黯淡虽然没有尽数消退，但是至少比先前好上了一些。

萧炎抬头对着沙铁勾起一抹笑容，双手微震，那令沙铁脸色僵硬的青色火焰再度涌了出来。只不过这一次已经明显没有刚开始那样雄浑，饶是如此，也依然让沙铁一阵心悸。

"浑蛋！这家伙就算是炼药师，也不用这么吃吧？丹药不要钱啊？"脸色铁青，沙铁心中却无比悲愤。借助诡异的青色火焰与人战斗便已经很无耻了，可这个家伙竟然还把丹药当豆子吃，以此来恢复消耗的斗气，这仗还有得打吗？

"嘿嘿……"见沙铁的脸色有了变化，萧炎嘿嘿一笑，目光扫向一旁的薰儿、琥嘉两人，瞬间后，下巴一扬，三人顿时同步闪掠而出，雄浑攻击，向沙铁席卷而去。此时沙铁那如同乌龟壳般坚硬的斗气铠甲已经被萧炎的青莲地心火烧得近乎虚无，此时不动手，更待何时？

"等等！"

青色火焰在眼瞳中急速地放大着，回想着先前那被火焰灼烧的痛楚，沙铁的脸一阵抖动，目光飞快地扫过那已经落败的四名同伴，无奈地摇了摇头，旋即深吸了一口气，喝声如炸雷一般在空旷林间响起，将所有人都下了一跳。

三道凌厉攻击，在离沙铁尚还有半米时陡然停顿。三人脚步一错，极其敏捷

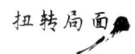

地闪退而下。萧炎挑了挑眉,笑道:"怎么了?"

"我们输了。"沙铁叹了一口气,极其无奈地道。现在的局面,他并不认为他们这一方还有什么反抗的余地。当然,若是没有萧炎手中那处处克制着他的青色火焰的话,他倒是能够以一敌三地再拼一拼,可惜……

沙铁嘴中传出的无奈声音,缓缓地在林间空地上徘徊着,而在这声音之下,所有人都陷入了安静。这个家伙忽然间认输,的确是让大家有些震撼和意外。从先前的情形来看,萧炎几乎是被他压着打啊,原本众人还以为这番大战将会更加惨烈,结果……

沉默的气氛在空地之上持续了半晌,一些新生终于回过神来。顿时,如雷般的欢呼声,将树林震得簌簌发抖。

第十六章
胜黑煞队

林间,萧炎坐在一块岩石上,在他的面前,有一个简易的木头桌子。此时,在这个桌子上,一沓沓的火晶卡整齐地摆放着,这些火晶卡上面大多都标示着相同的数字——二。

显然,这些火晶卡的主人,都是倒霉地遇见了那些老生,然后火能被抢夺了去的新生。

桌子前面的空地上,几十名新生盘坐着。虽然他们的外形极其狼狈,但是很有精神,他们兴奋地盯着桌面上的火晶卡。

另外一边,沙铁、苏笑等人靠着树干,脸上的表情颇为郁闷,望向萧炎的目光中也充斥着幽怨。

对于沙铁等人,萧炎并没有多加理会。他左手拿起淡蓝色的火晶卡,然后不断地抽过一些漆黑火晶卡,双掌一搓。光芒绽放间,漆黑火晶卡上的数字,不仅迅速恢复到了刚刚进入森林时的数目,还被萧炎多加了两天,最后这些漆黑卡片上的数字便从"二"变成了"七"。

现在萧炎所做的，自然是分赃这一项勾动人心的大事。那些原本被抢到只剩下两天火能的新生火晶卡，萧炎不仅给他们填补回来，还多加了两天的火能。至于一些好运躲避开了老生抢夺的新生，萧炎也慷慨地给他们多加了五天火能。萧炎清楚，能够吃下苏笑三支队伍以及沙铁这支更加强横的队伍，若非这些新生勇猛拼命的话，凭他们几人根本不可能完成。

桌面之上，光芒不断闪烁，过了许久，萧炎方才轻吐了一口气，将最后一张漆黑火晶卡放下，然后偏头对薰儿与琥嘉道："把它们都送回各自的主人手中吧。"

闻言，薰儿与琥嘉微微点头，旋即一人拿起一沓火晶卡，身形轻灵地闪掠在新生队伍中，将标有各自独特记号的火晶卡退还到那些满脸兴奋的新生手中。

"哈哈，火能终于回来了。"一些新生双手抱着自己的火晶卡，望着火晶卡上的数字，不由得咧嘴笑了。

笑望着那些满脸兴奋与喜悦的新生，萧炎将目光投向一旁闭目修炼的吴昊。在战局结束后，他便赶紧再度给吴昊服用了一枚回气丹。因此，吴昊现在的气色倒比先前好了许多。他身体上的伤势只是外伤，万幸没有伤到经脉骨骼，不然的话，恐怕要休养好一段时间才能恢复。

从岩石上站起身来，萧炎看了一眼桌面上的那些淡蓝色火晶卡。经过刚才的分赃，现在这些火晶卡上剩下的火能大约还有两百七十，自己四个人每人还能分到六十多天的量，这笔收获也算丰硕了。

将淡蓝色卡片上所剩的火能暂时全部划到自己的火晶卡上，萧炎这才握着淡蓝色卡片，笑眯眯地走向那一群面带幽怨的家伙。

"呵呵，抱歉了，召集了这么多新生，若是不给点报酬说不过去，所以只能暂时借几位的一用了。"萧炎含笑道，旋即手一抛，手中的火晶卡犹如具有灵性一般自动射向了各自的主人。

"唉，这次亏大了。"一手抓过火晶卡，沙铁瞥了一眼上面的个位数字，不由

得嘴角一阵抽搐，很是郁闷地道。这可是他近两个月在竞技场的奋斗成果啊，现在竟然直接被萧炎划去了十分之九，他岂能不心痛？

"唉。"一旁，苏笑等人也无奈地叹了一口气，心中直埋怨自己太过贪心。若不是他们想从新生手中抢到火能，又哪里会遇见萧炎这群比强盗还野蛮的家伙。

"呵呵，沙铁学长，向你打听个事，行不？"萧炎倒是不在乎他们的脸色，笑眯眯地问道。

沙铁翻了翻白眼，极端不爽的他根本没心情理会萧炎。

"二十天的火能，告诉我想知道的消息，如何？"萧炎把玩着手中漆黑的火晶卡，低声道，"若你不愿意的话，我可以找苏笑学长他们。"

嘴角微微抽搐，沙铁咬着牙，恶狠狠地道："你问吧！"

刚才那句话倒还很凶悍，可现在沙铁彻底软了下来。二十天火能，对已经成为穷鬼的他来说，确实是一笔不小的收入了。

"能告诉我关于白煞队的消息吗？"萧炎眼睛微眯，轻声道。

现在他们的收获已经丰硕得让萧炎有种沉甸甸的感觉，而他若是想将这丰硕收获顺利带进内院，则必须将最后一支白煞队也打败。不然的话，最后定然会落个辛辛苦苦拼了好几天，却为他人做嫁衣的悲惨下场。

"白煞队？"眉梢一挑，沙铁显然也明白了萧炎的意思，目光扫过空地上那些虚弱得连站起身都艰难的新生，嘿嘿道，"那白煞队的实力比我们黑煞队要强上一些。"

沙铁的第一句话便令萧炎眉头微皱了起来。打败黑煞队已经令他们大伤元气，那所谓的白煞队，竟然比黑煞队还要强？

"或许队员实力与我们相差不多，但白煞队的队长罗侯，可是一名实实在在的斗灵强者。虽然他才进入斗灵级别不到两个月，但是总比我这个只进入半只脚的人强上许多。"沙铁撇了撇嘴，道，"不是我打击你，凭你们这些元气大伤的新生，就算是全部一起上，恐怕都闯不出去。"

萧炎紧抿着嘴唇，半晌，轻声道："若是让这些新生全部都恢复状态，那么应该能行吧？"

"加上你们几人，将近五十人的新生队伍，就算罗侯那支白煞队再怎么强，也不可能挡得住，毕竟双拳难敌四手。"沙铁耸了耸肩，接着道，"不过可惜，这些新生受的伤都不轻，没有个三五天恐怕难以痊愈。可这火能猎捕赛的进行时间只有一周，所以，你等不到他们痊愈的时候了。"

"呵呵，合所有人之力能闯过去就好，至于他们的伤势……"萧炎冲着沙铁微微一笑，道，"难道你忘记我的身份了？在身为炼药师的我看来，这些伤势并非很严重。"

闻言，沙铁微微一怔，旋即默然，他倒还真忘了这一茬。这个家伙能够操控那种极为恐怖的火焰，想必也很精通炼药术吧。若是药材足够，萧炎说不定还真能在短时间内把这些新生全部治愈得恢复巅峰实力。而到时候将近五十名新生一起冲关，就算那罗侯是斗灵强者，恐怕也只能目瞪口呆地干看着吧。

拍了拍手，萧炎将漆黑火晶卡与沙铁的火晶卡碰触了一下，光芒闪烁间，把二十天的火能报酬划了过去，然后转身回到简易的桌子处，冲那些正拿着火晶卡一脸兴奋的新生笑道："诸位，这一次的火能猎捕赛还有最后一关，只要我们成功闯过，那么到手的火能就能够顺利带进内院之中。若是失败的话，那这些到手的火能就只能便宜那支所谓的白煞队了。"

"和他们拼了！"

听得萧炎的话，空地上的新生们情绪顿时有些激动起来，火能失而复得，他们现在懂得了珍惜这来之不易的宝贵东西。

"呵呵。"轻声笑了笑，萧炎手掌虚压，喧闹的声音顿时安静下来。他目光扫视了一圈场中，继续说道："既然大家都选择不放弃，那么就让我们把力量凝合起来，一起闯这最后一关！不过，在这之前，我们需要在这里停留一天时间。一天后，我会让大家伤势痊愈，届时便是我们新生反扑的最佳时机！"

"萧炎学长,我们听你的!"

有了打败黑煞队的辉煌战绩,现在这些新生对萧炎的能力已经再没有半点儿怀疑。因此,他的话音刚落,一道道喝声就响了起来,整齐的声调将树林震得簌簌发抖。

沙铁等人望着那群情激奋的新生,不由得叹了一口气。虽然这群新生仅仅是一些牙齿初长的幼狼,但是在萧炎这头凶猛狮子的带领下,他们所发挥出来的战斗力远远超出所有人的预料。

萧炎再度盘腿坐上岩石,手一挥,一尊药鼎以及大批的药材出现在了面前的桌面上,右手一弹,青色火焰便闪掠进了药鼎之内。

安静的林地间,青色火焰在鼎炉中升腾燃烧,一株株药材在其中尽数焚化,最后精华暗聚。

萧炎花费一晚上的时间炼制出了一些能够治疗内伤的丹药。

第二天黄昏,几十道盘坐其中的人影猛然间同时睁开了眼睛。精光暗蕴,一道道雄浑气势从他们体内蔓延而出,最后汇聚成一个整体,弥漫在整片林地之间。

岩石上的萧炎以及薰儿三人,也缓缓睁开眼睛。经过一天的休养,三人在萧炎丹药的帮助下,皆再度恢复到了巅峰状态。

从岩石上站起身来,萧炎瞥了一眼依然待在一旁的沙铁等人,然后转过头,看向那些已经恢复了实力的新生,手掌缓缓举起,然后轰然落下。

"走!"

几十道身影唰唰地闪掠上树干,旋即以萧炎四人为首,接连不断地向森林出口处疾掠而去。

最后的决战,要开始了。

第十七章
白煞队

  这里是一处布满乱石的空旷地带。阳光不受丝毫阻碍地倾洒在地面上，让人感到浑身暖洋洋的。

  乱石地带不远处是一处隆起的山坡，山坡上散布着一些大小不一的岩石。此时，这些山岩上以及一旁都或坐或站地围着不少人。这些人年龄不是很大，二十四五岁。虽然他们衣袍不相同，但是他们的胸口处都如出一辙地佩戴着一枚塔状模样的徽章。显然，这些学员应该都是内院的老生。

  在山坡的另外一边，有一个巨石垒起的台子。两名老者坐在台子上，原来他们便是萧炎等人进入森林时看见的苏长老与庆长老。在他们的周围，还坐着几名气息沉稳的中年人，他们应该都是内院的管事者吧。

  "嘿嘿，听说这届的新生很嚣张，竟然还敢反抢老生的火能？"山坡上，众人望向森林尽头的幽暗处，并不时响起嬉笑声。

  "嗯，听从里面走出来的老生说，这届的新生中，有个叫萧炎领头的队伍，好像实力很强。"

"喊，不过是在为自己的失利找借口而已。他们好歹也在内院修炼了一年多时间了，没想到却会败在新生手中，啧啧……"

"希望吧，听说黑煞队的沙铁也带人进入了森林中，不知道有没有和那些新生撞上。"

"哦，沙铁也进去了？那这些新生完蛋了！沙铁可是即将进入斗灵级别的强者啊。"

"是啊，他们新生的好运也算是到此结束了吧。"

在嘈杂的窃窃私语间，下方乱石堆中的几道人影微微动了一下，旋即缓缓睁开眼睛，淡漠的目光扫过幽暗森林。

这五人皆盘坐在乱石上，呼吸悠长平稳。五人皆穿着白色衣服，犹如他们那淡漠冰冷的气质。

五人之中，气息的强度以位于中央位置的一个脸色白皙的青年为最盛。此时，这个白皙青年是五人之中依旧保持着闭眼状态的人。他盘坐在岩石上，身体犹如一具冰雕，淡淡的寒气缭绕在周围，竟然使得乱石间的一些青草上覆盖了些许白霜。

时间在太阳的移动中流逝而过，就在山坡上的那些学员以为今日又是白等之时，忽然有脚步声从幽暗森林中响起。顿时，所有人精神一振，目光不约而同地扫向森林的出口。

山坡上的石台中，苏长老与庆长老也微微抬起头来，眯缝着眼睛将目光投向脚步声传来之处。

随着气氛的越加安静，那从幽暗森林中传出的脚步声也越加沉闷。半晌，黑漆漆的森林出口处，一对脚掌迈了出来，紧接着，二十道人影慢吞吞地走了出来，领头的是沙铁、苏笑等人。

"呃？是沙铁他们。"目光顿在从森林中走出的二十道人影身上，山坡上的众人一怔，错愕地道。

"难道已经把新生解决了？"众人心中掠过一抹疑惑。

沙铁等二十人缓步走近乱石堆。而此时，那名脸色白皙的青年缓缓睁开了眼睛，目光在沙铁等人身上扫了扫，片刻后，脸色微微一变，淡漠的声音中多出了一抹凝重。

"你们竟然全部败了？"

他的声音虽轻，却犹如晴天中忽然响起的炸雷，顿时将山坡之上的那些内院学生炸得目瞪口呆，满脸呆滞。二十名实力强横的老生，若是正面战斗，足以横扫所有新生，然而现在听脸色白皙的青年说，他们居然全部都败在了新生手中！

这些内院学生虽然极为震惊，但是对脸色白皙的青年之言没有太多的怀疑。以他的本事与眼力，要看出这些并不是很难。

这一刻，所有的学员都忍不住有些恍惚。现在的新生，已经强大到了这种地步？

被那名白皙青年一眼看出了底细，沙铁也没感到意外，他摊了摊手，无奈地道："那些家伙很强，战斗经验也远非普通新生可比。"

沙铁的话再次令山坡上响起了一阵阵咽口水的声音。一些老生掩饰不住心中的骇然，深吸了一口凉气：连黑煞队都败在了那些新生手中，这届新生真这么强大吗？

"接下来的事情，交给我们吧。让我看看，这几乎惊动了整个内院的新生究竟有何了不得之处。"白皙青年缓缓从岩石上站起身来，挺拔的身子陡然涌出丝丝寒气，淡淡地道。

目光带着一分诡异地望着满身寒气的白皙青年，沙铁嘴角忽然勾起一抹幸灾乐祸的笑意。与自己的近身战斗相比，这个家伙的冰系斗气仿佛将会被那恐怖的青色火焰克制得更严重。

"罗侯，这届新生的确很强，我想凭你们这最后一支队伍，或许拦不下他们。"沙铁摊了摊手，道。

"退开吧,你们已经失去了留在这里的资格。"白皙青年没有理会他,语气依然平淡。

"好吧,我相信你马上也会没资格的。"

沙铁也不动怒,冷笑了一声,与身后的苏笑等人缓缓朝着山坡上退去。而在他们刚刚登上山坡时,幽暗的森林中突然响起一阵破风声。

随着破风声响起,那些投射在沙铁等人身上的目光也再度转向了森林出口处。

树枝抖动,旋即一道道人影急速地从密林中闪掠而出,最后单脚着地落在了阳光之下。人数众多,细细数去,竟然有不下四十人。望着这般数量,不仅周围山坡上响起了阵阵惊愕喧哗声,连白皙青年的脸色也略有些变化。

"没想到竟然有人将所有新生都聚合了起来,真是大手笔啊!不过这个人会是谁呢?"望着那出现的几十名新生,石台上苏长老惊叹道。往届的火能猎捕赛,并不乏想将所有新生聚集起来共同作战的人,可因为新生都一身傲气,很少有人能够成功地做到这一步。

"我想应该是那个叫萧炎的青年吧。琥乾那老家伙不是说过嘛,这个小家伙在选拔赛上,可是凭一己之力击败了四五名联手作战的新生呢。"庆长老沉吟道。

苏长老微微点了点头,心中也发出赞叹。这个萧炎,果然是棵难得的好苗子。

乱石堆前,那些从森林中闪掠而出的新生抬起头,用泛着各种情绪的目光从老生身上扫过,最后向两旁散开,从中间分开了一条小道。

小道尽头依然连接着幽暗的森林出口。细微的脚步声响起,四道人影从黑暗中缓步而出,最后穿过人群中的小道,来到了新生最前面。

领头的一位背负着几乎与身体等高巨尺的黑袍青年微微抬头,目光环视全场,最后停留在了乱石堆中的五名白衣青年身上,抱拳微笑道:"几位学长应该便是这届火能猎捕赛的最后一支队伍——白煞队了吧?"

"白煞队，队长，罗侯。"白皙青年的目光从四人身上扫过，在薰儿与琥嘉身上停了一瞬后，便紧紧地盯着萧炎缓缓地道。

"新生，领头的，萧炎。"萧炎微微一笑，学着罗侯的语调轻声说道。

罗侯点头，身体之上的寒气却越加浓郁，一股强大气势自其体内升腾而起，将这片乱石堆都笼罩其中。一些实力稍弱的新生忍不住在这比沙铁还要强横的气势压迫下脸色微变。

感受着缭绕在周身的冰冷压迫，萧炎的脸色略显凝重。果然如同沙铁所说，这个家伙是一名货真价实的斗灵强者。

心中这般想着，萧炎偏头与薰儿三人对视了一眼，微微点头，于是四人同时向前踏出一步，旋即四股雄浑气势猛然自体内暴涌而出。四股气势在半空交织，最后联合在一起，将那弥漫在周身的冰冷气势压迫抵挡而回。

随着萧炎四人的举动，那几十名新生也开始释放出一股股强度不一的气势。虽然他们的气势论单个的话，比不上萧炎他们任何一股，但是这些数量叠加起来立刻便成为此处最强的气势。

在包括萧炎四人的所有新生的气势叠加下，罗侯的冰冷气势压迫几乎是一触即溃。见队长失利，那四名同为白煞队的成员也赶忙释放出气势，合力将对面那强势压来的气势压迫抵御而下。

初次交锋，萧炎等人凭借着数量稳压了白煞队一筹。人数的优势，在此时显示得淋漓尽致。而这一次的气势交锋胜利，也让所有新生信心大涨，先前因为罗侯的实力而引起的胆怯心理顿时消失得干干净净。

向前踏了一步，萧炎盯着罗侯，抱拳朗声道："罗侯学长，不知能否让我们通过这最后的关卡？"

萧炎的声音气势雄浑地在乱石堆中回荡着，令整个山坡都安静了下来。

罗侯脸色淡漠，眼睛同样是紧紧地盯着萧炎。许久，他嘴巴微动，一个冷漠的词语吐了出来。

"不能！"

此刻，气氛陡然凝固！

从这剑拔弩张的气氛来看，众人心中清楚，今日这事恐怕不能善了，一场惨烈大战在所难免。

萧炎紧盯着罗侯的脸，半晌，微微点了点头，声音也同样变冷了许多："既然罗侯学长不愿放行，那就只有得罪了。"

手掌缓缓握上玄重尺柄，旋即猛然一抽，黑影撕破空气，猛烈的劲风将地面上的一些碎石掀飞了开去，尺端斜指地面，青色斗气自萧炎体内盛涌而出。事已至此，他们已经不可能因为任何变故而放弃，所以……唯有一战！

一旁的薰儿三人，体内斗气也开始急速涌动。一波波强横气势不断攀升，气息遥遥锁定位于最中央位置的罗侯。擒贼先擒王，这支白煞队最棘手的人，便是这个罗侯，只要将他打败，其他人便不足为虑。

"萧炎四人，我来抵挡。叶寒，你们四人合力拦住那些新生。对战时，不要分散开来，新生人数虽多，却不懂配合。只要固守在一起，凭借你们同系斗气相融的有利因素，胜算不小。"淡淡的白色寒气不断地从罗侯身体内渗透而出，他瞥了萧炎四人一眼，偏头对着一名白煞队成员说道。老辣的眼光，一眼就看出了新生的劣势。

"是！"闻言，四名白煞队成员皆沉声应道。体内斗气涌动，一缕缕寒气也自他们体内冒出。看这模样，整个白煞队修炼的竟然全部都是冰系斗气。

望着那四人周身冰冷的寒气，萧炎微微动容。同系斗气互相配合，那发挥出来的威力能够增幅不小。从这一点上来看，这支白煞队的整体实力要比沙铁的黑煞队强上几分，难怪能够成为最后的守关之人。

"这个罗侯，竟然敢以一敌四，此人若不是狂妄的话，那么便应该是有一些底牌与实力了。"心中念头转动了一会儿，萧炎对着薰儿三人沉声道，"这场战斗并不需要热身，所以你们也就不要再留手了。能尽快打败他，就不要浪费一分一秒的时间，否则久则生变。"

"嗯。"三人微微点头，体内斗气也犹如汹涌洪水飞快地穿行在经脉之中。一波波充盈的力量弥漫在三人周身。看这状态，只要身体稍稍一动，就会有澎湃的斗气顺着心意而展开雷霆般的攻势。

乱石堆中，随着双方斗气凝聚，剑拔弩张的气势更加火热了。

山坡之上，所有老生都保持着安静。现在的白煞队已经是这届火能猎捕赛的最后一关，若是连他们都不能挡住新生，那么萧炎等人或许就能打破火能猎捕赛是新生进入内院之前最悲惨磨砺的诅咒了。

"萧炎他们能打败白煞队吗？"苏笑望着如针尖对麦芒的两方，对着一旁的沙铁低声问道。

"不管如何，总有胜算，而其他的，我也不好说。毕竟不论是单人实力还是整体实力，白煞队都要比黑煞队强上不少。萧炎他们能够打败我们，却不一定在面对白煞队时，也能占据上风……"沙铁摇了摇头，同样不清楚结局的他只能给苏笑一个有些模糊的答案。

对于这个模糊答案，苏笑只得无奈一笑，转头将目光继续投向气势尖锐对触的乱石堆中。

汇聚了所有目光的乱石堆中，气氛越来越紧张，所有人的脸色都凝重了起来。体表的斗气光芒伸缩吐现，就犹如此时众人的心情一般，难以平静。

咔……轻风吹拂而过，一块山岩之上的碎石忽然滚落而下，重重地砸在另外一处岩石上，顿时迸裂成了碎块。

突如其来的清脆声响，无疑好似是在平静的湖面投下了一块巨石，顿时，巨浪翻滚而起。乱石堆中，几十股色泽各不相同的斗气盛涌而出，色彩斑斓而绚丽。斗气的狂涌，直接导致场中压迫力大涨，一些挺拔的青草直接被这些斗气产生的压迫力压得倒伏在地。

"动手！"

气势澎湃间,两道相同的喝声几乎不约而同地从萧炎与罗侯嘴中传出。而随着这两道声音的落下,紧绷的气氛骤然破裂。

人影闪掠间,蕴含着火热战意的低吼声在乱石堆中徘徊不散。

在喝声刚刚落下的一刹那,萧炎便猛然紧握尺柄,脚掌狠狠一跺地面,青色能量在脚底炸开,汹涌的能量波动所造成的推射力,直接让萧炎化为一道黑影,笔直地对着乱石堆中央地带的罗侯暴射而去。

萧炎身形刚动,其后薰儿三人便紧紧跟随,四人之间的距离保持在一米范围之内。在这个距离中,四人能够随时随地联手应付来自任何地方的凌厉攻击。

"冲啊!"

萧炎四人身后是大吼着冲过来的新生队伍。虽然他们的阵形零散,但是因为人多,气势反而是场中最强的。

四名白煞队成员脸色淡漠,并未因为新生队伍人多气势壮而有丝毫畏惧,他们双手一颤,四根半丈长的白色铁棍便闪现而出。一声低喝,铁棍触地,四人借力弹射而出,飞快地与萧炎四人擦身而过,四根铁棍犹如风旋一般狂猛而舞,生生地将后面几十名新生全部拦了下来。

听得后方呼呼作响的风声,萧炎并没有回头,眼睛死死地盯着那身体安静直立在一块岩石上面的罗侯,猛然一握手中重尺,力劈而下,顿时,一道凌厉青色斗气罡芒从尺端暴射而出。

斗气外放是大斗师的标志性攻击方式,相当于修炼者的远程攻击。

青色斗气罡芒之后,薰儿三人也挥击出三道强横罡芒。四道罡芒划破空气阻碍,带起压迫劲风,狠狠对着罗侯轰击了过去。

脸色淡漠地望着四道汹涌射来的斗气罡芒,罗侯手掌微颤,旋即一根通体如寒冰所铸、约有丈许长的寒铁棍便闪现而出,双手紧握棍身,棍尖暴刺而来。顿时,只见一片棍影连续不断地出现在半空中,每一道棍影都结结实实地砸在四道罡芒之上,如此反复几次,那四道蕴含着雄浑劲气的罡芒,竟然便被生生地轰散了。这般实力，让人惊叹不已。

"不愧是斗灵强者，好凌厉的攻击！"

罗侯的这番攻势，让萧炎的脸色微微一变，光是从这番化解四道罡芒的举动上来看，罗侯的实力比在黑角域时萧炎所杀的那位血宗少宗主要强上不少。当然，这里自然是有那位少宗主提升实力的方法太过取巧，因此造成体内斗气虚浮的缘故，真要与人拼斗起来，那个家伙的实力顶多只是在大斗师巅峰而已。

心中念头飞速消逝，萧炎脸色凝重，手中重尺刺的一声撕裂空气，化为一道黑影，带起沉闷的压迫声响，身体呈半跃之状，由上而下狠狠地再次对着罗侯劈了下去。

萧炎之后，蕴含着些许金色火焰的能量手印、绿色长鞭、血色重剑，也各自带着强横劲气，呈扇形将罗侯包围。

望着下方萧炎四人那密集的攻势，山坡上的一些老生忍不住有些色变。他们心中清楚，若是换他们上阵，这首次接触恐怕他们就得落败。

"这四个家伙果然很强，尤其是那个黑袍青年。"一些老生心中皆忍不住发出叹息。亲眼见到这些新生出手，他们方才明白，为什么这一届参加火能猎捕赛的老生会败得如此凄惨。至此，他们才恍然大悟，原来并不是参加火能猎捕赛的老生实力弱，而是这一届的新生实力太强。

场中静立不动的罗侯终于有所动作。只见其双掌紧握寒铁棍，一缕缕犹如雾状的寒气从棍身上缭绕而出，一道冷喝低沉响起。

"浑圆寒旋棍！"

只见那缭绕寒铁棍之上的雾状寒气顿时翻腾而起，铁棍旋转起一个玄奥弧度。顿时，寒气在铁棍的高速旋转间，几乎形成了一个圆形的冰盾，将罗侯的身体完全包裹起来。

嘭，嘭！

四道凶悍攻击，由上至下轰然落在那由寒铁棍的高速旋转而形成的冰盾之

上,顿时,沉闷的声响响彻整个乱石堆。

强横的劲气顺着冰盾蔓延而下,最后被罗侯巧妙地卸在了落脚地的岩石之上。岩石立马爆出了一道道裂缝,最后轰的一声成了碎石。

"滚!"

身体略微弯曲,罗侯一声冷喝,高速旋转的寒铁棍骤然一凝,再度化为漫天棍影,狠狠地点在萧炎四人的武器之上,乍然爆发的劲力直接将四人震得连退了两步。

以一敌四,依然不显丝毫败象,斗灵强者与大斗师之间的差距,果然是难以丈量。

"吼,好样的,给这些狂妄的新生一点儿颜色看看!"见萧炎四人首次攻击失利,山坡上顿时响起老生们的喝彩声。

身体凌空翻滚了一圈,旋即双脚落在一处岩石上,萧炎抬头望着那一脸冷漠的罗侯,缓缓地吐了一口气。对方的实力比他预料中的还要强,再加上寒铁棍本身便擅长防御,因此就算是他们四人联手,短时间内也很难将之拿下。

"怎么办?"

同样退到了身旁的薰儿三人,皆微皱着眉头问道。对方那铁桶一般的防御让他们有种"老虎吃刺猬——无从下手"的感觉。

萧炎瞥了一眼后方的混乱战圈,眉头顿时紧皱了起来,那四名白煞队成员的实力也同样出乎他们的意料。四根铁棍挥舞起来,犹如四面铁盾,新生的攻击落上去,不仅未取得效果,反而被上面覆盖的奇异劲气反弹了回来。

因此,这场战斗才开场不到五分钟时间便有不下五名新生被铁棍击到,最后全身发软地倒了下去。看这情况,几乎每隔一分钟左右便会有新生失去战斗力。实力等级之间的差距,在此处战圈显示得淋漓尽致。四十多名斗师级别的新生竟然奈何不了四名大斗师级别的老生,这种差距让人不得不感叹。

战斗一开始,局面就开始发生偏移,这令萧炎的脸色略有些难看。

"那些新生的确是一盘散沙！这一届，若非有萧炎这个号召力极强的人在，恐怕也会和往年一样，被老生抢个精光。"沙铁望着那几十人打四人，不仅未有丝毫成果，反而不断出现损伤的新生，不由得摇了摇头，叹道。

"嗯。"

苏笑几人点了点头，看来，这一届新生的总体实力与往年比也强不了多少，不过往年并未出现像萧炎这种有魄力把所有新生聚集起来的出色人物。饶是如此，在面对白煞队这只最强的拦路虎时，光凭萧炎那一支队伍依然是有些力不从心。

"这场战斗，拖得越久，对萧炎他们越不利。看那些新生的表现，根本不可能把白煞队围困住，照这般下去，迟则再过二十分钟，新生便会彻底落败。而到时候，一旦白煞队成员腾出手来，萧炎他们就再没有翻身的余地了。"沙铁无奈地道。虽然他很高看萧炎的诡异青色火焰，但是不管火焰如何克制罗侯的冰系斗气，罗侯那玩得出神入化的棍法依然能够把他们阻拦下来，看来先前自己的那点幸灾乐祸出现得有些早了。

在沙铁几人谈论着萧炎等人所面临的劣势时，萧炎同样也发现了这一点，他长长地叹了一口气，轻声道："看来不能再拖了啊。"

把手中重尺狠狠地插进岩石缝隙间，萧炎偏头对着薰儿三人沉声道："拦住他，给我一点儿时间！"

说罢，萧炎屈指一弹，一枚紫色药丸被射进了嘴中，微微嚼动，旋即便在众目睽睽之下吐出了一团紫色火焰，火焰落在手掌上。

见萧炎忽然间吐出了一团实质的紫色火焰，山坡上顿时一片哗然。本来还在为萧炎等人的劣势而惋惜的沙铁等人也满脸错愕，他们可没想到，萧炎能够使用的除了青色火焰之外，居然还有一种紫色火焰。

石台上的苏长老与庆长老也在此刻惊讶地挑了挑眉毛。

没有理会满场的哗然，萧炎左手紧握着紫色火焰，右手缓缓举起，手指轻轻

一搓，顿时，扑腾一声，另一簇飘逸的青色火苗化为一团青火，停留在了右手中。

随着青色火焰的出场，这片区域的温度陡然升高了。

升腾的两色火焰，照耀在那些目瞪口呆的面孔上，他们的表情显得分外滑稽。

"这……这是……"

石台上，悠闲地靠着椅背的苏长老与庆长老，在青色火焰出现的一刹那，脸色就变了。他们猛然挺直身体，眼睛死死地盯着那飘逸的青火，片刻后，互相对视了一眼，皆从对方眼中瞧出了一抹震惊："异火？"

他们的见识自然远非沙铁等人可比，因此青莲地心火刚刚出现，就被两人认出了底细。

"这个琥乾，竟然连这个消息都没有告诉我们，真是个老糊涂！"眼中依旧残留着震惊，苏长老与庆长老低声喃喃道。

眼睛死死地盯着萧炎手中的两色火焰，罗侯那一直冷漠的脸色终于变得凝重起来。因为修炼的是冰系斗气，所以他对温度的变化很是敏感。在青色火焰出现的那一霎，他惊骇地发现，自己体内的寒冰斗气居然变得迟缓了一些。

"这是什么火焰，竟然能够影响我体内斗气的流转？"

罗侯脸色凝重之余，也多了一抹震惊。他紧握着寒铁棍，使劲催动着斗气流转，想努力摆脱那种被阻塞的感觉。

瞧见萧炎手中的两色火焰，薰儿三人也明白了他的意思，皆点了点头，旋即三人呈三角阵形直接对着罗侯暴冲了过去。斗气狂涌间，已然将体内斗气发挥到了极致。

面对薰儿三人的攻击，罗侯不敢怠慢，虽然心中极其忌惮后面的萧炎，但是此刻也只得挥舞着手中的寒铁棍，将三人的攻击尽数接下，然后进行凶悍的反击，以求在最短的时间内打败三人，到时，失去了同伴的萧炎，战斗力将会大减。

想法是好，可薰儿三人并非那些普通新生，经过这几日的对敌配合，联手间已然有了几分训练而出的默契。三人联手，虽然依然攻不破罗侯的铁棍防御，但是至少能让他抽不出身去干扰萧炎。

有了薰儿等人拖住罗侯，萧炎开始在众目睽睽之下把双掌逐渐合十，见他这般举动，那些学院老生虽然未感觉到什么，但是石台上的苏长老与庆长老脸色大变。以他们的历练自然非常明白，这种火焰间的融合将会产生多么庞大的力量。当然，他们更明白，这种融合是多么的危险。

"这个疯狂的小子，我们需要出手阻拦吗？"庆长老喃喃了一声，转头对苏长老问道。

苏长老紧皱眉头，眼睛眨也不眨地盯着萧炎那淡定从容的脸，片刻后，微微摇了摇头，道："他似乎有把握。"

"这怎么可能？就算是斗皇强者，也不敢干这种事啊，一旦火焰失控爆炸，那破坏力堪称恐怖啊。"庆长老沉声道。

"先看着吧。"苏长老的目光没有半点儿疑虑，他仅仅是低声说了一句。

"你……唉。"庆长老只得无奈地叹了一口气，体内磅礴斗气却已经开始运转，随时准备应付突发状况，毕竟这里还有很多学生观战呢。

萧炎手中的青色火焰与紫色火焰终于接触到了一起，顿时，一丝丝青紫火苗从接触点急速蔓延而出，空间都被这股强猛力量生生地撕裂得有些扭曲了。

脸色淡然地望着纠缠的两色火焰，萧炎轻车熟路地双手重重一拍，随着一声闷响，两色火焰被强行融合成了一团青紫火焰，灵魂力量从眉心处蜂拥而出，将之维持在一个玄奥的平衡点之上。

青紫火焰不断地扭曲着，在苏长老与庆长老那骇然的目光中急速缩小，最后，在缩小到拳头大小时方才缓缓停住。火焰微微蠕动，最后缓缓破裂开来，一朵精美绝伦的青紫火莲飘荡在了萧炎面前。

青紫火莲在萧炎手掌上空半寸处悬浮着。"薰儿，你们退吧。"萧炎的脸色略微苍白了一些，他轻声道。

随着萧炎声音的落下，那正与罗侯苦苦僵持的薰儿三人顿时闪掠而退，几个纵掠间便出现在了萧炎身后。

"结束了。"微微抬头，萧炎望着那一脸惊骇的罗侯，苍白的脸上露出一抹冷笑，手指轻轻弹在火莲之上，火莲顿时像流星一样划过长空，带起一道绚丽的青紫尾巴，对着罗侯暴射而去。

青紫火莲在罗侯瞳孔之中急速放大着，那股透过空气渗透而来的恐怖炽热能量，让他额头上的冷汗刚刚冒出来，便被蒸发成了虚无。

地面上，火莲掠过之处，碧绿的青草急速枯黄，最后化为一簇黑色的灰烬，随风消散。

感受着那暴射而来的毁灭能量，罗侯心中悄然泛起一抹无力抗拒的惊骇。这种力量实在是太巨大了，他甚至隐隐有种感觉，若是被那个美丽的火莲正面击中的话，恐怕他也将会如那些青草一般被化为灰烬。

牙齿死死地咬着嘴唇，血迹从嘴唇处溢流而下，疼痛感让罗侯从无力状态中恢复了些许清醒，他双手紧紧地握着寒铁棍，眼睛死死地盯着那越来越近的火莲，火莲那种近乎闪电般的速度已经令他无处躲避。

寒铁棍之上，寒气急速渗透而出，不过寒气刚刚出现，就被那迎面而来的炽热温度炙烤得刺刺作响，最后化成一片白蒙蒙的雾气，缭绕在乱石堆这一带，使众人的视线有些受阻。

深深地吸了一口气，罗侯那紧握着寒铁棍的双手因为用力而发出了嘎吱的声响，一滴冷汗顺着额头淌入眼中，酸涩的感觉让罗侯心中猛然涌上一抹怒意。堂堂一名斗灵强者，竟然会因为一位大斗师的攻击而差点儿放弃防御，这种情况令心性颇傲的他实在是有种羞愧的感觉。

"来吧！我倒要看看，你萧炎究竟能强到什么地方去！"低沉的吼声在心中回荡着，罗侯手臂一振，顿时，那丈许长的寒铁棍便晃出了几道棍影，体内斗气疯狂涌动，最后源源不断地对着寒铁棍灌注而去。

只见那通体如冰的寒铁棍之上开始泛起一层层厚实的冰霜。并且，棍身周围空间的温度也在此刻急速降低，最后终于勉强地将那火莲之上的热量给隔绝了去。

体内斗气迅速流逝，寒铁棍上的冰霜却越来越厚，几个眨眼的工夫，原本仅有手臂粗细的寒铁棍，便突兀地增加了将近半尺的厚度。那模样，犹如一根巨大的冰柱。

怀抱着化为冰柱的寒铁棍，罗侯苍白的脸涌上一抹红润，低沉的厉喝声从其嘴中暴吼而出，巨型冰柱高高举起，旋即轰然怒砸而下。

冰柱所蕴含的劲气极为强横，短短距离中，便有连绵不断的低沉气爆之声从冰柱所过处响起，甚至冰柱在尚还间隔地面几米距离时，那汇聚了罗侯全身力量的一击便透过空气将地面上的岩石震出不少裂缝。由此可见，罗侯这拼命一搏的攻击力也颇不一般。

青紫火莲撕裂空间，直袭罗侯。在间隔罗侯只有两三米距离时，巨大的阴影夹杂着寒风从天而降，最后重重地轰击在了火莲之上。空间似在此刻凝固了一瞬，紧接着，宛若炸雷般的雷霆巨响，轰然间在乱石堆中响了起来，一些防备不及的人甚至被这巨响震得双耳嗡嗡响。

雷霆巨响之后，众人所预料的能量碰撞而产生的能量涟漪却并未出现，火与冰似乎是在那被淡淡白雾笼罩的乱石地带中悄然抵消了一般，并未有半点儿蕴含着破坏力的波动传出。这有些诡异的场景令许多人错愕，他们面面相觑，皆是一脸茫然。

在众人视线不可及的白雾中，罗侯的脸涨红，双掌死命地紧握着颤抖不已的寒铁棍。此时棍身上厚实的冰霜正在以肉眼可见的速度消融着，而由于手掌接触着棍身，罗侯能够感觉到，一股极端恐怖的炽热气息，正在那朦胧白雾中，不断

顺着寒铁棍侵蚀而来。罗侯能够想象到，等到那由斗气所凝结出来的冰霜消耗殆尽时，恐怕便是那炽热气息彻底爆发之时。

虽然心中明白这一点，但是罗侯没有半点儿办法，因此，他只能眼睁睁地看着由寒铁棍凝成的巨大冰柱急速消融。而从棍顶处传来的热量，越来越浓郁。

寒铁棍上的冰霜仅仅维持了不到十秒钟，便彻底消融了。而随着冰霜的尽数散去，只见那通体如冰的寒铁棍，立马以一种极为快捷的速度，由雪白转变成火红。

罗侯双掌紧握着寒铁棍之处猛然间腾起一阵白色雾气，并发出异样声响，紧接着，便听罗侯发出一声蕴含着痛楚的闷哼，他急忙松开双手，将那几乎成了火炭的寒铁棍丢开。

寒铁棍落地，重重地砸在一处岩石上。顿时，岩石崩裂，火红的棍子温度骤降，瞬间便化为一根普通铁棍，铁棍之上还不断地蔓延着裂缝。显然，这根造价不菲的寒铁棍，已经在此刻完全变成了一坨废铁。

罗侯此时根本来不及心疼自己的武器，因为在寒铁棍脱手的那一霎，他便清楚地看见，一缕青紫火芒猛然从白雾中飙射而来，炽热的气息将周围的白雾尽数焚烧成虚无。

白雾消散了一些，罗侯终于清楚地看见了那青紫光芒的真面目，当下眼中不由得掠过一抹骇然。因为他发现，自己先前那拼尽全力的一击，居然只让那朵美丽火莲表面的火芒黯淡了一些而已，而其本体居然未曾有丝毫损伤。

"这究竟是什么等级的斗技，居然强到了这般地步？"心中惊骇之余，根本没有躲避时间的罗侯只得一咬牙，急忙调动体内为数不多的斗气，在身体表面凝出一副略显单薄的斗气铠甲，看其模样，居然准备继续硬扛下去。

乱石堆之外，萧炎的脸色也有些苍白，目光冷冷地望着那被白雾包裹的区域，他举起手掌，略微停滞，旋即猛然一握。顿时，他那本就苍白的脸更苍白了几分，身体也忍不住一阵轻颤。

就在萧炎手掌紧握的那一霎，石台上的苏长老与庆长老终于脸色大变。苏长老霍然站起身，身形一颤，旋即身体诡异地从石台上消失了。

轰！低沉的爆炸声在乱石堆中响起，一圈恐怖的能量涟漪呈波浪状扩散而出，沿途所过处，岩石尽数崩裂成粉末。这般骇人的破坏力，令山坡之上的那些老生呆滞了一瞬，旋即在一道惊慌的大喝声中，一个个犹如滚瓜葫芦，极为狼狈地往山坡的另外一面跳下。一时间，场地中变得极其混乱。

能量涟漪来得快，去得也快，接触到山坡时，在其上面留下一些半寸长的裂缝之后，方才逐渐消散。而如此过得半响，听得没有了动静，那山坡后面方才有人小心翼翼地露出脑袋，望向已经变成一片狼藉的场中，不由得暗自倒吸了一口凉气。

此时的乱石堆，哦，或许不应该称作乱石堆了，因为现在这里已经没有一块岩石，有的仅仅是铺满地面的厚厚石灰。先前的那些巨石，似乎都在那道极具破坏力的能量涟漪下，尽数化为了粉尘。

"这……这是萧炎造成的？"眼睛犹自带着几分呆滞，望着那大变了模样的乱石堆，从一处山坡露出头来的沙铁，忍不住咽了一口唾沫，喃喃道。

在他身旁，苏笑三人脸色僵硬地点了点头，目光扫向场中那身形瘦削的黑袍青年，心中忍不住想：如果在森林中对战时，这个家伙将青紫火莲丢了出来，那么他们这三支队伍能活下来几个人？

一想到这里，三人就浑身冒冷汗，犹如看待怪物一般望向萧炎。

"这家伙真的是大斗师吗？这种破坏力，足以赶上一些六七星级别的斗灵强者了。"沙铁从震撼中回过神来，苦笑着将苏笑三人心中所想缓缓地说了出来。

闻言，苏笑三人都深有同感地点了点头。

"对了，罗侯呢？"

忽然间一个声音在山坡上响起，旋即所有目光猛然转向那依然被些许白雾缭绕的乱石地带中央处。

那片区域的白色雾气缓缓地消散了许多。最后,在所有目光的注视下,罗侯的身形率先出现。此时的罗侯,几乎是一屁股坐在地面上,那张冷漠的脸此刻正处于一种僵硬状态,不过看其模样,好像并未受到什么创伤。

见罗侯安然无恙,山坡上响起一阵愕然的窃窃私语,从刚才那扩散而出的能量涟漪的破坏力来看,凭借罗侯的实力,不应该这般毫发无损啊。

然而,就在一些人心中充满疑惑时,白色雾气终于彻底消散,而随着雾气的消散,只见一道苍老身影出现在了罗侯面前。

"苏长老?"望着那道苍老身影,山坡上顿时传出阵阵惊呼声。

被称为苏长老的苍老身影,保持着手掌平伸而出的姿势,从他面前的那一个巨坑来看,好像先前的火莲攻势是被他强行阻拦了下来,难怪罗侯竟然没有半点儿损伤。

苏长老像树桩一样立在原地,半响,脸色淡然地将手掌缓缓收回,在手掌缩回袍袖之后,却忍不住一阵轻微颤抖,浑浊的老眼中掠过一抹凝重。

在众目睽睽之下,苏长老抬起头,将目光扫向脸色苍白的萧炎,沉默片刻,轻轻的声音在这片刚刚经历过大战的战场中响了起来。

"小家伙,今年这届火能猎捕赛,算你们新生赢了!"

第十八章
大赛奖励

苏长老那略有些苍老的声音缓缓回荡着，让所有的战斗都在此刻停息了下来。山坡上，那些内院老生微微张了张嘴，想说点什么，结果却什么话也说不出来。

"噢!"

沉默在森林之中持续了片刻时间后，那些新生终于忍不住心中的狂喜，大声欢呼起来。激动之余，一些新生互相拥抱起来。将近五六天的艰辛拼搏，如今终于有了回报，这怎么能不让他们喜悦？

听到后面那响彻云霄的欢呼声，萧炎苍白的脸上也浮现出些许笑容。他捂着胸口轻轻咳嗽了几声，转头望着同样满脸欣喜的薰儿三人，笑道："看来到手的东西不用再交出去了。"

"萧炎哥哥，没事吧？"瞧见萧炎的脸色，薰儿赶忙上前两步，扶着他有些心疼地问道。

"没什么，只是有点儿虚弱而已。"萧炎笑着摆了摆手。佛怒火莲威力固然不

小，可它对灵魂力量与斗气的消耗实在太大，以萧炎现在的实力，全盛状态下只能够施展一次，若是再强行施展第二次的话，恐怕就得因为力竭而陷入昏迷状态了。

"没想到你还真有两下子，难怪薰儿对你这般念念不忘。"琥嘉大大咧咧地拍了拍萧炎的肩膀。并肩战斗总是培养友情的最佳途径，经过这几日的相处，她那在选拔赛上因为萧炎出手太重而产生的怨气已彻底消散，这几日萧炎所表现出来的种种威力，还真是挺让她刮目相看的。

"薰儿眼光的确不差，不过，我会努力修炼赶上你。"吴昊抬头，嘴角冲着萧炎拉起一个有些僵硬的弧度。显然，这个性子沉闷而且只知埋头在修炼之中的战斗狂人，很少对人露出笑容。

萧炎轻笑道："别把功劳都往我身上推，我清楚自己的斤两，没有你们的协助，我再怎么强也走不到这里来。孤胆英雄，在这里走不远，也不适合这里。"

闻言，琥嘉、吴昊默默点头。居功不傲，年轻人所常具备的狂妄，似乎与这个少年老成的家伙完全不相关。这一点，实在是让他们感叹不已。

"苏长老，我们还没有输！"

就在萧炎等人说话间，忽然有一个不甘的声音响起，众人目光一扫，原来说话之人是那一屁股坐在地上的罗侯。此时的罗侯，脸涨得通红，显然，他对于败在一名大斗师手中还有些转不过情绪来。

"对，我们还没有输，我们还能战斗！"

听得队长发话，那四名白煞队成员也齐声附和着。以先前的战斗来看，只要给他们足够的时间，那些新生几乎将会完全落败。所以，他们自然不愿意忽然间就接受失败的结局。

"都给我闭嘴！"苏长老脸色微沉，冷喝道。

见苏长老发怒，所有人都赶紧明智地将嘴巴闭上，不敢再发言，包括罗侯。

"先前若非我出手，你还有命站在这里？"苏长老转过头，对着满脸不甘的罗侯厉声道。

罗侯脸色微白，咬着牙，片刻后，萎靡了下去。他清楚，如果刚才苏长老不出手的话，恐怕这内院中将没有罗侯这号人了。

"败，就是败了，有何借口？"冷哼了一声，苏长老目光环顾四周，沉声道，"我已经说了，这届火能猎捕赛已经结束，你们若依然不服气，等新生们进入内院一个月后，可以直接向他们提出挑战。只要他们答应，内院竞技场随时向你们敞开，可现在都给我闭嘴吧。"

瞥了身后的罗侯一眼，苏长老将目光再度扫向萧炎等人，脸色这才和缓一些，道："作为这届火能猎捕赛的胜利者，在场的新生，可以各获得二十天的火能，而萧炎、萧薰儿、琥嘉、吴昊四人，则额外奖励青火晶卡，外加三十天火能。"

"青火晶卡？"

听得从苏长老嘴中蹦出的话语，山坡上不由得有些哗然，一道道羡慕的目光扫向场中的萧炎四人。

"青火晶卡？是什么东西？"萧炎四人却对这个所谓的青火晶卡有些茫然，面面相觑，皆是疑惑。

"呵呵，在内院中，火晶卡由低到高，分为黑、蓝、青、赤、紫五种颜色，你们手中的黑色晶卡，是最低级的晶卡，持有这种晶卡，只具备在天焚炼气塔第一二层修炼的资格，而蓝色晶卡，则是第三四层，以此类推。想升级晶卡，在内院中便需要缴纳火能换取。一般来说，从黑色晶卡调换成蓝色晶卡，需要缴纳百天火能，而从蓝色晶卡调换成青色晶卡，则需要两百天火能。如今你们获得了青火晶卡奖励，那便相当于节省了三百天的火能，这可不是一笔小数目哦。在场的这些内院老生，除了罗侯刚好在一周前把蓝色晶卡升级成了青火晶卡外，其他人大多依然在使用蓝色晶卡。"见萧炎几人有些疑惑，苏长老笑着解释道。

"三百天的火能？"听得这个数目，萧炎等人方才明白为什么周围那些目光会

充斥着羡慕了。他们在森林中把老生抢了个精光，再加上这次的奖励，每人晶卡上也不过刚刚过百。由此也可瞧出，内院之中，想获取火能是有一些难度的。

苏长老在解释完毕之后，手一晃，四张青色晶卡便出现在手中，屈指一弹，晶卡便射向萧炎四人。

"奖励已经在里面，你们把黑晶卡里面的火能划取过去，然后再将黑晶卡交还于我。"

闻言，萧炎等人连忙照办，片刻后，将那已经没有火能的黑晶卡交还给了苏长老。

接过黑色火晶卡，苏长老微微点头，笑眯眯地道："好了，既然你们都已经通过了火能猎捕赛，那么就跟我进入内院吧。"说罢，他便率先转身，沿一处碎石阶梯朝山坡上缓缓行去。

"终于可以进入内院了，不容易啊！"望着苏长老的背影，萧炎长长地叹了一口气。为了进入内院，不知道费了他们多少精力。先是选拔赛，再是火能猎捕赛，这内院的确不如想象中那么好进。

"走吧。"

对薰儿等人招了招手，萧炎带头跟在苏长老身后，在山坡上所有目光的注视下，顺着阶梯攀登而上。

这碎石阶梯算不得多高，仅仅一两分钟时间，萧炎等人便登上最后一级，然后身体一提，站在了山坡之上。目光向前一扫，出现在视野里的景象让他们缓缓地吸了一口凉气。

"这就是内院吗？"惊叹声从那些新生嘴中发出。

山坡之后，是一个极为广阔的盆地，看这个盆地的形状，犹如一块巨大的陨石从天而降，生生在地面上砸出来的一般。

居高临下观看，高耸的建筑在盆地内林立，甚至能够看见一道道犹如跳蚤般的黑影不断在建筑物之上闪掠跳跃。视线朝前方延伸，能发现这处盆地的面积大得有些出奇，视线尽头依然只是高耸的建筑以及葱郁绿色。难以想象，在迦南学院后面的无尽大山中，居然还隐藏着这么一处奇地。

"呵呵，小家伙们，欢迎来到迦南学院的核心——内院！"微笑地望着那些满脸震撼的新生，苏长老拍了拍手，笑道。

"这里的强者好多。"吴昊脸上泛起一抹狂热，低声道。

闻言，萧炎无奈地一笑，这个家伙真不愧是战斗疯子。

萧炎抬起头，目光缓缓地从巨大盆地中扫过，片刻后，在心中低声道："陨落心炎真的在这里吗？希望不要让我失望吧。"

"好了，既然猎捕赛已经结束，那么所有新生都跟我回内院吧，先把你们安顿好，然后你们便真正地成为内院的一员。相信我，只要你们能够在这里坚持下去，等到出去之后，你们将会为自己的进步感到一切努力都是值得的。"苏长老将目光停留在萧炎几人脸上，缓缓地道。

所有新生都微微点头。从那些老生身上，他们已经发现，在这个内院中修行将会有多么巨大的好处。

"走！所有人都跟上！"手一挥，苏长老身形便化为一道模糊的影子向着那巨大的盆地急掠而去，其后，所有新生也立即展动身形，犹如蝗虫过境般从山坡上俯冲而下。顿时，一道道兴奋的嗷嗷叫声盘旋在这处天空，久久不散。

嘎吱！一扇木门被缓缓地推开，一缕阳光顺着门缝钻进来，在地面上形成一道细长的光线。

随着木门被完全推开，光线急速扩大，几道被阳光拉扯得长短不一的人影走了进来。领头的一位老者目光扫过宽敞的小楼阁，笑道："萧炎，以后你们四人的住所便是在这里了。"

"四人？"

闻言，跟在后面的琥嘉不由得一怔，错愕地道："苏长老，难道你让我和薰

儿两个女孩子和他们两个大男人住在一起?"

"呵呵,琥嘉丫头,这个楼阁这么大,房间也不少,又没让你们睡一张床,急什么?"苏长老笑着摇了摇头,道,"对了,你们还有个队员呢?"

"呃……"听苏长老问起这个,萧炎耸了耸肩,不知道如何回答。

"跑了,看见黑煞队实力强横,于是就把我们抛弃喽。"琥嘉摊了摊手,冷笑道。她没萧炎的那些顾忌,说话间毫不给白山留情面。白山那抛弃同伴独自逃跑的行为,显然让她极为不齿。

"跑了?真是个目光短浅之人。"苏长老一怔,摇了摇头,淡笑道。

"以后你们四人,便是内院之人了。提醒你们一下,在这内院中,除非你实力极端强横,不然单凭一个人的话,可不太好混。所以内院中那些老生也各自划分势力地盘,想必你们不久后就会见识到。"苏长老沉声说道。

"内院里竟然还有这些东西?你们都不禁止吗?"琥嘉微蹙着眉头,问道。

"呵呵,为什么要禁止?这种竞争状态,恰恰就是我们内院所需要的。想要不被人欺负,就只有努力提高自己的实力,否则一切免谈!强者为尊,永远都是这个世界的主调。我们并不想让内院成为无忧无虑的象牙塔,因为那样的环境下是出不了真正强者的。"苏长老淡淡地道。

听得苏长老的解释,琥嘉只得撇了撇嘴,萧炎与吴昊倒是颇为赞同地点了点头。他们都经历过真正的磨炼,非常清楚何种环境下才能诞生真正的强者。

"所以,让你们住在一起,其实是想让你们形成一个团队。在猎捕赛中,你们想必也明白了一个团队所能产生的战斗力有多强吧?"苏长老笑道,"而从今天开始,我希望你们四人便是一个能共同面对所有困难,并且互相不离不弃的团队。如果你们能够做到这点,那么在这内院中的生活将会轻松许多。一个人的力量,无论如何都比不上一个团队吧?"

"我无所谓,对萧炎的实力,我没异议。"吴昊迟疑了一下,微微点头,淡淡道。

薰儿轻笑一声，能够与萧炎在一起，她自然不会反对。

"唉，好吧，跟这家伙在一起，虽然不想承认，但的确是能多点安全感。"琥嘉摊了摊手，无奈地点了点头，道。

"你们倒是赖上我了。"

听他们这么说，萧炎不由得苦笑了一声。他表面上虽然这样，但是其心中有种异样的感觉。近三年时间的历练，他皆是独自一人，或许性子使然，他习惯了独自面对困境。不过现在吴昊三人将团队指挥权交给他，无疑是对他的一种信任与认可，这是萧炎以前单独一人时从未有过的感觉。

"呵呵，你们能够这样自然是最好。"见四人毫无间隙地凝合成一个团队，苏长老满意地点了点头，挥手道，"好了，天色不早了，你们自己把房屋收拾好，然后休息吧。明天开始，你们可以在内院中随意看看，想必这里是不会让你们失望的。"

"没有什么修炼课程?"琥嘉忙问道。

"内院并不需要那种东西，只要你们有足够的火能，就能够进入天焚炼气塔，在那里修炼，比任何课程都管用。哦，对了，差点儿忘记，学院每周会组织学员集体进入天焚炼气塔修炼一次，如果要说课程的话，那么这应该算吧。"

苏长老轻笑着又道："另外，内院中还有'斗技馆''功法阁'等地所，你们想获得斗技或者功法，可以去那里看看。当然，这也必须在拥有足够火能的前提之下。与外院相比，其实内院更加自由。要是觉得火能不够又手痒的话，可以去竞技场赚取火能。前提是你们必须拥有足够的实力，不然的话，只能输个精光。"

萧炎四人微微点头，表示明白。

"若是没有其他问题的话，你们就休息吧；若是有事情，可以来找我。"苏长老转身向门外走去，最后消失在萧炎等人的视线中。

望着苏长老离开，萧炎拍了拍手，冲着薰儿三人笑道："收拾房间吧，以后这里或许就得是我们的长期根据地了。"

"嗯。"薰儿三人笑着点头，分散开去，各自寻找房间。

夜，银月高悬，淡淡的月光从天际洒下，笼罩着整个盆地。

一处安静的房屋中，萧炎盘坐在床榻上，双手结出修炼印结。随着其呼吸的循环，一缕缕肉眼可见的能量从周围的空间中游离而出，顺着呼吸，源源不断地钻进萧炎体内。

在萧炎的身旁，一条七彩颜色的小蛇正盘旋在半空处，小小的身体以一个奇异的节奏微微扭动着，而随着其身体的扭动，周围空间也不断地泛起波动。一股股比萧炎那边粗大十倍不止的能量波盛涌而出，旋即灌进小蛇身体之内。比较怪异的是，这小小身躯吞噬了那般巨大的能量，却没有半点儿动静，那模样就犹如在一个无底洞中丢了几块碎石，惊不起半点儿涟漪。

修炼持续了将近一小时，那游离的能量方才逐渐变缓。萧炎的睫毛微微抖动，片刻后，他睁开了眼，将一口憋在胸口的浊气吐了出来。

"终于恢复过来了，这佛怒火莲的消耗实在是太大了。不过经过这将近一周的森林战斗，好处倒是不小。"萧炎低声喃喃道。他那原本苍白的脸色此时再度恢复了红润，一对眸子犹如被包裹了一层淡淡的温玉一般在黑暗中闪烁，颇为奇异。

在萧炎修炼结束后不久，七彩吞天蟒也结束了一夜的修炼，冲着萧炎咝咝地吐着芯子。见状，萧炎无奈地摇了摇头，只得从纳戒中取出一瓶伴生紫晶源，往其嘴中弹了几滴，然后它才优哉游哉地摇着尾巴，窜进了萧炎的袍袖之中。

"这个贪吃的小家伙。"手掌摸着缠绕在手臂处的吞天蟒，萧炎苦笑了一声。刚欲再说话，手指处的漆黑戒指却忽然颤了颤，旋即药老虚幻的身影缓缓地飘荡了出来。

"老师，如何？可查探到了陨落心炎的下落？"见药老现身，萧炎精神顿时一振，急忙低声问道。

"这倒是没有。"药老笑了笑,目光在四处扫了扫,望着萧炎失望的神色,低笑道,"不过也不是全无收获。在你进入内院之后,我隐隐地感觉到了一点儿异样气息,不过这内院是迦南学院的核心地所,强者众多,所以我不敢太过仔细地探查。"

"异样气息?"微微一怔,萧炎惊喜地道,"可是与异火有关?"

"应该不假,这内院中或许真有你所需要的东西。"药老沉吟了一会儿,点点头,道,"根据我的探测,那异样气息散发之地似乎是在内院偏北方向。明天你若是有时间,可以去那边看看,说不定能够找到一点儿线索。"

闻言,萧炎急忙点头。只要有线索就好,他最怕的就是费尽心机好不容易进入这内院,结果却得不到丝毫与异火有关的情报。

"在这内院中,很多事情都要靠你自己,我若是出手的话,恐怕会被人发现。"药老叹道。

"嗯,呵呵,老师以前不是说过,我太依赖你了吗?现在这环境,倒是对我没什么坏处。"萧炎笑着道。

"你能这样想,那自然是好。在内院中,可以不用担心那神秘的魂殿会追踪而来。所以,你在此处可以安心地提升实力。"欣慰地点了点头,药老说道。

提起那个神秘的魂殿,萧炎的心便略微沉了一下。这个诡异势力,连药老这等强者都对其忌惮不已,实在是难以想象其实力究竟有多恐怖。

"嗯,老师放心吧。"

见萧炎点头,药老这才身形一晃,再度化为影子躲进了戒指之中。

"看来只能赶紧找到第二种异火,然后尽早帮老师炼制容纳灵魂的躯体,不然的话,那魂殿始终都是一条隐藏在暗处的毒蛇,让人防不胜防。"望着药老藏身的戒指,萧炎手指缓缓地敲打在手背上,半晌,他长长地吐了一口气,在心中沉吟道。

第十九章
新生纳贡费

清晨,当萧炎从房间中出来时,却见楼阁大厅处有两道人影正在闪掠交错,雄浑斗气自两人体内盛涌而出,荡漾在大厅中。

在大厅处的一张椅子上,薰儿正笑吟吟地望着两道人影。听得脚步声,赶忙转过头,望着走下楼梯的萧炎,不由得连忙迎了上来,柔声问道:"萧炎哥哥起来了?"

"嗯。"萧炎笑着点了点头,对着大厅中的两人问道,"这俩家伙又在干什么?"

"或许是这次猎捕赛的缘故吧,昨天夜里修炼,吴昊与琥嘉姐一前一后晋级到了七星大斗师,早上起来,便要切磋,于是就……"薰儿掩嘴轻笑道。

"哦,晋级了?"

闻言,萧炎眉毛一扬,旋即惊叹地摇了摇头。这两个家伙不愧是迦南学院外院中的佼佼者,这等天赋远超常人。甚至,光只论修炼天赋的话,都能与萧炎不相上下。

"那薰儿你呢,现在是何等级别?"偏过头,萧炎将目光投向薰儿,笑着问道。这个妮子从小便展现出令他惊叹不已的修炼天赋，当初他离开乌坦城时，薰儿还仅仅是一名斗者，到现在才两年多时间，却已至大斗师级别。这种速度，若非萧炎有着药老所助，恐怕很难追赶上。况且，薰儿的年龄，可比萧炎还小呢。

"我？也在七星大斗师级别啊。不过经过这次的火能猎捕赛，倒隐隐有种即将晋级的感觉。想必三四天时间内，应该便能够顺利晋级为八星大斗师。"薰儿端起身旁的茶杯，浅浅地抿了一口，冲着萧炎含笑道。

"啧啧，这一个个……"萧炎忍不住发出赞叹声。这个四人小团队，好像都不是寻常人物，一个个不仅天赋惊人，潜力巨大，而且萧炎敢说，这三人恐怕都有着自己的撒手锏，若是遇见极为危难的关头，他们爆发出来的力量或许会让人大吃一惊。对于这点，他倒并不怀疑，毕竟琥嘉的爷爷是外院的副院长，接近斗皇巅峰的实力，对于他这个唯一的孙女，自然是不可能不倾囊相授。

而吴昊背后的那人，听若琳导师她们说，似乎是执法队的统领。这支部队相当于迦南学院的武装军队，平日专门处理那些穷凶极恶的黑角域凶徒，能够成为这种队伍的统领，想必他的实力也不会比副院长琥乾弱到哪里去。

薰儿就更不用说了，连萧炎都还没摸清其背后的庞大势力。当然，从药老略有些忌惮的语气中，他能模糊感觉出那个势力的巨大轮廓。

以三人的背景，萧炎并不认为他们所拥有的底牌会比自己少，既然自己能够借助秘法打败斗灵强者，想必他们也能吧？

砰，砰！

就在萧炎心中为自己这支小团队的实力暗叹不已时，忽然间一阵急促的敲门声不合时宜地响了起来。

疑惑地抬起头，萧炎将目光扫向大门。薰儿乖巧起身，快步前去。听见敲门声，吴昊与琥嘉也停止了切磋，抓起布巾擦拭了一下汗水，来到萧炎身旁，端起桌上的茶水，一饮而尽。

"发生什么事了？"喝着水，吴昊声音含糊地问道。

"看看就知道了。"萧炎笑了笑,抬起头来,却见薰儿在与门外之人交谈了一会儿后,正快步走回来。

"怎么了,薰儿?"琥嘉将一条淡紫衣带束在蛮腰间,将那本就纤细的柳腰衬托得更加动人了。

"外面有十几个新生,说是要见萧炎哥哥。"薰儿微蹙着眉头,道。

"新生?有事?算了,让他们进来吧。"萧炎微微一怔,旋即道。

"嗯。"闻言,薰儿对着门外招了招手。顿时十几道人影便蜂拥而进,向萧炎等人围了过来,不知道因为什么,他们的脸竟然都是红通通的。

"萧炎学长,同为新生,您可一定要帮帮我们啊!这内院的老生,实在是欺人太甚!"一个激动的青年涨红着脸道。萧炎依稀记得,这个年轻人是在猎捕赛中与黑煞队对战到最后还能站立的三人之一,名字似乎是叫阿泰吧。

"怎么了?说清楚。"萧炎皱了皱眉,道。

"从今天早上开始,便有一些老生团队进入我们新生区域,嚷嚷着要收什么新生纳贡费,每人两天的火能。我们也知道初来乍到不要太露锋芒,忍忍便好,也没说什么,所以都将火能缴纳给了他们。可没想到,打发走了那批人之后,更多的老生团队接连不断地闯进我们新生区域,堵在出口处让我们再缴纳。到现在,已经来了三批了。这样下去,我们新生跟着学长您拼死累活得到的那点火能,恐怕要不了多久就会被全部收个精光了!"那名叫阿泰的青年,咬着牙愤愤不平地道。

"这些家伙也太过分了吧。"琥嘉俏脸微沉,纤手重重地拍在椅子扶手上。

萧炎双手捧着茶杯,眼睛虚眯着,却并未开口说什么。

"萧炎学长,我们来找您,并不是想让您帮我们免受骚扰。我们也明白,作为内院的新生,被老生欺压是难免的。我也托朋友打听过,往年的新生虽然也要缴纳一些所谓的新生纳贡费,但是没有像这样来了一批又一批。而且听我那朋友所言,是因为我们新生在火能猎捕赛的表现令一些老生心生不爽,所以才会出现这种局面。"阿泰苦笑着叹道。

"说这些，可并不是指责萧炎学长，您带着我们免除了火能猎捕赛中老生的欺压，在这届进入内院的新生心中，萧炎学长如今声望最高。所以，遇见这等麻烦事，我们也只能来请您出面，希望能让我们新生不再受这层层剥削。不然的话，我们连进入天焚炼气塔的修炼费用都不够，还谈何在内院修炼？"阿泰紧紧地盯着萧炎，道，"若是实在不行的话，我们新生宁愿将新生纳贡费交予萧炎学长，也不给那些浑蛋！"

"向我缴纳纳贡费？那岂不是让我和那些老生一样了？"萧炎淡淡地笑了笑，手指轻轻地击打在茶杯上，发出清脆的声响。沉吟半晌，他抬头冲着阿泰笑道："既然那些老生堵在门口收纳贡费，那么想必也不会落下我们几个。这样吧，你们先去将新生聚集起来，我们马上赶到。"

"如此，那便多谢萧炎学长了，日后若是有事，我们这届新生唯萧炎学长是从！"闻言，阿泰以及随行而来的十几名新生顿时大喜，急忙对着萧炎躬身行礼，然后快速退出。

望着那些退出去的新生，萧炎这才转头，望着薰儿三人，问道："你们看这事……"

"你是队长，你拿主意吧。不过，总不能做毫无反抗的羔羊任他们欺凌吧？"琥嘉皱眉道，"而且若你不管的话，那你在这些新生中好不容易树立起来的声望或许就会马上尽失。"

"昨天苏长老就说过，内院中势力分布众多，以后我们还要在这里待很长的时间，凭借我们四人，或许有些势单力薄，现在倒是个拉拢人的好机会。凭借你在新生心中的声望，只要你敢领头冒被打压的风险，或许这届新生十之八九将会跟随你。"薰儿沉吟一番后道。

"你是想让我们自己组建势力？"萧炎略有些惊诧地道。

"总比加入别人的势力好。也正如你先前所说，我们应该也逃不过缴纳那所

谓的纳贡费的遭遇。既然如此，那还不如将人马整合起来。虽然现在新生力量稍弱，但是这几十人加起来，至少一般的小团队不敢再来骚扰。不管怎样，总能少去许多麻烦。"薰儿摊了摊手，笑道。

"薰儿说的倒也可行，与其让新生陆续被别的势力同化，还不如把他们都聚集在一起，为我们所用。"吴昊微微点了点头，道。

萧炎紧皱着眉头，双手不断地在茶杯上搓动着，而见他沉吟的模样，薰儿三人也不再出言打扰，只是静静地等着他的决定。

沉默持续了几分钟，萧炎终于长长地吐了一口气，站起身来，沉声道："好，依你们！现在是拉拢新生的最好时机，一旦错失，日后想要再拉拢便将会困难十倍！走！"

说罢，萧炎便大步向门外行去。薰儿三人对视一眼，皆会心一笑，快步跟上。

楼阁外有一条绿荫大道，在大道的两旁，就是这一届其他新生的住所。当然，与萧炎四人的小楼阁相比，他们的住处要略显简陋一点儿。这样看来，似乎萧炎四人的待遇并不是每个人都可以拥有的。

此时，道路上没有半个新生的影子，想必都聚集到出口处去了。萧炎四人也不敢拖延，脚尖轻点地面，身形向着大道尽头急速掠去。

将近四五分钟之后，急速掠行的萧炎四人放缓脚步，抬头望着道路尽头，果然见一群人拥挤在那里，谩骂声、喧哗声不绝于耳。

萧炎带着三人行近人群，一些围在此处的新生见萧炎四人到来，不由得大喜，刚欲欢呼，却被萧炎的手势制止了。

与新生们拱手打了个招呼，萧炎四人挤进人群，目光透过人群缝隙，望向出口处。

此时的大道出口，正被七八名胸口佩戴塔形徽章的老生堵着，而在他们身后，还有一大群看热闹的老生。他们显然很乐于见到新生吃瘪，因为当年的他们很多人都有过同样的遭遇。

在那七八名老生的对面，正是刚才来向萧炎求助的阿泰，此时，他正带着众新生脸色铁青地与老生对峙着。

"不用再废话了，小子，新生纳贡费是内院这么多年的规矩，我们可没对你们有所苛刻。所以，还是乖乖地交出来吧。破财免灾，难道这你都不懂吗？"一名年龄在二十五岁左右的青年，笑眯眯地望着对面脸色铁青的阿泰等人，道，"每人两天的火能，保证让你们在内院安安稳稳，这笔买卖可是很划算的哦。"

"哼，别以为我们是新生便不知道规矩，新生的确是该向老生缴纳纳贡费，可内院也有条不成文的规定，新生顶多只给两方势力纳贡。而在缴纳给了这两方势力之后，若其他势力还想收取，便得去找那两方势力说，再不关我们半点儿事情。"阿泰冷哼了一声，怒声道，"可你们今日，前前后后，来这里的势力已经不下五拨，我们还有什么火能给你们？"

"嘿嘿，那是寻常情况，可你们这届新生不是很强吗？这么多年来，还从未听说过有新生队伍在火能猎捕赛上反抢老生队伍火能的事情。既然你们这般特立独行，那对待你们的规矩自然也要特殊一点儿才行啊。"那名青年咧嘴笑道。

"再者，现在的你们可不像是普通新生那般穷，你们身上的火能，说不定比一些老生都要丰裕很多啊。"

"我们说过，不会再给一个火能，不管我们还有没有，你都别再妄想！"阿泰脸色铁青地怒骂道，其身后众多新生也满脸怒容。老生三番五次的剥削，把他们彻底触怒了。

"嘿，好，很好！果然是群硬骨头。"闻言，那名老生不由得冷笑了一声，阴恻恻地道，"小子们，你们别忘记了，这里可不是外院，在内院中除了竞技场之外，其他地方虽然不能伤人性命，但是'切磋'之间总是会有些皮肉伤的吧？"

"今天你们若真不愿缴纳火能的话，那么我也不敢肯定你们走出这里后，会

不会受到一些不公待遇哦。年轻人，可不要意气用事啊。"

"你……"见那一脸阴笑的青年，众新生心中再度冒起火花，眼中都欲喷出火来。

"不用'肯定'了，新生不会再给你们缴纳半点儿火能了。这位学长，你从哪儿来的，就请回哪儿去吧。"淡淡的冷笑声，忽然从新生群中响起。

"谁？"脸色急速阴沉，那名青年阴冷的目光从新生中扫过，拳头微微扭动，冷声道，"这届新生果然如其他人所说，嚣张得有些没边了。看来身为学长，我们有义务让你们明白内院的规矩啊。"

"呵呵，也好，那在下便领教一下，学长该如何让我明白。"笑声再度响起，旋即新生分出一条路来，四道人影从人群中缓缓行出。

"是萧炎学长！"见四人出现，周围新生顿时响起一阵欢呼声。

"萧炎？他就是那个打败了罗侯的萧炎？"听得周围的欢呼声，围在大道之外看热闹的一些老生也不由得惊诧出声，目光带着几分好奇地盯着那一身黑袍的青年。

"你就是萧炎？"

见那些新生忽然情绪高涨，那几名拦在道路出口的老生的脸色也有些变化。对于萧炎的名头，他们显然还是颇为忌惮的。毕竟那罗侯是即使放进整个内院，也能够算作排名前百的强者。甚至，有一次罗侯还挤进了强榜之中，虽说有一点儿运气成分，也仅仅在榜上待了三天时间，可能够上榜自然已经代表着他卓越的实力。连这位强人都败在萧炎手下，因此，内院中的一些老生对萧炎还是有几分忌惮的。

萧炎淡淡地瞥着那名脸色变幻不定的青年，双臂抱在胸前，笑道："我就是萧炎，这位学长不知有何指教？"

"你打算为他们出头？虽然你打败了罗侯，但也得知道，在这内院中，比罗侯强的人可不少！"在大庭广众下，那名青年不愿就这样丢了面子，当下只得硬着脖子冷哼道。

"我们新生并无什么嚣张的意思，我们明白，初来乍到，收敛锐气是新人最好的融入方式。所以我们也不例外，该按规矩缴纳的纳贡费，我们会缴。但是，我萧炎在此明说，绝对不会遵从其他苛刻规矩。若是要用强，我们在场四十九名新生就只能全力奉陪了。"萧炎目光微冷，环视四周，沉声道。

轰！萧炎的话音刚落，其后面的几十名新生脸上顿时涌上一抹激动，脚掌狠狠一跺地，斗气纷纷澎湃而出。一时间，几十股斗气气势凝聚在一起所形成的威压，令那几名老生急忙后退了几步。

"你……萧炎，你们不要以为人多便可嚣张，我们可是'青山'的人，在内院得罪我们……"被一群新生的气势骇得后退，那名青年的脸色不由得有些难看，当下怒声警告道。然而他的警告话音还未落，只听得破风声猛然袭来，旋即一道黑影掠过眼前，肩膀陡然一沉，他骇然发现，一柄巨大的黑尺已经架在了自己脖子上。

"再说一次，该缴纳的，我们新生已经缴纳了；不该缴纳的，从此以后，我们不会再缴纳半个火能。我不管你隶属于哪方势力，若你继续在此废话，就别怪我萧炎下手过重了。"萧炎左手握着尺子，漆黑眸子紧紧盯着那被重尺重量压得不断低下身子的青年，寒声道。

望着萧炎眼中的寒意，那名老生喉结微微滚动，一滴冷汗从额头滴落。他能感觉到，对面这个年龄比他小上许多的青年的话语中，有着一抹真切的森冷杀意。

重尺微移，带起破风声响转回萧炎后背。萧炎缓步后退，最后退到薰儿三人面前。

"你等着！"望着后退的萧炎，那名老生的脸一阵白一阵青，半响，方才羞愤地一挥袖子，撂下一句狠话，然后转身带着自己的那群人逃离了此地。

见萧炎将那群老生镇退，众名新生不由得再次发出欢呼之声，望向萧炎的目

光更是无比火热。显然，此次萧炎替他们出头，算是彻底地让这些新生认同了他的地位。

"诸位学长，我们这届新生并无什么特别本事，也不想搞什么特殊权利。至于火能猎捕赛，先前也已经说过，仅仅是因为那些老生太过分。如今进入内院，作为初来乍到者，我们并无什么借势嚣张的意思。诸位都是学长，那些该缴纳的东西，我们新生不会少给半个。因此，诸位也不必对我们这届新生异样看待，萧炎在此谢过了。"萧炎抬头望着那道路口剩下的围观老生，微微拱手，颇为客气地朗声道。

刚刚立过威，现在说话却这般客气，萧炎这番作为倒是令那些老生面面相觑。片刻后，一些心智灵敏的老生不由得暗暗点头，这个萧炎的确是个人物，做事懂分寸。

在萧炎身后，薰儿三人也微微点头。不管他们如何强横，也绝对不可能与整个内院老生为敌。若是萧炎在立威之后表现出有半分得意，或许这些事就得传进不少内院强者耳中，而到时候难免会有另外的人来刁难他们新生。此次来的仅仅是一些实力稍低的老生，下次或许就该是真正的强者了。

他们能够打败罗侯，可罗侯的实力在内院中也仅仅排名在中游。因此，他们现在并不能高调行事，最重要的是赶紧在内院中站稳脚跟，竭力进修，以提升总体实力，方是长久之道。

望着那些老生终于散去，萧炎在心中松了一口气，转过身来，望着那些欢呼不已的新生，不由得笑了笑。

"萧炎学长，这次又多亏您了。"那名叫阿泰的青年笑着走上来，对萧炎恭声感谢道。

"大家同为新生，自然需要共同协助，只是没想到顺利通过了火能猎捕赛，竟然让我们惹了这些麻烦。"萧炎摇了摇头，有些无奈地道。

"唉，是啊，这些年很少出现这种事情。而大多数的老生当年在进入内院时，都受过这种被抢夺火能和被收纳贡费的待遇。如今忽然见我们这一届新生竟然如此大摇大摆地通过猎捕赛,又拒绝缴纳纳贡费,心中定然极不平衡。这次虽然借助萧炎学长的名头将这些家伙镇退,但是指不定以后还会再来一些。"阿泰叹了一口气,道。

萧炎微微皱眉,低声喃喃道:"看来这也不是长久之计。"

两人距离相近,萧炎的喃喃声自然没有逃过阿泰的耳朵。阿泰当下眼睛微亮,略微迟疑了一下,斟酌着言辞缓声问道:"萧炎学长,不知道您是否有在内院创建一方自保势力的打算?"

"哦?"眉头微微一挑,萧炎眼睛紧盯着面前这皮肤有些黝黑,却显得颇为精干的青年。

"呵呵,萧炎学长或许知道,在这内院中,大小势力交错分布,数量不少,而且内院并不制止这种拉帮结派的风气,反而有鼓励的态势。"阿泰沉吟一番后说道。

"内院里,一般来说,除非一个人实力极强,不然的话,单打独斗难免会有些不可避免的麻烦。别的不说,就说进入天焚炼气塔修炼的事,这是每个内院学生快速提升实力的关键,每个人都极为看重。而在那塔中,每一层都被内院划分出了高、中、低三种等级的修炼地所,在高级地所修炼,修炼速度以及效果无疑将会大大地超过后两者。

"本来按照常理,只要谁运气好先进入高级地所,那么他就能够在那里修炼。可是内院并未规定天焚炼气塔内不准私斗。因此,就算你好运地占据到了高级修炼地所,可若是实力不足的话,依然会被人撵走。所以若是想要在天焚炼气塔内得到最好的修炼条件,便必须拥有最强悍的实力以及团队。"阿泰目光停在萧炎脸上,沉声道。

萧炎微微点头,眼神闪烁,不知在想什么。

"萧炎学长个人实力的确强横,加上琥嘉学姐三人,也能算是一个不弱的团

队，可毕竟……人太少了。所谓双拳难敌四手，别的势力若是一次来个十几二十人，或许萧炎学长你们就会有些力不从心了。"阿泰缓缓地道。

"你是想让我把新生联合起来，创建一方新势力？"萧炎凝视着面前侃侃而谈的阿泰，轻声道。

"以萧炎学长如今在新生心中的声望，完全有可能办成这事！"阿泰重重点头，沉声道。

萧炎十指交叉，并未立刻答话。

"萧炎学长，若是您有这打算，那么就得抓紧了。因为一般来说，每次新生进入内院，都会有别的势力来拉他们进入各自的阵营。此时正是萧炎学长声望最盛之时，若是放弃不用的话，日后再想成立势力，恐怕新生都已经被别的势力瓜分拉走了。而且，我们这一届新生，若是能够有一个属于自己的势力，那对我们的好处也是毋庸置疑的。因此，只要学长敢领头，我敢说，新生不会有人反对。"阿泰郑重地道出自己心中的想法和建议。

"你对内院似乎很了解？"萧炎微微点头，有些诧异地望着阿泰。

"嘿嘿，我在内院认识一些朋友，所以对这些情况还是颇为清楚的。"阿泰嘿嘿笑道，"怎么样，萧炎学长？只要你答应，新生那边由我去说，保管没有一点儿问题。"

"叫我萧炎就好。你知道这内院一共大概有多少学生吗？"萧炎笑了笑，低头沉吟了半响，问道。

"应该有近千吧。"阿泰思索了片刻，回道。

"近千？这么多？每年进入内院的新生也就不过五十人啊，而且学员也不会永远留在这里吧？"萧炎惊诧道。

"呵呵，内院是五年制，学员能在这里修炼五年时间。五年后，便该各奔东西。当然若是你天赋实在突出，可以申请再延迟两年时间继续修炼。这些留下来的学生，无一不是内院的巅峰强者，都是位于强榜前几的名次。虽说每年参加选拔赛进来的新生只有五十个名额，可这并不是内院的全部。有时候，一些长老若是外出遇见天赋杰出的弟子，只要他们能够经过内院那苛刻的考核，也能够成为内院学生。另外，还有炼药系、执法队等特殊系门，他们招的人也可以经过另外的渠道进入内院。所以，经过这些年的累积，内院学生近千倒并非不可能。"阿泰咂了咂嘴，道。

"哦。"微微点了点头，萧炎搓了搓双手，道，"这样看来，我们这四十几名新生也不算是很大的规模啊。"

"刚开始，能有多大？那些老牌势力，不也要经过许久方才扩大的吗？"阿泰摊了摊手，道，"就拿先前那几个家伙来说，他们属于'青山'的人。那个势力，在内院中勉强能够进入中游位置，人员似乎共有二十几人吧，不过实力却超过我们新生太多。真要打起来，就算我们这些人全上，鹿死谁手还不知道呢。但是我们新生真要是凝聚了起来，类似'青山'这种等级的势力，也不敢对我们太过分，毕竟拼命厮打起来，他们也不会好受的。"

萧炎嘴唇紧抿着，有些难以做决定。他独来独往惯了，现在要他建立并管理这么一个势力，虽说只有几十人，可也挺麻烦的。不过若是不凝聚新生的话，也正如阿泰所说，光凭他们四人，在内院中恐怕还真是挺麻烦的，不管如何，毕竟人多力量大啊。

"萧炎哥哥，阿泰所说也有几分道理，此时若是不早下决心早点行动的话，恐怕不用多久，新生就会被那些老牌势力拉走。届时想再找这种机会，可就很难了。"薰儿莲步微移，来至萧炎身旁，低声提醒道。

"萧炎哥哥若是怕麻烦，到时候一切交给我与琥嘉姐管理便是，我们对这些倒是颇为擅长。"似是清楚萧炎的纠结处，薰儿掩嘴笑道。

闻言，萧炎苦笑了一声。

"萧炎学长，只要你有魄力带头，我们这届新生就愿意全部跟你！反正那些老生看我们不顺眼，若是我们有选择的话，谁还愿意去受那闲气？"忽然间有一

个朗声响起,随即引来一片附和声。萧炎微愣地抬起头,却发现众多新生不知何时围拢了过来,此时,这些新生正满脸期盼地望着他,等待着他的决断。

十指紧扣,在一道道期盼目光的注视下,半响,萧炎深吐了一口气,手一挥,咬着牙恶狠狠地道:"好!既然大家信得过我萧炎,那么我就带你们在这内院立足下来,为了自己,也为了你们,我们合力奋斗一次。不然的话,这藏龙卧虎的内院,还真是有些不大安生!"

听得萧炎此话,那些满脸期盼的新生顿时激动地欢呼起来。有个可靠的势力让大家抱成团,总比单独一人冒着随时随地被人欺负的风险要让他们安心得多。

见萧炎终于点头,薰儿几人相互对视了一眼,也悄悄松了一口气。

"既然如此,萧炎学长,创建了势力,那我们也总得给我们新生势力取个名吧?不然如何对外宣称?"阿泰也终于放下了心中的大石,对着萧炎笑着问道。

"取名?既然我们的本意是在内院立足,那么就直接取名为'磐门'吧。希望我们这支新生势力能如磐石般,稳固地屹立在这强者林立的内院之中。"对于取名,萧炎不太擅长,当下略微思索了一下,随口说道。

"磐门,这倒也行,名字就一个代号而已。"嘴中念叨了一声,阿泰并未反对,转身对着周围的新生笑着朗声道,"诸位,从今天开始,我们这支新生势力对外便统称为'磐门'!萧炎学长,便是我们的头儿!日后,唯其令是从!如有违背,必遭唾弃!"

"好!磐门!"

"如有违背,必遭唾弃!"

听得从阿泰嘴中大喊出来的名字,众新生脸上顿时涌上一抹激动的潮红。年轻人,始终都是热血沸腾的!

望着那些情绪高涨的新生,萧炎心中忽然升腾起一股凝重的责任感,从今天开始,他便得带着这支磐门,在这强者如林的内院之中立足扎根了啊!

"嘿,也好,就让我萧炎瞧瞧,这内院究竟有何了不得之处!"

第二十章

神秘黑塔

"萧炎，这磐门刚刚建立，你便撒腿就跑，我在执法队待了这么多年，还是第一次看见你这种不负责任的头儿。"一宽敞道路上，吴昊对着正在前面快步行走的萧炎无奈地嚷道。这个家伙将势力名字确认下来后，便把安置新生的事丢给了薰儿与琥嘉两人，自己却找借口溜了出来。

"她们能弄好的，我也就是起个凝聚人心的作用。现在人已拉了过来，那些烦琐事情，自然只能靠她们。若是有人捣乱，届时我们再出面也不迟。"萧炎放缓脚步，冲吴昊笑了一声，然后转头望着周围宽敞的道路。道路中时不时有内院老生闪掠而过，不过倒没什么人对萧炎两人多加关注。显然，并非所有老生都听说过他们这届新生的名头。

吴昊无奈地摇了摇头，望着那四通八达的道路，道："你这是想去哪儿？"

"去北边看看。"萧炎手指缓缓抚摸着漆黑戒指，对着北方扬了扬下巴。昨夜听药老说，或许在那个方向能够得到一点儿关于异火的线索。萧炎现在急切地需要寻找到异火，以便能够尽快提升自己的实力，所以片刻都不想耽搁。

"北边?"微微一愣,吴昊无所谓地点了点头,反正出来只是认个路熟,随便去哪里都行。

"走吧。"萧炎脚掌猛然一踏地面,随着一道能量炸响,身形嗖的一声飙射了出去。这般身形速度,令来往的一些老生不禁面露诧异。

"这家伙!"摇了摇头,吴昊双腿之上忽然浮现些许血色斗气,斗气微微波动,吴昊的身体略微变得有些虚幻起来,旋即身体一颤,便诡异地消失在了原地。再次出现时,已是在十几米之外,几个闪掠飞快地向萧炎追去。

从萧炎与吴昊各自展现出来的身法斗技来看,无疑吴昊的要显得更加缥缈难寻一些。若是与人对战,这种身法将更让对手头疼。

"好诡异的身法斗技。"望着消失在视线之内的一道血影,老生不由得出声赞道。

内院的面积大得有些出乎萧炎两人的意料,两人一路展开身形狂奔了将近半小时,却依然没有到达内院的边界。沿途倒是经常能够见到一些互相切磋、打得火热的战圈。在这些圈子外,都有不少人在围着观看,还有多嘴之人边看边大声指出战斗中两人偶尔露出的破绽,结果圈中两人越打越胆战心惊,到最后只能满脸郁闷地收手而退。

"能够进入迦南学院内院的人,果然都不是普通人物啊!这般眼力,足以让外院的学生望尘莫及。"从一处战圈中收回视线,萧炎感叹道。

"这里的学生,大部分都经过重重筛选,随便哪一个放进大陆帝国中,恐怕都能够被当成天才对待。有这等眼力,倒不足为奇。"吴昊笑着道,"不过这里的风气倒的确凶悍,一言不合,直接就地切磋。"

萧炎笑着点了点头,目光在四周扫了扫,有些错愕地发现,不知为何这条向北的路上越来越多的人簇拥了过来,一个个将速度施展到极致。于是,萧炎两人就只见到两旁树林之上不断闪掠而过的人影。

"好像他们都在朝北面赶去,那边究竟有什么?"吴昊同样发现了忽然增多的学员，有些诧异地道。

"嘿，去看看就知道了。"萧炎笑了笑，脚掌跺地，身形再度飘射而出，吴昊紧随其后。

这一次极速赶路足足持续了二十多分钟，萧炎两人方才逐渐放缓速度。此时，他们的面前已经出现了大批停在此处的学员。

"怎会这么多人？"望着这黑压压的跟蚂蚁似的大队人马，萧炎不由得一脸愕然。

"不知道。"吴昊也人生地不熟，所以只能无奈地摇头。

手掌摩挲着下巴，萧炎环顾了一下四周，然后快步来到一棵巨树下，对着吴昊道："我上去看看。"不等吴昊回话，他便一个蹿腾跃上了树干，灵猴一般，极为敏捷地攀爬而上，仅仅几十秒时间，几个跳跃身形便出现在了大树顶端。

站在树顶，萧炎居高临下地俯视着下方场景，目光跳过黑压压的人群，直接对着前方扫去。他当下一怔，微微张开了嘴巴："这是……"

出现在萧炎视线之内的，是一处凹陷的地形。在那凹陷的地方，有一座深埋地底的巨大黑塔，只在地面上露出一截塔尖以及一个漆黑入口。

塔埋在地底？

这种极为奇异的场景，让萧炎脸上的错愕越加明显，好半晌方才逐渐回过神来，喃喃道："难道这就是所谓的天焚炼气塔？没想到竟然埋在地底下，这也能进去修炼？"

目光仔细地扫过那高出地面一层的塔身，萧炎忽然眉头一皱。他发现，在那塔身周围的空间，似乎隐隐有些扭曲和皱痕，他曾经在外院的藏书阁处见识过这种情况。

"好家伙，竟然还专门布置了这种防御。"

据上次琥乾副院长解说，萧炎清楚，想要布置这种扭曲空间的防御，至少是斗尊级别实力的人才能做到。

"斗尊。"萧炎苦笑着摇了摇头,这种等级的强者,实在是太恐怖了。竟然连空间这种缥缈无形的东西都能够为他们所用,那更上一等的斗圣,乃至斗帝,又将会是一种何等恐怖的境界?

就在萧炎为斗尊强者的恐怖实力惊叹不已时,忽然有大批的破风声从身后不远处响起。萧炎转头,有些惊讶地发现,几十道身影正从远处闪掠而来。这些人的速度极快,仅仅不到十秒时间,人影便错错落落地闪现在了萧炎一旁几棵大树的枝干上。

"这些人实力挺强。"近距离地观察这些人,萧炎发现这几十人的左胸口处都佩戴着一枚类似一片叶子的徽章。看来这些人应该是同属于某一支势力。

"唉,这内院果然势力众多啊,我们那磐门才刚起步呢。"萧炎苦笑着摇了摇头,盯着那些人影,发现他们在观看了一番下面后,便各自径直闪掠而下。大批人影从高空俯冲下来,极为蛮横地直接闯到了黑压压的队伍前方。

这些人的强行插队之举,明显犯了众怒。不过当众人瞧见来者胸口处的叶形徽章后,都只得愤愤地将到嘴边的话语咽了下去。

"这支势力想必在内院实力很不错吧。"将众人的表现收进眼中,萧炎低声喃喃道,旋即顺着树干快速地跳跃了下去。

双脚落地,一旁的吴昊赶忙迎了上来,问道:"探查清楚了吗?"

"这里好像便是那个天焚炼气塔。"萧炎拍拍手,随后朝人群挤去,笑道,"走吧,让我们见识一下这天焚炼气塔究竟有何神秘,竟然能够让人这般快速地修炼。"

"这里就是天焚炼气塔?"闻言,吴昊微喜,急忙跟上萧炎,然后拼命地朝着人群中挤去。他对这东西显然也颇感兴趣。

就在萧炎两人艰难地挤到一堵人墙前时,便再也挤不过去。不是因为前方被人挤满,相反,在他们面前,是一片极为宽敞的空地,而空地的对面十几米处便是那座深埋地底的神秘黑塔。

此时，那片宽敞的空地被极为规则地划分成好几个区域，每个区域都盘坐着一大群闭目的人。萧炎的目光扫过这些人，发现刚才在树顶见到的那些人也在其中。

"这些人应该便是内院一些较为强大的势力吧，还真是挺霸道的，不用排队，便直接占据最好的方位。啧啧，难怪阿泰说，在内院中，想要获得最好的修炼条件，便必须组建或者加入强大的势力。"一旁，吴昊低声道。

"的确挺霸道的。"萧炎微微点了点头，深深地看了一眼那些盘腿闭目的各方势力，决定不能出风头地贸然走进那处圈子。他明白，现在的他以及磐门并不具备这种资格，等到他什么时候晋入斗灵级别，或许能够跻身其中。然而现在，还是收敛一些吧。

当！就在萧炎两人低声谈论时，忽然有古老的钟声袅袅地在这片区域上空响起，而随着钟声的响起，空地上喧闹的声音顿时戛然而止。

"开塔！"

钟声落下，一个苍老的声音从塔内传了出来。

只见那紧闭的漆黑大门便嘎吱嘎吱地缓缓打开。一股淡淡的炽热气息渗透而出，令这片天地的温度略微升了一些。

感受着忽然提升的温度，萧炎眼瞳骤然一缩，手掌也在此刻紧紧地握了起来。

"进塔！"

苍老声音再度响起，随即那空地之上盘腿闭目的所有人皆猛地睁开眼来，霍然起身。只听得破风声响起，一道道人影铺天盖地地对着塔门暴射而去。

"走，我们也进去。"

按捺不住忽然躁动的心，萧炎对着吴昊一挥手，就率先走进空地，然后快步向那深埋地底的神秘黑塔行去。

随着距离的接近，萧炎方才真正地察觉到这座黑塔面积的庞大。这仅仅是露

出地面的一层而已，居然便相当于一幢两三层高的建筑物。冰山一角便是如此，难以想象，那隐藏在地底之下的塔身又将是何等的气势磅礴。

脚步停顿在黑塔面前几米处，萧炎让开道路，站在一旁，细细地打量起这座有几分古老的黑塔。黑塔不知是由何种材料所建，隐隐透着一分厚重与冰寒的气息。

"真是古怪的地方，塔里面明明充斥着火热，却偏要用带寒气的材料建筑塔身，真古怪啊。"微微摇了摇头，萧炎有些疑惑。效果截然相反的两种物质共存一处，一般是用来镇压某种东西，才会这般特别设置。

"走吧，萧炎。"吴昊拉了一下眼睛紧紧盯着黑塔的萧炎，催促道。

"嗯。"萧炎偏头望着那处黑漆漆的大门，不知为何体内某种东西却微微动了一下。

越接近黑塔大门，萧炎心脏的跳动便越剧烈。片刻后，当他站在大门口时，手心中竟然已经满是汗水。萧炎深吸了一口气，控制住情绪，牙一咬，心一横，脚步抬起，便重重地踏进了大门之后的黑暗中。

面前光线忽然一暗，片刻后，萧炎便感觉到双脚踩在了坚硬的石面上。然而还来不及松口气，萧炎的脸色便陡然大变。就在他双脚落进塔门之后地面的一刹那，身体陡然凝固，清秀的脸犹如火炭般通红，并且有一股股淡淡的白色雾气，伴随着一种烤肉般的声响，从其身体之内渗透而出。

在萧炎身旁，与他同时进入塔内的吴昊，此刻也同样满脸通红，白色雾气如出一辙地从其身体内冒出。

两人站在塔门口处动也不动，一些跟在后面进塔的老生本欲呵斥，可当他们看见萧炎两人的情形之后，却停止了呵斥，有些幸灾乐祸地嘿嘿笑道："看来应该是两个初进内院的新生吧，第一次进入天焚炼气塔竟然敢没有丝毫防备，活该！"

"快去通知塔内长老吧，第一次进入天焚炼气塔，若是没有长老出手相助，恐怕他们会直接被由内而外地烧成焦炭。"

此时的萧炎两人自然听不见这些老生的话语，现在他们正为自己体内忽然出现的诡异情景感到骇然并且慌乱应对。

"该死的，这究竟是怎么回事？"

萧炎带着几分惊颤地望着忽然间从体内莫名其妙地出现的一簇诡异火焰，心中不由得有些慌乱起来。这簇火焰诡异得有些出乎常理，原因无他，只是因为这簇火焰竟然无形无状。若非萧炎精通控火，知晓火焰，恐怕也不会把这簇只是略微有些扭曲的无形奇物当成一种火焰。

这簇无形火焰算不得太强大，但是人的体内始终都是最为脆弱的地方。就算是斗皇强者，也不敢随意任不知来路的能量闯进体内，体内的任何东西只要出现一点儿损伤，那所造成的损失都将难以估量，甚至还会是永久性的。

自从这簇无形火焰出现后，其中所散发出的高温，便令萧炎体内经脉、骨骼、肌肉等器官都开始出现些许刺痛感。经常玩火的萧炎知道，这是被高温灼伤的前兆，若是再这般继续下去，恐怕要不了多久体内的经脉便会在这该死的火焰之下失去作用。而一旦经脉失去了运转作用，那么对于一个修炼斗气的人来说，无疑便是被宣判沦为了废物。

"冷静，冷静！"

深吸了一口气，萧炎努力压制着被这突如其来的情况搞得有些慌乱的心，片刻后，心神一动，只见气旋中央位置的那点纳灵空间中，青色火焰急速地涌出，最后随着萧炎的指挥，急速穿行过条条经脉，最后铺天盖地地以围剿之势将那簇来历不明的诡异无形火焰包围其中。

随着青莲地心火的出场，那从无形火焰中渗透而出的高温方才完全被隔绝开去。至此，萧炎才松了一口气，还好有青莲地心火护体！

"这该死的东西，是如何进入我体内的？"脱离危险，萧炎这才开始提出疑问。他进入天焚炼气塔后，没有触摸任何东西，而且经脉之中还有流转不休的斗

气做防护,这缕火焰不可能毫无声息地进入身体啊。然而看先前这簇诡异火焰出现的场景,就好像它早就在身体之中一般,不像是从外界闯进来的。

"怎么可能早就存在于身体内?我体内有青莲地心火保护,寻常火焰根本不可能进入!"摇了摇头,萧炎将心中闪过的那道念头急速扼杀。

"咦,无形火焰?"就在萧炎苦思不解时,忽然间有苍老的惊诧声音从其心中传出。

"老师?"听得这声音,萧炎顿时大喜。

"无形无色,借心而显,无迹可寻……这,这……这?"药老自言自语地喃喃着,片刻后,震惊的声音中涌现狂喜。

"这是陨落心炎?"

"陨落心炎?"心神猛然一震,萧炎在霎时间几乎有种把持不住情绪的激动。那无形火焰也一阵剧烈升腾,甚至差点儿直接消散。

"不要激动,不要激动。咦?"感受到萧炎的心在激荡,药老急忙出言安抚。待那无形火焰逐渐安稳下来后,药老再度将注意力集中到那簇无形火焰上,片刻后,却忽然发出惊疑声。

"怎么了,老师?"心神死死地盯着那簇无形火焰,萧炎听得药老的惊疑声,急忙问道。

"不对啊。"药老喃喃道,"这样的形质,的确是陨落心炎的表现啊,但是不会这么弱啊。对了,对了,这缕火焰似乎并不是陨落心炎的本体,反倒像是因为靠近其本体而被投射在心中的分体。"

"什么意思?"听得药老这番话,萧炎更加茫然。

"这缕无形火焰,并不是真正的陨落心炎,仅仅是被陨落心炎投射在你内心中的分体火焰,吞噬这缕分体,并不能达到进化焚诀之效。"药老沉声道。

闻言,萧炎这才略有些明白,当下大失所望。

"这有什么好失望的?既然陨落心炎能够在你内心中投射出分体火焰,那便说明它距离你并不是很远。而且，现在我也能够明确地告诉你，你所追寻的陨落心炎，应该就在这座天焚炼气塔之中！没想到啊，这迦南学院竟然把异火隐藏在这种地方，怪不得这般难以寻找。"药老大笑道，笑声中有着难以掩饰的欣喜。

"陨落心炎就在这座塔中？"听得这话，刚刚还有些失望的萧炎顿时再度精神了起来。

"也只有这样，才能解释为什么内院的学生在这塔中修炼会有如此神速的进步。"药老笑眯眯地道。

"这也和陨落心炎有关？"萧炎惊愕地道。

"自然有关。你撤去青莲地心火，运转斗气，从这缕无形火焰之中穿过，试试会有什么反应。"药老吩咐道。

闻言，萧炎略有些迟疑，旋即一咬牙，心神一动，那无形火焰便嗖的一声飞快地退回了纳灵之中。

随着青莲地心火的离开，高温再度从无形火焰中蔓延而出，使得体内经脉、骨骼发出隐隐刺痛。强忍着体内的刺痛，萧炎心神微动，气旋内那枚拇指大小的菱形斗晶微微一颤，一股股青色斗气盛涌而出，最后在他的控制下，穿行过几道经脉，来到了无形火焰盘踞之处。

"穿过去。"斗气猛然喷涌，旋即在萧炎心神的注视下，冲进了那缕无形火焰之中。

无形火焰的面积极小，因此连一秒时间都未曾过去，那冲进火焰之中的青色斗气便从另外一边穿了出去。

"这……"

心神紧紧地控制着那股穿过无形火焰的青色斗气，萧炎惊愕地发现，原本一股颇为粗壮的斗气，在穿过无形火焰后，竟然生生地缩小了一半之多。

虽然体积缩小了一半，但是那股青色斗气却给予萧炎一种极为凝实的感觉。那种感觉，犹如斗气在经过无形火焰时，被其生生地将略有些虚散的斗气紧紧地拧在了一起。如此一来，这股体积小了许多的斗气所能爆发出来的力量，绝对比先前那股汹涌斗气更加庞大！

心中清楚地察觉到斗气的这种变化，萧炎不由得大喜，连忙控制着一股股斗气源源不断地穿过那缕无形火焰。然而，当其第五股斗气穿过之后，那缕无形火焰却开始颤抖起来。紧接着，火焰越加虚幻，温度越来越低，半晌，终于犹如出现时那样再度无声无息地完全消散。

"消失了？"斗气穿了个空，萧炎不由得有些愕然。他能感觉到，体内的那股炽热已经开始迅速淡去。

"这只是一簇极为弱小的投射分体，所产生的净化能量很少，所以只能支撑你净化这些斗气。"药老的笑声替萧炎解去了疑惑。

闻言，萧炎这才恍然。他略有些惋惜地摇了摇头，心神一动，将那几股被净化过的斗气再度灌注进气旋内的斗晶中。

心神看着那菱形斗晶，萧炎发现，随着这几股被净化的斗气灌注进斗晶后，拇指大小的斗晶似乎变大了一点儿。

"这陨落心炎居然有这种奇效，仅仅是投射出来的一簇弱小分体火焰，便让我的斗气略有精进，若是能够将其本体吞噬，那……"想到此处，萧炎咽了一口唾沫，心脏忍不住剧烈跳动起来。这陨落心炎，简直就是能够让人加速修炼的利器，谁若是能够得到它，那修炼速度恐怕将会进入一种极为恐怖的境界。

"怎么，小家伙，心动了？"药老戏谑的声音响了起来。

萧炎笑了笑，丝毫没有掩饰自己的垂涎之心。

"老师，这个陨落心炎对我的帮助恐怕比青莲地心火还要大。所以无论如何，我一定要得到它！"

灯火柔和的古塔之中，一大群人围在紧闭双眼的萧炎与吴昊身旁窃窃私语，不时传出低笑声。

"让开，让开，柳长老过来了。"忽然有呵斥声在人群外响起，旋即人群分开一条小道。在这天焚炼气塔中，各层塔中的长老地位最高。谁在这里得罪了他们，那可没什么好果子吃，借助职位之便随便给你使点绊子，就能让你欲哭无泪。

顺着分开的人群，一名衣着朴素的老人缓缓走来，笑眯眯地从僵硬不动的萧炎与吴昊身上扫视而过，道："真是两个不知天高地厚的小家伙，初次进天焚炼气塔，竟然都不预先报告。这苦头，可吃得有些冤枉了。"

"嘿嘿，每年都有莽撞新生急不可耐地进入天焚炼气塔，活该吃此苦头。"人群中爆发出一些幸灾乐祸的笑声。在塔内修炼速度虽然颇快，但毕竟还是有些枯燥，如今有新人进来吃亏现眼，这些老生自然乐得一见。

"新生初进内院，自然不懂这里的规矩，有何好笑的？"

淡淡的清冷声忽然响起，众人顺着声音一看，却瞧见一名一身银色裙袍的年轻女子。女子身材高挑，脸虽略显清瘦，却是张难得的美人脸，肌肤白皙如雪，眉目如画。最令人诧异的是，此女居然有一头罕见的银色齐腰长发，再配合着一身银色衣裙，让她浑身上下都散发着一种拒人千里的冷淡气质，令人有种可远观而不可亵玩之感。

众人的目光扫见这名一直保持着沉默的银裙女子，眼中先是闪过些许男人对美人惯有的爱慕，不过在那爱慕之后，却还有一抹畏忌。

这名银裙女子开口后，那些幸灾乐祸的笑声几乎立马消失。由此可见，这女子应该在内院拥有不弱的声望与实力。不然的话，在这种实力为尊的地方，光凭美貌并不足以让旁人对其有所畏忌。

"呵呵，原来是月丫头，老头子竟然未曾看见。这些都是一群闲得欠打的家伙，和他们有甚好说的？"柳长老听得声音，也将目光转向了银裙女子，微微一怔，旋即笑道。

"柳长老。"对这位长老，那名银裙女子倒并未保持冷淡的神情，脸上露出一

抹如昙花般的浅浅笑容。

"月丫头这次打算进入第几层修炼啊?"柳长老瞥了一眼全身僵硬的萧炎与吴昊,继续向银裙女子笑问道。柳长老对她的态度,明显比对其他学生和善许多。

"第六层吧。"银裙女子略微迟疑了一下,回道。

"第六层?那可是至少要达到六星斗灵的级别才能下去的啊。难道韩月学姐已经达到这级别了?"女子的回话,顿时让周围的人群发出一阵阵惊诧的声音。

"呃?"那名柳长老对于银裙女子的回答也略有些惊讶,精光暗蕴的眼瞳缓缓自后者身上扫过,片刻后叹道,"看来不出几年,丫头你便有资格在内院竞选长老职位了啊。这种修炼天赋与速度,实在是让人惊叹。"

"全靠天焚炼气塔罢了。若让我自己单独修炼的话,恐怕现在顶多只能刚进入斗灵而已。"银裙女子摇了摇头,将目光转向人群中的萧炎与吴昊,红唇微启,"柳长老,还是先让这两人脱离心火炙烤吧,不然迟了对身体的伤害可不小。"

闻言,柳长老却摇了摇头,笑道:"先等等。丫头,当年你第一次进入天焚炼气塔时,在心火炙烤中坚持了多久?"

柳眉微蹙,韩月沉吟了一下,道:"十七分钟,而且还是有人在我进入塔中时提前提醒了我。"

"一个人初次进入天焚炼气塔,其实可以通过他的反应判断出其潜力如何。因为第一次处于心火炙烤下,新生并不知道如何才能使心火消散,所以,坚持得越久,便说明他对心火的抵抗性越强,这对于以后他在塔中进修有极大的好处。当然,事无绝对,这种考验算不得绝对精准,可也能够当作一个大概的考量了。"

柳长老含笑道:"现在这两人,似乎已经坚持八分钟了吧?嗯,这已经算不错了。"

"柳长老是想试试他们的极限?"

"嗯,试试。如果我猜得不错的话,这个黑袍青年应该便是那个萧炎吧,率领着这届新生在火能猎捕赛中把老生连同黑白双煞全部打败的小家伙。最近在我们这些老家伙中，也经常有人说起他。"柳长老看了一眼萧炎背后那巨大的玄重尺，笑眯眯地道。

"他就是那个萧炎？"听得柳长老这话，不仅周围的老生发出了惊呼声，就连那冷淡的韩月眸中都掠过一抹惊诧。

柳长老笑着点了点头，目光停在萧炎两人身上，双手插在袖间，等待着他们极限的到来。

"月丫头，你若是有事，就先下塔去吧，这里有我就行。"柳长老怕耽搁了韩月的修炼时间，笑着与她说道。

"没关系，我也想瞧瞧，这个还没进入内院，名声就已不小的新生，究竟能坚持多久。"韩月微微摇了摇头，清冷的目光从萧炎与吴昊身上扫过。这些天，关于这届新生的消息她听了不少。能够在火能猎捕赛中将所有老生队伍全部打败，近年里还从未出现过这种事情。因此，她对这个只闻其名、今天第一次见到的新生领头人有一点儿兴趣。

当然，不只她有这份兴趣，在听得柳长老爆出萧炎身份后，周围那些原本打算退开的老生也同样止住了脚步，一个个将蕴含着各种情绪的目光投注在场中两人身上。他们同样想看看，这个家伙是否有传闻中那般的超强实力。

由于有人将萧炎的身份传播开去，因此，在等待期间不断有闻风而来的老生，圈子被越围越大。若非这塔内空间极为宽敞的话，恐怕还真是会造成拥堵的局面。

随着时间缓缓地流逝，那些围观者眼中的惊异之色越来越浓。因为到现在为止，两人竟然已经坚持了十四分钟，而且，虽然两人的脸像火炭那样红，但是似乎还未到达极限。

"果然不错。"柳长老捋了下胡子，笑眯眯地点点头，眼中也有着些许赞叹之意。

时间继续流逝。然而，就在十六分钟时，吴昊的身体忽然产生了细微的颤

抖,见到这一幕,周围的学员清楚,吴昊怕是要到达极限了。

见到吴昊的反应,柳长老伸出如鹰爪般干枯的右手,隔空对准吴昊的身体。柳长老指尖之上,一缕缕乳白色火焰缓缓浮现而出,火焰在指尖凝聚,最后形成一个不断旋转的火旋。他屈指轻轻弹在火旋之上,火旋迅速离手而出,最后悬浮在了距离吴昊心脏一尺左右的地方。

"出来!"

掌心微旋,柳长老一声轻喝,只见乳白色的火旋急速旋转,透出一股股吸力。最后,在这股火焰的拉扯力中,一缕略微有些扭曲的无形火焰从吴昊心脏处被强行扯出,最后被吸进火旋之中,搅碎成虚无。

随着那缕无形火焰的离体,吴昊双腿一软,一屁股坐在了地面上,犹如野牛一般,嘴中呼呼地吐着粗气,脸上的红晕也迅速消散。此时身体、精神都处于极度疲惫状态的他,可没有半点儿心思来看站在周围的都是什么人。

"呵呵,十六分钟,而且还是在毫无防备之下被心火侵蚀,这成绩算是不错了。"望着坐在地上的吴昊,柳长老笑着赞叹道,"这届新生,似乎还真比往届老生要强上一些啊。"

一旁,韩月微微点头。这个新生对心火的抵抗力恐怕还要超过她一头,毕竟,虽然她坚持了十七分钟,但是当初第一次进入天焚炼气塔时,曾经有人告知了她应该怎么做才能坚持到最久。因此,这样算来,她还是作弊了。

"那个萧炎竟然还能坚持?这种抗火能力,都能与那些家伙相比了。"视线再度转移到紧闭双目的萧炎身上,韩月惊诧地低声喃喃自语道。

"难怪能带着新生打败老生队伍,这个小家伙果然有些本事。"望着依然坚持、未露极限之兆的萧炎,柳长老笑了笑,双手再度插在袖间,道,"好,今日老夫倒要看看,你究竟能坚持到什么时候。"

然而柳长老的话音刚刚落下,众人便见到萧炎身体猛然颤抖了一下,心中这才悄然松了一口气。还好,这个家伙没有再做出与其率领新生打败老生那样的震撼事情来，不然的话，也太打击当初只坚持了不到十分钟的他们了。

"唉。"见状，柳长老略有些失望地摇了摇头，苦笑道，"期望的确是有些过高了。"

"柳长老，将近十八分钟，这般对心火的抵抗力已经算是很好了，在这内院中，像他这样的可找不出几个人。"瞧见柳长老的神情，韩月不由得有些无奈地道。她这话，岂不是让其他学员满心羞愧吗？

"嘿嘿，的确是很好了。"柳长老尴尬地笑了一声，手一挥，又是一团乳白色火旋浮现而出，屈指一弹，火旋便停在了萧炎心脏不远处。

淡淡的乳白火光，将萧炎那张通红的脸映照得颇为奇异。

"出来！"

又是一声轻喝，火旋猛然旋转。然而，就在此时，令人目瞪口呆的事情却突兀地出现了。

火旋旋转，众人意料中的无形之火并未出现，反而是在停滞了一瞬间后，一大股青色火焰毫无预兆地自萧炎体内猛地盛涌而出，最后形成一道青色火浪，一下就将柳长老的那一簇乳白色火焰吞噬了进去。

白色火旋不仅未能成功将青火如同先前那般强行搅碎，反而毫无反击之力地被吞噬。这诡异的一幕，令周围的学员目瞪口呆。

青莲地心火在吞噬了乳白色火焰后，并未就此消散，在没有人控制的时候，它似乎起着自动保护主人的作用。因此，它在吞噬了对萧炎存在威胁的乳白火旋后，跟随着攻击气息引动，直接对着柳长老席卷而去，霎时间它所爆发出来的能量，不仅令周围学员大惊失色，就连柳长老都有些动容。

"散开！"青色火焰席卷而来，感受到它恐怖的能量，柳长老急忙大喝道。

听得柳长老喝声，周围老生急忙后退。顿时，塔内的这处空间乱了起来。一个个人影急忙后退着，生怕被那来历不明的青色火焰席卷上身。

望着那席卷而来的青色火焰，柳长老脸色凝重，双手挥动，一股股乳白色火

焰从其手中源源不断地喷涌而出，最后以极快的速度形成一个火焰罩，手一抛，将萧炎以及那席卷而来的青色火焰笼罩其中。

青色火焰依然不依不饶地追击而来，最后，终于在所有人的注视下，与那乳白色火焰罩轰然碰撞。

轰！狂暴的能量暴涌而出，将那火焰罩震得急速颤抖，巨大的爆炸声响夹杂着汹涌的火热气浪，把整个天焚炼气塔都震得略微有些抖动起来。

韩月的身形在退后期间，斗气飞速地在体表凝聚成能量光罩，受能量冲击余波的影响，那光罩上也不断地荡漾起涟漪，不过好在对其本身并没有造成什么伤害。

身形急速退后了几十步后，听得那逐渐落下的巨响，韩月这才急忙将目光投向爆炸之处。当瞧见那处场景后，她不由得满心震惊。

宽敞的古塔之中，只见一片淡淡的白雾缭绕。白雾的边缘处，一道苍老人影站立着，呼吸略显急促。

此刻，柳长老脸上正急速变幻着神情，时而震撼，时而惊疑，看上去颇为精彩。而其身体上的衣袍也被焚烧了将近大半，头发亦隐隐散发着一种焦臭之味。从整个形象上来看，这位在内院拥有不低地位的长老，此刻正处于极为狼狈的状态之中。

此时，大厅中为了躲避火焰而散开的老生们，终于也从先前的惊乱中回过神来。然而，待他们将回过神的目光再度投向爆炸发源地时，刚好瞧见一身狼狈的柳长老，当下，他们刚刚回过神的心不禁再度呆滞。

能够成为内院的守塔长老，本身便对其实力有着极为严格的要求。因此，塔中长老，无一不是实力极为强悍之辈。

在这内院之中，虽然有过一些惊世绝才，经过苦修，能够与一些长老相比肩，但是那种人绝对是凤毛麟角，并且没有一个人不是在内院修炼了将近四五年时间方才有此成就。然而现在，柳长老却在一名刚刚进入内院不超过三天时间的新生手中，落得如此狼狈下场。这一幕，几乎比当初萧炎带领新生反抢老生的事情更加令人感到震撼与难以置信。

韩月脸上的震惊在持续了一分钟左右后终于逐渐收敛，眸子扫向那白雾缭绕的地方，原本冷淡的目光中多出了些许探究的意味。这个新生，的确很有意思。

安静的古塔之内，忽然被咳嗽声打破。柳长老紧盯着那团弥漫的白雾，旋即低头拍了拍被烧得破破烂烂的衣服，轻笑道："好个萧炎，难怪提起你时那些老家伙总是神秘兮兮的，原来你是有这东西，真是个受上天眷顾的家伙。这种东西，塔中的长老们可没有一个不想得到。"

柳长老的话语，塔内的老生们自然是听不太懂，不过却也能够哑摸出一点儿什么东西。这个萧炎，似乎拥有某种连长老们都欲求不得的神秘东西。

袍袖轻挥，柳长老刚欲将弥漫面前的白色雾气吹散，轻轻的脚步声却忽然从雾气中传出，这让他停下了手中的动作，紧盯着雾气。

脚步声在古塔之内缓缓回荡，众人争先恐后地将目光投向脚步声传出的雾气地带。无论如何，先前萧炎所展示出来的强横力量，已经足以让他们将其新生的身份忘却。虽然他们并不知道，这份力量并非由萧炎主导，而是全部仰仗于青莲地心火的偶尔护主爆发之能。现在，若是再让萧炎自动引导着青莲地心火爆发出能将柳长老逼成这副模样的力量，那失败率绝对会在百分之九十五以上。

随着脚步声越来越响亮，一道模糊的人影缓缓浮现，最后，人影一脚踏出白雾边缘地带，出现在了所有人的注视下。

一身黑袍的青年背负着与身同高的巨大黑尺，左手拎着似乎已经昏迷过去的吴昊，微皱眉头，目光缓缓地从周围人群中扫过。而那些与其目光对碰的老生，除了少数实力不弱之人，大多数人都因为其先前那番爆发的震慑力，目光略有些躲闪。

"啧啧，竟然是凭借自己的力量从第一次心火炙烤中恢复清醒，萧炎，这么多年来，你可是第一人啊。"见萧炎恢复了正常状态，柳长老叹息道。

"您是……"望着面前这形象极为狼狈的老者,萧炎有些疑惑地开口问道。

"呵呵,我是天焚炼气塔第一层的守塔长老,你可以叫我柳长老。"柳长老含笑道。言语间,全然没有对待其他老生的那种严厉态度。光是凭萧炎所受到的这种待遇,便令周围的老生暗自羡慕。

在天焚炼气塔甚至整个内院中,长老的身份都是极高的。在这里,他们的话,没有任何学员敢违背,一些优秀者当然不在此列,因为这些优秀的人将来很可能会成为与他们同等级的长老。在这内院中,就算他们是长老,也得为以后而拉拢同一阵营的强者,毕竟内院中的长老们也并非完全是同一派系。任何地方都少不了争斗,或许为权,或许为利,或许为其他东西。

"哦,柳长老,您这是……"恍然地点了点头,萧炎望着柳长老的形象,不由得有些诧异地问道。

"呃,没事,操控火焰时不小心出了点岔子。"被始作俑者这般无辜地询问,柳长老眉毛不由得抖动了几下,旋即干笑着摇了摇头。他倒并未怀疑萧炎是装傻,先前萧炎所爆发出来的火焰虽然极为恐怖,但是他这玩了一辈子火的人却明白,这仅仅是"那东西"的自主反击而已,不关萧炎的事。

"那我这朋友……"萧炎指了指吴昊,此时的吴昊已经进入昏迷状态。

"没事,只是因为心火炙烤而有些精疲力竭而已,休息一晚上就会好的。"柳长老笑着解释道。

"心火炙烤?"陌生的词令萧炎再度皱了皱眉头。

"呵呵,你新来内院,所以不知道天焚炼气塔的一些事情与规矩,若是有时间,我现在与你讲讲?"柳长老微笑道。

"那就多谢柳长老了。"闻言,萧炎略一迟疑,便应了下来。初来乍到,他的确是得先了解这座内院中最神秘的地所,以方便他那磐门的新生们能够尽早摸到门路,快速提升总体实力,从而能够立足于这强者云集的内院之中。

"没事,这也是我职责所在。"柳长老摆了摆手,目光转向周围围观的老生们，笑脸不由得一沉，喝道，"都还待在这里干什么？还不趁早去修炼？若是嫌修炼时间已经足够了，我可以帮你们挪一下位置。"

听得柳长老的喝声，周围学员急忙摇头，然后飞快地向着古塔之内各处方向闪掠而去，生怕走得晚了，会真的被柳长老将自己好不容易得来的好地所给换了去。

见那些在新生面前得意扬扬的老生，在柳长老面前却如同羔羊般听话，萧炎不由得觉得有些好笑。好笑之余，这位柳长老在自己心中的分量，不禁又加重了许多。若不是在内院中握有实权的话，这些性子桀骜的老生，对他是绝对不可能如此听话的。

"呵呵，这些兔崽子都傲气得很，不严厉点，根本就不理会你。"将周围人群遣退，柳长老笑着对萧炎说道。

萧炎含笑，并未对此发表什么看法。

"来，来，萧炎，给你介绍一个人。"柳长老的目光从这层古塔中扫过，然后一边拉着萧炎，一边朝着一名一身银色裙袍的女子走去，那人正是那位有资格进入天焚炼气塔第六层修炼的韩月。

"这位是韩月，已经进入内院三年时间了，是你的学姐。呵呵，她实力可不一般，而且在内院中还组建了名为月灵的势力，实力不弱。在这众强云集的内院中，也少有势力敢招惹她。"来到银裙女子面前，柳长老笑着介绍道。

"哦？"听得柳长老的介绍，萧炎脸上划过一抹诧异，仔细打量着这位名叫韩月的女子。

初次见面，韩月那如冰山雪莲般的冷淡气质，倒令他印象颇有些深刻。然而，最让其震惊的是此女的实力。虽然用肉眼并不能一眼看出对方虚实，但是借助着灵魂感知力，萧炎能够模糊感应到，这位银裙女子居然比罗侯还要强横许多。

这内院之中果然藏龙卧虎，看来这里果然不太好混。心中苦笑了一声，萧炎

面上倒是没表现出什么,将手中拎着的吴昊放在地上,他伸出手来,笑道:"你好,韩月学姐。"

望着萧炎对着韩月伸出手去,一旁的柳长老不由得一愣。清楚韩月性子的他自然明白,这个素来有极度洁癖的女子,对与男人肌肤相触很是抵触,就算是在与人战斗时,都会使用斗气把自己牢牢包裹。洁癖到了这个地步,的确挺让人无语。

然而还不待柳长老出言阻拦,只见那位名叫韩月的女子在略微迟疑了一下后,一截如白玉般的皓腕从银色袖子中滑落而出,然后在柳长老错愕的目光中,轻轻地与萧炎的手掌握在了一起。红唇微启,清冷如雪山上流淌的幽泉般的声音清幽传出。

"你好!"

古塔之中,一些目光从各处射来,当看见两人握在一起的手掌时,皆是一怔,旋即噙着些许嫉妒的滚烫视线便转移到那个令他们有些咬牙切齿的黑袍青年身上。

望着那竟然暂时放下洁癖与萧炎握手的韩月,柳长老也略感愕然,片刻后回过神来,若有深意地看了韩月一眼,笑道:"萧炎啊,在这内院中,你可是少数几个能与月丫头握手的男学员哦。"

"那可真是荣幸至极。"萧炎微微一笑,仅仅在礼貌性地握了握后便松开了手,笑道。

"萧炎学弟,今年这届新生在你的带领下,可算是出尽了风头啊。"韩月也收回手,轻声道。

"若是早知道会有后来的这些麻烦,这风头不出也罢。"萧炎叹了一口气,苦笑道。

"看来已经有老生去找你们的麻烦了吧?"闻言,韩月先是有些诧异,旋即恍然大悟地点头,嘴角溢出一抹浅笑。

萧炎无奈地点了点头。

"萧炎学弟应该知道内院的一些情势吧?那应该也知道有势力庇护的优势吧?不知是否有意加入某一方势力?"韩月明亮的眸子紧紧地盯着萧炎,貌似随意地问道。

"呃?"听得这话,萧炎不由得摊了摊手,苦笑道,"恐怕我是加不进去了,因为这一届的新生都赖着让我组建了一支名为'磐门'的新势力,所以韩月学姐的好意,萧炎只能心领了。"

"你自己组建了势力?成员还全部是新生?"萧炎的话音刚刚落下,不仅韩月一脸错愕,就连柳长老也对萧炎投去极为惊诧的目光。

"嗯。"瞧见两人表情,萧炎只能干笑着点点头。

"萧炎学弟,你或许会引来很多麻烦。"韩月柳眉紧蹙着,片刻后,沉声道。

"呃?内院中好像并没有不能组建由新生会聚的势力的规定吧?"闻言,萧炎一怔,见韩月神色凝重,不由得微皱着眉头道。

"唉,的确没有这种规定,不过每年进入内院的新生实力都是不错的。因此,很多内院的势力每年都会抢着吸收一些新生,以此来增加自身实力,历年如此,差不多已经成了惯例。而现在,你却将这一届所有新生都收拢在了一起,这便会导致其他势力今年无法再吸收新鲜人群,这一举动肯定会遭来很多势力的不满。而在不经意间得罪了这么多势力,你那磐门恐怕将会受到不小的排挤。所以我说,你会引来很多麻烦。"韩月无奈地摇了摇头,向萧炎解释道。

柳长老也微微点头,表示韩月所说不假。

听得韩月的解释,萧炎的脸色也逐渐凝重了许多。由于对内院不熟悉,他竟然忘记了这一茬。没想到磐门刚刚正式成立,就将大多数内院势力得罪了个遍,以磐门如今的实力,根本不足以应付这么多潜在的敌人。

"唉,这倒真是莽撞了。"轻叹了一口气,萧炎沉吟了一会儿,冲着韩月笑道,"不过事已至此,我也没有什么办法,只能兵来将挡,水来土掩。若是真有

势力想将磐门搞垮,那我萧炎也不会束手待毙。"

韩月叹息着点了点头,她没想到萧炎竟然会这么快便组建起自己的势力来,这让她只能将拉拢他的念头吞回肚里。萧炎虽然潜力不错,但是毕竟才入内院,现在实力也不过才大斗师级别,如此行事,无疑将会树立很多敌人,可如今他们这磐门的实力根本不足以应付如此众多的对手。

"以后若是有需要帮忙的地方,可以找我,我将尽力而为。"韩月沉默了半晌,抬眼对着萧炎缓缓地道。

"呵呵,那便多谢韩月学姐了。"闻言,萧炎微笑着点点头。不管怎么说,她能够在他们磐门处于这种孤立境地时说这番话,虽说话语中不知道有没有敷衍的意思,可至少从表面上看来,她倒是个可以结交的人。

"也别急着谢我,我所能做的或许并不多,而且这还全是看在你潜力不俗的分上。"韩月声音清冷地道。

"明白,若我只是个普通内院新生,恐怕两位也不会这般客气对待。"萧炎淡淡地笑了笑。他不是傻子,某些事他看得比任何人都清,若不是因为自己的天赋与潜力,身居长老之位的柳长老与在内院中拥有不弱势力的韩月,是绝对不可能对他另眼相看的。这就是内院,实力为尊的法则贯穿所有的事与人。

萧炎的话语虽然直白,但是韩月与柳长老都微微点头,大家都是明白人,说话遮遮掩掩反而落了下乘。

"好了,萧炎学弟,你便先与柳长老逛逛天焚炼气塔吧,我还得去第六层修炼,就不再滞留了,日后有机会再谈。"韩月对着萧炎微微欠身,便转身向着古塔的一处缓缓行去。

笑着点了点头,萧炎目送着韩月离开,待她的背影消失在柔和光芒的尽头后,方才收回目光。

"嘿嘿,萧炎,觉得月丫头怎么样?"一旁,柳长老笑眯眯地看着萧炎笑问道。

"不错啊，想必韩月学姐在内院的追求者成群结队吧。"萧炎笑道。以韩月的容貌以及气质，她定然不会缺乏追求者。

"追求者倒的确不少，不过能被她看上眼的却极少，她对你的态度，好像是个不错的开始哦。以你的天赋，再加上在天焚炼气塔中修炼，恐怕一年时间你就能够进入斗灵级别，而到时候说不定你也能够成为她最有力的追求者哦。"柳长老戏谑道。

"呵呵，韩月学姐的确不错，我却没有那份心思。"萧炎摇了摇头，望着柳长老诧异的神色，也不想再在这个问题上继续纠缠，笑着将话题转开去，"柳长老还未向学生介绍这天焚炼气塔呢。"

"哦，差点儿忘记了，呵呵……跟我来吧。"被萧炎提醒，柳长老连忙一拍脑袋，歉意地笑了笑，旋即转身在前引路，萧炎紧跟而上。

这个深埋在地底，只露出一截塔尖的天焚炼气塔，塔内的面积大得出乎萧炎的意料。这一路走下来，萧炎发现，恐怕光是这第一层的塔内空间便足够五百人同时修炼。

在圆形的塔内空间中，搭建着大小不一的修炼房间，不过此时这些修炼室大多已经被人占满，而且这些房间的门口上方都挂着一些小红牌子，牌子上所写的字却不尽相同。萧炎驻足看了一下，原来这些小红牌子上写着"高级""中级""低级"三种代表级别的词，想来这些应该便是阿泰口中所说的天焚炼气塔中修炼室的等级分别吧。

随着由东向南缓缓走动，萧炎发现，似乎所有的高级修炼室都接近塔内的中央位置，而在它们外围，则分布着中级修炼室，更外围的则是低级修炼室。

"在这天焚炼气塔中，这些高、中、低级别的修炼室一般都得依靠自己的实力争夺。实力强，则能获得最好的修炼条件；实力差，便只能去最外面的低级修炼室修炼。"指着一处挂着高级牌子的修炼室，柳长老淡淡地笑道。

"在同一层塔内，不管修炼室的级别如何，它们的修炼费用都是一样的。比

如在这第一层内，低级修炼室是一个火能修炼一天时间，而高级修炼室也是如此。"

"花费相同的费用，可所获得的成效却有天壤之别，这样岂不是会造成强者越强，弱者难以追赶的局面？"萧炎疑惑地问道。

"不面临困境，人的潜力是不会彻底爆发的。我们所需要的，就是这种强大的压抑，只要压抑到了极致，总会有一些彻底爆发的学员以极快的速度追赶上以前难以接触到的强者，这种事情几乎每年都会出现。"柳长老笑道。

微微点了点头，萧炎行走的脚步忽然一顿，原来他们已经走到了塔内的中央位置，在这儿他发现了一个大黑洞。

"这是……"

有些错愕地望着那出现在面前的深不见底的黑洞，萧炎缓缓向前走了两步，来到黑洞边缘，小心翼翼地向下面望了一眼，黑漆漆的阴暗，一直蔓延到视线的尽头。那种近乎没有半点儿光线的诡异黑暗，令萧炎脑袋略有种眩晕的感觉。

这个黑洞似乎贯穿了整座天焚炼气塔，若非有塔尖的遮盖，这个黑漆漆的深洞或许从天上往下一眼便可以看清楚。

在这个漆黑深洞之中，细细感应的话，似乎能够察觉到此处的空气比其他地方的要炽热许多，那种感觉就好像在深洞之底有什么东西在源源不断地散发着提供给整座天焚炼气塔的热量一般。

萧炎伸出手掌虚抓了一把面前炽热的空气，体内某种东西就猛然跳动了一下。

喉结微微滚动，萧炎将脑袋略微朝前探了一点儿，眼睛死死地盯着深邃的黑暗，半响之后，体内的青色火焰猛地涌上眸子，顿时，漆黑双瞳便转化成了青火双瞳。

随着青火涌上眼瞳，那下方无尽的黑暗便奇异地开始变淡。

然而，就当黑暗越来越淡时，萧炎浑身的汗毛却骤然竖了起来。

在那对青火眸子的注视之下，无尽黑暗之中，空间忽然开始细微地扭曲起来。紧接着，这些扭曲的空间犹如无形的蟒蛇，以一种极为恐怖的速度对着洞口之处向上攀爬。

"萧炎，退开！"

一道喝声猛地在萧炎耳边响起，旋即一只干枯手掌搭上他的肩膀，将其抓住用力一扯，便将他远远带离了这处漆黑的洞口。

被扯离洞口不久，萧炎便陡然感觉到周围的温度正急速升高。只听得极为尖锐的咝咝声响从深洞内传出，他急忙抬头看，脸色骤然凝重了起来，嘴唇哆嗦着，艰难地从牙齿缝隙间挤出嘶哑的声音。

"这……这……是什么……东西？"

咝咝……

异样的声响不断在漆黑的深洞中响起，不久之后，略有些昏暗的环境陡然大亮，空气中的温度也急速上升，一股极为恐怖且古老的气息自黑洞中缓缓浮现，最后犹如撕破黑夜的闪电，暴涌出了那似乎永无止境的深邃黑暗。

萧炎脸色僵硬地望着那洞口之处，喉结忍不住滚动了一下。

此时，洞口上方两米左右的空间，似乎已经陷入一种极为扭曲的境地，然而用肉眼却看不见任何东西。除了那些扭曲的空间以及不断响起的咝咝声响，整片区域都因为这一场景而显得十分诡异。

一旁，柳长老的脸色也极为凝重。他拉着萧炎不断地后退，望向那片扭曲空间时，有一抹恐惧从脸上闪过。他虽然也看不见那里究竟有什么，但是在塔中当了这么多年的长老，他也听说过一些事情，知道这深邃黑暗中的东西究竟有多恐怖。

虽然肉眼无法看见，但是萧炎被青莲地心火包裹的眸子清晰地看见了那从黑洞中蹿出来的恐怖之物，被柳长老拖动的身体陡然凝固。

通过泛着青火的眸子仔细分辨，萧炎看清了那从无尽黑暗之中暴涌而上的，

赫然是一条有十来米粗细，却不知道究竟有多长的无形巨大火蟒。

火蟒通体被有些扭曲的火焰包裹，巨嘴大张，獠牙足有萧炎大腿粗细，无形之火不断从一双巨大的三角眼睛中喷射而出。对于这火焰，萧炎并不陌生，因为先前自己便吃过这火焰的苦头。当然，先前出现在心中的一缕无形之火与这条似乎完全由火焰凝聚而成的巨蟒相比，无疑是萤火与皓月间的差距。感受着火蟒身体上火焰的热度，萧炎丝毫不怀疑，就算是斗皇强者，被其粘上身恐怕也会在顷刻间化为灰烬。

火蟒带着愤怒的咆哮声从黑暗之中蹿出，就在其即将到达漆黑深洞上空五米的位置时，周围空间猛地波动起来。借助青火的帮助，萧炎隐隐发现，似乎在这一刻，黑洞周围的空间极为奇异地扭曲着构建了一个空间牢笼，无形火蟒虽然声势浩大，但是当它撞在那空间牢笼上时，却只让牢笼波动了一会儿，便再无其他效果。

发现突破无望，火蟒不由得有些疯狂起来。无形火焰从巨嘴中铺天盖地地喷吐而出，不断地焚烧着空间牢笼。可惜，不管它如何焚烧，那空间牢笼依然牢牢封锁。

疯狂地挣扎了半晌，无形火蟒终于有些力竭，仰天发出一声蕴含着暴怒情绪的嘶鸣，只见空间不断扭曲，火蟒再度化为无形，顺着黑暗的深洞钻了回去。

随着火蟒的消失，那空间牢笼方才逐渐变淡，直至最后消失。

感受着周围降低下来的温度，柳长老这才长长地出了一口气，喃喃道："好险，不过这东西怎么会忽然间苏醒过来？"

一旁，萧炎也从震惊中逐渐回过神来，眼中的青色火焰迅速消退，声音嘶哑地道："柳长老，那……那是什么东西？"

柳长老回过神来，脸色凝重地望着萧炎，沉声道："这里的事，不要告诉任何人。原本学员是不允许靠近这里的，今天我倒是有些失职了，还好今日轮到我值班，不然肯定少不了一些麻烦。"

见柳长老脸色凝重，萧炎点了点头，有些无辜地摊了摊手："我什么都没看见，只是忽然觉得此处温度升高了许多，另外就是听见黑洞中响起了某种声音。"

"没有看见那自然是最好，有些东西还是不知道为好，以后你也少来这里。否则一旦被发现了，连同我们值班长老都会受牵连。"柳长老松了一口气。他对于萧炎的话，倒没有多少怀疑，毕竟连他自己都看不见那恐怖的东西，只能依靠着感应空间的扭曲弧度来判断那无形之物究竟是何形状。

听得柳长老把话说得这般严重，萧炎的脸色忍不住有些变化，当下急忙点头。

"好了，走吧。"见萧炎点头，柳长老的脸色和缓了一些，再度心有余悸地瞥了一眼无底的深邃黑洞，转身向着外面行去。

萧炎跟了上去，在即将转弯时，偏头再次看了一眼那已经陷入寂静的无底黑洞，心中隐隐带着几分惊骇喃喃道："那究竟是什么东西？那股气息太强悍了，那空间牢笼也很强横啊，在那恐怖东西的破坏下，居然没有半点儿反应，这天焚炼气塔，果然处处充斥着神秘。"

走出了中央地带，柳长老也恢复了先前的淡定，再次带着萧炎在第一层塔内细细地闲逛着，一边介绍着沿途所过之处，一边不断与他说着塔内的一些规矩以及其他需要注意的地方，琐琐碎碎的，犹如寻常老人。

一路走过，偶尔遇见一些学员，当他们看到与柳长老相谈甚欢的萧炎时，都有些惊讶。由于这些守塔长老的身份与实力都非同一般，再加上平日对学员也极为严厉，因此很多学员对他们都又敬又惧。除了一些实力极为不错的老生外，很少有人见到哪位长老会如此客气地对待一名新生。

而沿途的这些惊讶目光，倒是更让萧炎明白了这位柳长老在此处的威慑力。所谓朝中有人好办事，如今初来乍到，能结交点关系，那自然是最好。不管自己潜力再怎么大，可至少现在的自己仅仅是大斗师级别而已。这种实力，在已达斗王级别的柳长老眼中，实在是没有什么好称道。

"萧炎啊,你那磐门刚刚建立,我建议你们进入天焚炼气塔修炼时,暂时不要去抢什么高级修炼室。"走到一处地方,见周围人流少了许多,柳长老忽然淡淡地笑道。

闻言,萧炎微微点头,他也的确没有过这样的念头。刚刚进入内院这点时间,便想占据最好的修炼场所,那无疑将会令更多的人对他们磐门不满,恐怕一行人刚刚进去,紧接着便会有势力来强行撵人了。而与那些老牌势力相比,现在的磐门,除了萧炎几个是大斗师之外,其他人都还没有实力与老牌势力相抗衡。这种势力间的战斗,光靠萧炎几个人并不能取得扭转乾坤的效果。

"因为塔中有规定,我们这些守塔长老不能插手学员之间对修炼室的争夺,所以,只要不闹出人命,我们大多不会插手。"柳长老笑道,"不过只要你们那磐门能够快速地出现一名斗灵强者,那么就有资格跻身内院二流势力,到时就能参与修炼室的争夺。我想,以你的潜力,应该很快的。"

"有了斗灵强者方才是二流势力?那一流,岂不是得要有斗王强者坐镇了?"萧炎错愕地问道。

"呵呵,这倒不尽然,一般一个势力能够出现三至四名斗灵强者,便能够算作一流势力了。"柳长老笑着摇了摇头,道。

闻言,萧炎这才悄悄松了一口气。以薰儿三人的天赋,到达斗灵级别或许同样不会需要太久的时间,看来磐门得低调一段时间了。只要等到他们四人齐齐晋入斗灵,那么一切都能好起来了。在这之前,磐门则只能安安静静地蜷缩着。

一路谈话间,萧炎和柳长老两人已经再度来到了入口处。

吴昊已经从昏迷中苏醒过来,此刻正茫然地站在原地,见萧炎出现,这才松了一口气。

望着快步走来的吴昊,萧炎冲柳长老笑了笑,拱手道:"多谢柳长老的教诲,今天就先到此处吧,日后有时间再来请教。"

"呵呵,今天不打算在这里修炼一下?"柳长老笑眯眯地问道。

"磐门刚刚建立，还需要我回去协助管理一下。"萧炎微笑着婉拒了柳长老的好意。

"嗯，也是，新势力是很脆弱的，你的确有得忙。"笑着点了点头，柳长老也不坚持，目光扫了一下四周，低笑道，"等下次你带人来一层修炼，我会给你们找个中级修炼室中的好去所，那里不比高级修炼室差多少。"

"同级修炼室也有好坏之别?"闻言，萧炎略有些诧异。

"呵呵，那是自然，只是这些事情普通学员很难发现，只有我们这些守塔长老才明白。"柳长老不无得意地笑道。

"如此，那便多谢柳长老了。"惊喜地点了点头，萧炎再度对着柳长老一拱手，然后转身迎上吴昊，和他一起向外行去。

望着萧炎两人消失在塔门口的背影，柳长老手掌轻抚着胡须，喃喃道："异火。内院的崛起，便是依靠着那东西，没想到啊，现在，一个年龄尚不到二十岁的小家伙便拥有这等奇物。唉，真是个幸运得让人忍不住有些嫉妒的家伙啊！"